La toute petite reine

De la même autrice

Romans

Marie d'en haut, Les Nouveaux Auteurs, 2011 ; Pocket, 2012.

Juste avant le bonheur, Albin Michel, 2013 ; Pocket, 2014.

Pars avec lui, Albin Michel, 2014 ; Pocket, 2016.

On regrettera plus tard, Albin Michel, 2016 ; Pocket, 2017.

De tes nouvelles, Albin Michel, 2017 ; Pocket, 2018.

Dans le murmure des feuilles qui dansent, Albin Michel, 2018 ; Le Livre de poche, 2019.

Compter les couleurs, Flammarion, 2019.

Se le dire enfin, Flammarion, 2020 ; J'ai Lu, 2021.

Albums Jeunesse

Le petit arbre qui voulait devenir un nuage, Albin Michel Jeunesse, 2017.

Le Cimetière des mots doux, Albin Michel Jeunesse, 2019.

Mazette est trop sensible – Mazette est très sensible, illustrations de Frédéric Pillot, Flammarion Jeunesse, « Les albums du Père Castor », 2020.

Mazette aime bien gagner – Mazette aime bien jouer, illustrations de Frédéric Pillot, Flammarion Jeunesse, « Les albums du Père Castor », 2020.

Le Petit Poucet, illustrations de Frédéric Pillot, Flammarion Jeunesse, « Les albums du Père Castor », novembre 2021.

Essais

L'Esprit Papillon : déployez vos ailes et gagnez en légèreté, avec Jack Koch, Fleuve éditions, 2016.

Mon guide gynéco : devenir actrice de sa santé, Pocket, 2016.

Je te donne, 3 histoires d'amour, avec Martin Winckler et Baptiste Beaulieu, J'ai Lu, « Librio », 2017.

Je te donne, quatre auteurs qui s'engagent pour le don du sang, avec Martin Winckler, Laurent Seksik et Baptiste Beaulieu, J'ai Lu, « Librio », 2019.

Delphine

Agnès Ledig

La toute petite reine

Flammarion

ISBN : 978-2-0814-8835-9

Aux femmes fortes
qui ont parfois besoin
qu'on les protège...

Aux hommes sensibles
Qu'on doit souvent chercher
derrière leur bouclier...

À mon père, solide et sensible.

« C'est souvent dans la solitude que se préparent les rencontres. »

Charles PÉPIN, *La Rencontre, une philosophie*, Allary éditions.

Au hasard une délivrance,
Au hasard l'étoile filante
Et l'éternel ciel de ma tête
S'ouvre plus large à son soleil,
À l'éternité du hasard.

Paul ELUARD, « Au hasard ».

Chapitre 1

Deux prénoms sur une boîte aux lettres

Je suis trop vieux pour servir encore à quelque chose.

On a même voulu me mettre en maison de retraite.

Jamais, vous m'entendez ? Jamais !

Je veux mourir ici. Si possible sur ce banc, à l'entrée de la forêt.

De là, quand je regarde la maison en contrebas, je pense à Madeleine.

Ma seule utilité de vieux, c'est de me souvenir.

Qu'ils aillent au diable, ceux qui veulent me faire perdre la boule dans leur institution. Moi, j'ai encore toute ma tête, et tant que j'ai toute ma tête avec Madeleine dedans, elle vit encore un peu.

Ce qui me rend fou, c'est de voir cette bâtisse tomber en ruine, alors qu'on aurait pu en faire un nid d'amour. Madeleine et Jean Petitgenêt. Ça aurait bien rendu sur la boîte aux lettres.

Si seulement je pouvais garder que les belles choses du passé.

Si seulement on pouvait le refaire, ce passé. Je serais pas assis seul sur ces deux planches de bois, comme un idiot, à espérer que cette vieille ferme reprenne vie pour honorer celle de Madeleine.

C'est peut-être la seule chose qui me tient debout.

Savoir qui le fera.

Chapitre 2

Papillon de nuit

— C'est la mienne ! Attendez, C'EST LA MIENNE !

Le dispositif est déjà déployé, les barrières installées, mon chien dans les starting-blocks pour aller renifler le colis suspect. Sous l'immense préau qui couvre les neuf quais de la gare de Strasbourg, sa voix résonne comme dans une cathédrale.

En me retournant, je découvre une jeune femme à bout de souffle. Elle porte des baskets sur des collants noirs, une robe et un trench-coat qui vole derrière elle, le sac à main collé à sa taille pour ne pas être gênée dans sa course. Elle n'a laissé aucune chance au militaire qui a tenté de s'interposer en haut des escalators à l'entrée du quai et qui trottine derrière elle sans aucune conviction. Un autre, plus proche de la zone ultrasécurisée, l'empêche d'avancer.

— S'il vous plaît, c'est ma valise ! supplie-t-elle.

Les agents de la police ferroviaire s'approchent, alertés par les cris, en faisant signe de la laisser passer.

Elle n'a le temps ni de reprendre son souffle ni de s'excuser. Simonet, le chef de la sûreté ferroviaire, fond sur elle comme un rapace sur sa proie, prêt à lacérer la chair, de sa méchanceté crochue. Je ne l'ai jamais connu bienveillant ni compréhensif en intervention. Au point de me demander s'il était semblable dans le privé, s'il avait une femme, des enfants, s'il pouvait faire preuve de tendresse. J'en doute.

— Vous vous rendez compte du temps que vous nous faites perdre ? Comme si on n'avait que ça à faire ! Putain ! Vous auriez mérité qu'on la fasse exploser.

— Je suis désol...

— Taisez-vous ! Pièce d'identité !

Il aboie.

Je me mets à la place de cette jeune femme. J'imagine son ventre noué. Elle ne s'attendait pas à être ainsi reçue. Se faire gronder comme une petite fille alors qu'elle se sent déjà bien assez coupable. Je vois la honte au bord de ses yeux. Soudain, la colère jaillit.

— Vous n'avez pas à me parler ainsi, même si j'ai fait une erreur !

— Une erreur ? Je vous parle comme je veux, vous n'allez pas la ramener en plus ! Vos papiers !

Elle fouille dans son sac à main en essayant de contenir sa rage, souffle entre ses lèvres qu'elle connaît ses droits. Elle lui demande quel est son nom. Il ne répond pas, n'a pas baissé son regard noir. Simonet ne supporte pas ces gens qui ne s'inclinent pas devant lui. Qui osent s'opposer. Surtout quand ils ont tort. Même quand ils ont raison. Il déteste qu'on lui tienne tête. Je le connais. La situation va dégénérer.

Je m'approche, pour tenter de faire retomber la pression.

— Calme-toi, Yvon. Je crois qu'elle est désolée, non ?

— Rien à foutre des excuses. Tu as vu le dispositif déployé, pour une connasse étourdie ?

— Yvon !

— On devrait leur faire payer cher leur négligence !

Elle lui tend sa carte d'identité sans un mot, concentrée sur ses jambes qui ne voudront plus la porter bien longtemps. Je les connais ces moments où la rage laisse place au vide, où plus rien ne tient, où le pan de montagne s'effondre.

Elle se laisse tomber sur un banc du quai numéro 3, à quelques mètres de nous, prend sa tête entre ses mains et fond en larmes, emportée par les sanglots, comme on s'abandonne à l'avalanche quand il est vain de résister.

Je peine à contenir Bloom, plus agité qu'à l'accoutumée ; très bon dans son travail de recherche en explosifs, il a toujours été perturbé par les conflits humains. Et plus encore par les larmes.

— Merde ! Putain ! marmonne mon collègue de la SUGE, en semblant hésiter, les yeux rivés sur le document d'identité. C'est bon, rends-lui sa valise, lance-t-il à un collègue, et laisse-la partir, on lève le dispositif.

Puis il s'éloigne d'un pas rapide, sans un mot, vers l'escalier qui mène aux couloirs souterrains. Il ne part pas, il s'éclipse, il se sauve. Sa colère le suit comme les effluves d'un mauvais parfum, mécontente d'avoir été remballée à la hâte.

La valise est rendue à la jeune femme par un gradé qui vient tout juste de sortir de l'adolescence et ne sait pas quoi dire en lui tendant sa carte d'identité. Elle ne relève pas la tête, pleure toujours. Il pose avec précaution le petit rectangle plastifié sur le bagage comme si celui-ci allait quand même exploser et repart, penaud.

Je n'arrive pas à faire de même.

Une intuition étrange. Pourquoi une telle escalade, pourquoi Yvon s'est-il enfui ? En temps normal, il aurait pris un malin plaisir à jouer avec la souris, à lui asséner des coups de bec, à la voir souffrir. Il est de ceux qui se délectent des blessures des autres, qui s'en abreuvent pour affirmer leur puissance. Et pourquoi cette jeune femme pleure-t-elle ainsi pour une situation finalement anodine ? Je ne peux pas tourner les talons comme si de rien n'était. Quelle froideur faut-il dans le cœur pour rester indifférent à des larmes ?

Bloom s'est assis et regarde en direction du banc en couinant.

Je le détache. *Fais comme tu sens !*

Il se dirige sans attendre vers elle, hésite, va et vient, dessine des infinis sur le sol, puis se décide enfin et enfouit son museau sous ses mains de femme, pour atteindre son visage. Elle résiste. Il s'assoit alors et pose la tête sur sa cuisse en geignant toujours, de ce petit cri aigu qui semble venir du fond de ses entrailles.

Au bout de quelques minutes, elle fouille dans son sac et en ressort un grand mouchoir blanc, sèche ses larmes et caresse l'animal en essayant de lui sourire.

— J'espère que vous n'avez pas peur des chiens.

— Heureusement…

— Bloom est vif mais gentil.

— Il a l'air.

— Ça va aller ?

— Oui. Je crois. Merci.

Elle évite mon regard, encore honteuse de la situation. J'aimerais lui demander son nom, au moins son prénom, garder une trace d'elle, quelque chose de concret. Ne pas la laisser replonger dans l'anonymat de ce grand océan d'humains dont elle s'est extraite le temps de me croiser.

Ou alors lui donner le mien. Je m'appelle Adrien et j'ai envie de vous protéger.

Je l'observe se lever, se redonner une contenance en ajustant sa robe, m'adresser un sourire auquel je ne crois pas un instant, et partir en titubant, saoule de vide et de peine, sa valise derrière elle.

Je m'assois à sa place et je caresse mon binôme en le félicitant, tant pour son flair que pour son humanité. La mienne n'a pas osé.

Cette fille m'a fendu le cœur. Ce cœur qui me fatigue de se briser à tout bout de champ, à tout bout de sanglots de gens que je ne connais même pas.

Pour une fois, Bloom me donne quand même raison. À se demander si une bombe ne se cachait pas au fond d'elle, prête à exploser.

Je regarde les passagers sur le quai numéro 1, statiques, mouvants, petits, grands, en baskets ou en escarpins, le téléphone en main ou le regard dans le vide. Où vont-ils ? Une réunion décisive ? Un rendez-vous amoureux ? Visiter un membre de leur famille gravement malade ? Combien de bombes au fond d'eux ?

La mienne a explosé il y a quelques années. Je n'en finis pas de déblayer les débris.

J'aurais dû prendre un chien spécialisé dans la fouille des décombres. J'aurais gagné du temps.

J'ai envie de revoir cette fille sans en comprendre la raison. En l'observant essuyer ses larmes sur mon chien, j'ai vu en une fraction de seconde défiler un avenir possible. Comme cet instant juste avant la mort, où tout le passé se déroule en accéléré. Avec elle, c'était vers le futur. C'est idiot. Je ne la connais pas. Et je ne la recroiserai probablement jamais.

J'ai pourtant réussi à devenir presque insensible aux horreurs de ce monde, le Mali m'y a bien aidé. Pas là, pas avec elle. Je me sentais au bord de sa détresse comme en haut d'une falaise, l'appel du vide, le besoin de m'y jeter pour l'en sortir. Diane me dirait que ma nature reprend le dessus. Protéger, protéger, protéger.

Je garde surtout en mémoire la puissance qui se dégageait de cette petite silhouette prostrée sur un banc. Une force inaltérable qui m'attirait comme un papillon de nuit.

Un appel d'urgence me sauve de mes pensées inutiles. Un colis suspect à l'aéroport.

La vie continue, se fichant bien des sanglots et des papillons de nuit.

Chapitre 3

Son rôle

Adélie ne m'appelle pas souvent. Quand elle s'y résout, la raison est généralement importante, – m'appeler au secours ou me proposer un nouveau geste écocitoyen. Elle est capable de faire sonner mon téléphone juste pour me demander si j'ai mis un autocollant STOP-Pub sur ma boîte aux lettres et ne pas raccrocher avant que je promette d'y consentir.

Je m'isole dans un coin de l'atelier en faisant signe à mon collègue que je dois décrocher. Quand j'étais sur les chaînes de fabrication, je ne pouvais pas m'interrompre ainsi. Maintenant que je suis chef d'équipe, j'ai un peu plus de liberté, même si je n'en abuse pas. Malgré le bruit des machines, dès les premiers mots de ma nièce, je sais qu'il est arrivé quelque chose.

— Où est-elle ?

— Encore aux urgences, ils refont le point demain. Elle devrait pouvoir sortir. Le médecin de garde m'a parlé d'un de ses collègues compétents pour le suivi.

— Le suivi de quoi ?

— De ses états d'âme.

— Que s'est-il passé ?

— Je sais pas, Tonton. J'en sais rien.

Partagée entre la colère contre sa sœur et l'inquiétude malgré tout, Adélie me raconte les faits.

— Je l'avais invitée à notre soirée étudiante de rentrée, elle s'est mise à boire. Beaucoup trop. Tu sais bien qu'elle n'a pas l'habitude. Je suis arrivée juste à temps pour l'empêcher de se faire monter dessus par des mecs aussi bourrés qu'elle. Et là, elle s'est écroulée en pleurant toutes les larmes de son corps. Et puis elle a fait un malaise, alors on a appelé les secours.

Je n'arrive pas à imaginer que Capucine ait pu se comporter ainsi. Elle qui s'est toujours montrée raisonnable, sérieuse, sage. Trop sage.

— Il s'était passé quelque chose qui a pu expliquer sa conduite ?

— …

— Adélie ?

— Un peu plus tôt dans la journée, je lui avais annoncé que j'arrêtais médecine. Elle descendait du train et en a oublié sa valise. Quand elle est retournée à la gare, un dispositif de colis suspect avait déjà été déployé et elle s'est fait remettre en place par les flics. Beaucoup d'émotions en une journée.

— Tu arrêtes médecine alors que tu as validé ta première année avec brio ?

— …

— Adélie ? Tu es sûre de ce que tu fais ?

— Oui !

— Je comprends qu'elle ait pu être chamboulée.

— C'est ma vie !

— Tu sais bien que cela concerne aussi la sienne ! Je peux aller la voir ?

— Il vaut mieux attendre qu'elle soit rentrée à la maison. Je te dirai.

L'une s'écroule quand l'autre renonce à sa réussite. Je raccroche le cœur serré. Capucine et Adélie comptent plus que tout à mes yeux. Je me suis souvent demandé si leur existence serait un jour sereine. Ce n'est pas gagné.

Tant de hauts, tant de bas, et moi, témoin muet de leurs combats. Il y en a eu, des crises, durant toutes ces années. Des petites, des grandes, qui durent une heure ou des années. L'adolescence d'Adélie n'a pas été de tout repos. Capucine a tout pris sur elle, pour tenir. Aujourd'hui, elle ploie comme un jeune arbre de printemps qui a dû affronter l'hiver. D'énormes flocons qui tombent trop tôt sur des branches encore fragiles.

Je me sens impuissant. La petite n'a pas sollicité mon avis pour prendre sa décision, la grande défaille sans que j'aie rien vu venir. Et elle voudra s'en sortir seule, comme elle l'a toujours fait. Boule de courage et de détermination, virant à l'acharnement sourd et aveugle face aux mises en garde des autres pour ne pas perdre la face, se montrer à la hauteur. Peut-être devrais-tu…, tu ne crois pas que…, as-tu essayé de…, fais attention à… Rien n'y a fait. Elle s'est entêtée au détriment d'elle-même.

J'irai quand même la voir, parler un peu, faire rouler la voiture de Jean-Baptiste à laquelle elle ne veut toujours pas toucher, préparer certains arbustes pour la période hivernale, entretenir son jardin. Si elle en connaît toutes les fleurs, les bichonne, les soigne, elle me laisse m'occuper du petit potager que je leur ai installé il y a dix ans. Elle affirme que je suis le seul à être capable d'obtenir des légumes qui ressemblent à des légumes. J'avoue, j'ai un certain talent en ce domaine, hérité de mon grand-père qui passait ses journées dans son coin de terre. Il m'a tout appris. J'y trouve une occasion de passer du temps avec elle, même en silence. Quand nous jardinons ensemble, nous communiquons par fleurs interposées. Observer les tournesols le long de la clôture, et se dire qu'ils ont raison de choisir la lumière. Laisser se ressemer les plants de bourrache d'année en année et accepter qu'ils s'installent plutôt au gré du vent que de notre volonté. Ne pas arracher les jeunes pousses d'achillée millefeuille et avoir la patience d'attendre les fleurs pour en saisir les vertus.

Voilà mon rôle. Être là quand mes nièces en ont besoin, m'effacer le reste du temps. C'est ce que mon frère aurait souhaité.

Je ne pouvais pas faire plus.

J'aurais tant voulu pourtant.

Chapitre 4

Se réveiller du chaos

Elle ouvre les yeux, réveillée par une douleur vive sur le dos de la main. Sortant de sa torpeur, elle distingue progressivement les détails de ce qui l'entoure. Un lit métallique, une porte et des murs blancs, une télévision accrochée au mur, une table, une chaise. Des bruits sourds émanent du couloir où l'activité bat son plein, et accentue le contraste avec le silence de sa chambre. L'hôpital. Où chaque chambre raconte une histoire différente et où les infirmières sont un fil conducteur entre chacune. L'histoire de Capucine n'est pas glorieuse. Pas très heureuse non plus. Comme tous les patients ici. On n'atterrit pas aux urgences de gaîté de cœur. Cependant, elle n'a jamais cédé à la facilité de se prélasser dans un statut de victime. Ç'aurait été tentant, parfois, pour se reposer, souffler un peu, faire la planche dans le courant. Mais Capucine est une battante, une solide, un bon petit soldat qui ne se plaint pas. Et puis, auprès de qui ? Elle aimerait arracher le tuyau en plastique qui entre sous sa peau et la martyrise, se lever et partir. Elle n'en fait rien, anesthésiée par le produit qui y coule.

Le contour de ses souvenirs s'affine également. Elle aurait préféré tout oublier.

Oublier l'annonce de sa petite sœur qui lui a déchiré le cœur comme on arrache un pan entier d'une vieille tapisserie et qu'on découvre le mur gris.

Oublier ce sale type sur le quai de la gare qui l'a incendiée en public, la réduisant au rôle de pauvre fille étourdie qui saoule tout le monde. Ce qu'elle n'est pas. Ce qu'elle n'a jamais été. Elle, fiable et intègre. Elle, chez qui rien ne dépasse. Capucine n'a pas pu se défendre. Personne n'a voulu lui offrir la possibilité d'une excuse. Alors qu'elle en avait une.

Oublier cette volonté ridicule de noyer ses pensées dans l'alcool pour échapper à la réalité, et prendre ainsi le risque de se ridiculiser une deuxième fois dans la même journée.

Oublier les gestes déplacés de ces jeunes hommes aussi ivres qu'elle. Cette main dans sa culotte, ce doigt qui cherche une faille et son humidité. Les autres mains sur ses seins, dans sa nuque. Ces bouches qui la goûtent. Ces rires idiots qu'elle a partagés avec eux, comme si une autre fille avait pris place dans son corps, la reléguant dans un petit coin sombre en la sommant de se taire et de laisser la joyeuse, la délurée, la désinhibée faire la fête.

Oublier la colère de sa sœur en la découvrant ainsi dans un coin de la salle, et dont les cris ont transpercé la musique pourtant trop forte.

Oublier le réveil en sanglots dans le fourgon des pompiers et ce regard apitoyé de l'un d'eux.

Oublier cette étrange existence dont elle se réveille violemment et qui ne débouche sur rien. Rien de constructif, rien de concret.

Du vide. Juste du vide. Qu'elle a essayé de remplir d'alcool l'espace d'un soir désespéré.

Du vide, en ce moment comblé par une perfusion d'un tranquillisant dans son flacon qui se recroqueville sur lui-même. Au moment où le médecin entre dans sa chambre, elle aimerait se recroqueviller et disparaître comme cette petite poche en plastique translucide.

Il est patient et bienveillant. Il en faut de la patience et de la bienveillance pour être le psychiatre de garde.

Il lui demande comment elle va, fait semblant de lui prendre le pouls en posant sa main sur son poignet. Une main chaude qui apporte à Capucine un réconfort simple, elle qui a terriblement froid dans ce lit aseptisé, vêtue d'une chemise impersonnelle et d'une lourde armure de peine.

— Vous allez pouvoir sortir. Je vous ai obtenu un rendez-vous rapide, dans deux semaines, chez le Dr Diderot. Je le connais personnellement, c'est un bon médecin. Votre sœur va venir vous chercher, elle m'a dit au téléphone qu'elle vous rapporterait des habits. Les vôtres ne sont pas très frais. Je vais demander à l'infirmière de venir vous dépiquer. Je vous conseille de prendre le traitement que je vous ai prescrit au moins jusqu'à la consultation et vous aviserez de la suite avec mon collègue. Vous avez des questions ?

— C'est grave ce qui m'est arrivé ?

— Pour la forme, la situation aurait pu l'être beaucoup plus si votre sœur n'avait pas été là. Vous vous en sortez bien. Pour le fond, je ne sais pas. Vous ferez le point avec le Dr Diderot. Mon collègue vous donnera des outils. Bon courage pour la suite, mademoiselle. Je crois en vous.

Il se dirige vers la porte, pose sa main sur la clenche, hésite, puis revient vers Capucine.

— Je crois que quelques vannes ont lâché du barrage abîmé. Il vous reste à réaménager les berges pour couler des jours un peu plus paisibles à l'avenir. C'est à votre portée.

Chapitre 5

Rachel ne répond pas

Onze ans plus tôt.

Je somnole, sur le siège arrière, bercé par les mouvements de la voiture. J'ai un peu bu ce soir. Rachel conduit. Elle discute avec Catherine qui est venue passer quelques jours à la maison. La soirée était agréable, nous avons passé un joli moment. Je viens de mettre un message à Capucine pour lui dire que nous serons bientôt là. Adélie doit dormir depuis longtemps.

J'entends le cri de Rachel juste avant d'être ébloui par deux énormes phares qui surgissent de nulle part. Le choc est d'une rare violence.

Le klaxon de la voiture me réveille. J'avais perdu connaissance. Je n'ai pas vraiment mal, ou alors, je subis une telle douleur que mon cerveau m'a anesthésié. Je ne peux pas bouger. Catherine gémit à l'avant. J'essaie d'appeler Rachel. Un son fluet sort de ma bouche. Je tente un effort surhumain pour me faire entendre.

Rachel ne répond pas.

Les airbags sont maculés de rouge. La voiture est déformée. Le klaxon est assourdissant. J'ai un goût de métal dans la bouche. Toutes les vitres sont encore en place, brisées en mille morceaux. Je distingue l'éclairage dans la rue, et soudain une ombre. Un visage collé à la vitre. J'aimerais lui demander de me sortir de là, de secourir Rachel, je n'en ai pas la force. À travers un morceau de verre, j'aperçois son regard qui me fixe quelques instants. Il est froid, impassible. Puis l'ombre disparaît. Il n'a pas essayé d'ouvrir la porte. Il est sûrement parti chercher de l'aide.

Rachel ne répond pas.

Chapitre 6

Le désert de chair

C'est une maison individuelle dans un quartier calme de Strasbourg. Le petit parc qui l'entoure est assez arboré pour l'avoir préservée de la chaleur cet été. Quelques feuilles éparses commencent à jaunir et les premiers colchiques vont apparaître dans la pelouse. Comme l'an dernier. Je commence à connaître le rythme des saisons du cabinet médical, à force de le fréquenter. Il occupe le rez-de-chaussée, l'étage étant habité par la propriétaire des lieux. Un jour, en sortant de consultation, je l'avais aidée à démarrer sa tondeuse qui lui faisait des misères. Elle m'avait remercié la semaine suivante en m'offrant une balle rebondissante pour mon chien.

Bloom m'accompagne souvent. Je sais que Diane apprécie que je l'emmène. Couché sous un siège de la salle d'attente, la tête entre les pattes, toujours sur le qui-vive, il ne bouge que les yeux pour suivre le déplacement d'un autre patient qui vient de se lever.

C'est un chien angoissé mais efficace. Peut-être est-ce la raison pour laquelle nous nous sommes instantanément entendus. Les formateurs de Gramat n'avaient jamais vu une telle osmose. Il avait ses casseroles, moi les miennes, on les a mises en commun. On a fait de la bonne cuisine. Diane me demande toujours des nouvelles du chien avant de s'inquiéter de mon sort. Elle sait qu'en l'évoquant lui, je parle forcément un peu de moi.

— Vous m'avez annoncé lors de notre précédent rendez-vous que Bloom serait mis en retraite l'année prochaine. Vous aurez une nouvelle recrue ?

— Je n'imagine pas continuer avec un autre chien. Continuer tout court, je ne sais pas.

— Votre vocation a du plomb dans l'aile ?

— Vous pensez que c'en était une ?

— À vous de me le dire…

Ce que j'aime chez elle, c'est qu'elle creuse au bon endroit au bon moment. La question juste. La question que vous ne voulez pas entendre parce que vous cherchez à fuir la réponse. Surtout si elle fait mal. Elle appuie là. Comme Obélix sur le foie d'Abraracourcix dans *Le Bouclier arverne*. Appuyer sur la douleur pour la dissiper. Diane remplit pleinement ses fonctions. Trois ans de thérapie, on a fait du chemin. Elle m'a déjà proposé d'arrêter, et je ne suis pas prêt. Je fais encore des cauchemars. Elle m'a appris à les accepter. Pourtant, je n'imagine pas l'idée de lâcher sa bouée. Pas tant que je feins d'être cet homme solide dans un uniforme que je n'aurais peut-être jamais dû enfiler.

Je sais qu'elle n'enchaînera avec aucun autre sujet tant que je ne lui aurai pas répondu, alors je cherche. Je me souviens avoir annoncé mon désir d'engagement à ma mère le jour de mes seize ans. Par sécurité, j'ai passé mon bac, même si ma voie était déjà déterminée. Évidemment, Diane ne s'intéresse pas à la date de cette décision mais à la raison.

— Parce que je voulais faire comme mon père pour qu'il soit fier de moi ? Ou que je ne supportais pas l'injustice et que l'image qu'il me donnait, petit, était celle d'un homme dur mais juste ? Ou alors l'uniforme et les cheveux ras me rassuraient ? Pour attirer les filles ?

— Selon vous ?

— Un savant mélange de motivations inconscientes ?

— Quand vous avez signé en bas, vous vous êtes dit quoi ?

— Qu'on m'admirerait comme j'admirais mon père. Que je devais me sacrifier pour autrui comme il s'était sacrifié.

— Vous regrettez ?

— Non.

— Pourquoi n'imaginez-vous pas poursuivre ?

— Mes angoisses me fatiguent. La malveillance de certains m'épuise. Parfois, j'aimerais être un chien.

— Dans votre prochaine vie peut-être, en y pensant très fort dans le grand tunnel de la réincarnation, qui sait ! En attendant, vous êtes un homme jeune.

— Au pied du mur.

Elle me précise qu'aucun mur n'est infranchissable à qui sait poser ses mains et ses pieds au bon endroit pour l'escalader. Puis elle ajoute qu'on prend plus facilement appui sur les aspérités.

Ses mots résonnent en moi. Me vient soudain l'envie de lui parler de la valise oubliée.

— J'ai fait une étrange rencontre hier…

— Ah ?

— Probablement sans lendemain…

— Ah !

— Elle était belle tout en étant tragique…

— La rencontre ou la personne ?

— Les deux. J'essaie de l'oublier et je n'y arrive pas.

— Alors ne l'oubliez pas.

Nous parlons de la fille du quai numéro 3 pendant une bonne demi-heure. Cette impression de la connaître, mon intense envie de la secourir, mon désarroi de la laisser partir, la sensation de puissance qu'elle dégageait, la colère face à cette situation injuste, comme un écho à ma propre colère. La réaction troublante de Bloom.

— Les chiens détiennent beaucoup de réponses que nous, humains, ne voulons pas admettre. Faites-lui confiance.

Elle me connaît bien maintenant. Certains pourraient dire que nous avons fait le tour de la thérapie, et pourtant je m'accroche encore à ses petites phrases qui m'obligent à m'interroger, à ses conseils simples et pertinents.

Bloom a ses habitudes ici. Il est assis à côté de son fauteuil, les yeux fermés, la tête à hauteur de sa main, et se laisse caresser par cette femme élégante, dynamique et drôle. Je le regarde en me disant que j'aurais bien besoin de ce genre de caresse. Pas là, pas avec elle, évidemment. Seulement des moments de tendresse simple, des cadeaux de douceur, de la considération. Mon existence est un désert charnel. Par ma faute ; quand on ne supporte plus de perdre, il est plus simple de ne pas s'attacher. J'ai pourtant soif.

— Peut-être la reverrez-vous ? Strasbourg est une petite ville.

— Je ne sais même pas si elle habite ici. Elle n'était peut-être qu'en transit à la gare, entre deux trains, deux destinations. Elle peut habiter partout en France, ou même à l'étranger.

— Voire sur la Lune, avec un peu de malchance… Ne vous inquiétez pas, la vie œuvre avec justesse. Je crois qu'elle vous a déjà sauvé une fois, non ?

Chapitre 7

Rocher de larmes

La sonnette retentit dans le vide et la porte est fermée.

Je me suis toujours refusé à entrer dans la maison de mes nièces, même si je détiens un double des clés. Ce n'est pas chez moi. Et puis, je me sens toujours en décalage, moi, modeste ouvrier, face à tant de luxe. Cette villa immense m'effraie comme une ogresse qui voudrait dévorer mon âme et me voler ma simplicité, alors je garde mes distances. Quand les filles sont là, elle perd de sa puissance, de sa superbe, de son autorité. Elle redevient quatre murs et un toit. Avec un autocollant STOP-pub sur la boîte aux lettres.

Pourtant, la voiture est là. Capucine est rentrée de l'hôpital il y a quelques jours déjà, je l'ai laissée reprendre ses esprits et un peu de contenance avant de lui rendre visite, elle qui n'aime pas montrer ses faiblesses. Même à moi. Elle doit courir. Son oxygène depuis onze ans. Sa thérapie à elle. Courir à perdre haleine pour ne pas perdre pied. La rage qu'elle a trouvée dans cet effort intense lui a rendu ses ailes. Celles qui ont brûlé dans l'accident.

Son corps, bien en chair durant toute son enfance, est devenu sec en quelques mois seulement. Presque trop. Je me suis inquiété pour elle. Pour elles. Je m'en suis voulu aussi. À en crier certains soirs. À l'époque de l'accident, j'étais le seul à pouvoir prétendre les recueillir et les élever, je n'ai pas été à la hauteur. Un homme célibataire, un boulot précaire, l'alcool. Tous les feux auraient clignoté en rouge aux yeux de la société et de la justice. Je n'ai même pas essayé. Alors j'ai veillé. À distance mais j'ai veillé. Elles ne savent pas le nombre de soirs où j'ai pris mon vélo pour faire la route depuis le village voisin, où j'ai craché mes poumons en grimpant cette saleté de côte pour arriver jusque chez elles, scruter les alentours et être sûr que personne ne rôdait. Le nombre de fois où je suis passé discrètement sur le trottoir longeant l'école à l'heure de la récréation pour vérifier que personne n'embêtait Adélie dans la cour.

Je me suis assis sur le banc de la terrasse. À l'ombre de la glycine qui commence à perdre ses feuilles. Le raisin qui grimpe le long du mur de la remise termine de mûrir. Une variété ancienne. Je leur avais offert ce pied à la naissance d'Adélie. Ils ont grandi ensemble.

Le bruit de la ville remonte, étouffé par la distance qui nous sépare du centre qui fourmille.

Le Mont National surplombe Obernai et offre une vue magnifique sur la plaine d'Alsace et les premiers contreforts vosgiens. Les filles sont nées à la maternité en contrebas, ont passé toute leur enfance ici, école primaire, collège, lycée. Je me souviens de ces moments où Capucine avait honte de venir du « quartier des riches », celui qui domine le reste de la ville. Stigmatisée par certains élèves, enviée par d'autres. Attendue au tournant par quelques profs – les enfants de parents aisés sont forcément bons élèves. Je ressentais avec beaucoup de peine ce fossé qui se creusait en elle. D'un côté l'injustice qu'elle ne supportait pas concernant ma situation précaire, de l'autre l'admiration pour son père, sa réussite. Et le besoin qu'il soit fier d'elle en retour. Un besoin au-delà du raisonnable.

D'ici, on aperçoit le toit de ma maison. Dire que j'aurais pu avoir une belle villa comme mon frère. Broyée par le système scolaire, mon intelligence n'est jamais entrée dans aucune de ses cases. Je m'en suis rendu compte trop tard.

Mais qu'aurais-je fait d'une grande maison comme celle-là ? Je ne suis pas fait pour vivre avec quelqu'un.

Cette grande maison, Capucine y vit seule aujourd'hui. Adélie a préféré occuper le petit appartement de Strasbourg que leur père utilisait parfois quand le programme opératoire se prolongeait tard dans la soirée. Elle voulait aussi prendre son indépendance à l'égard de sa sœur, parfois trop exigeante, trop perfectionniste.

J'aperçois Capucine sur le sentier tout en bas. Elle court vite. Elle a pourtant encore tous les escaliers du coteau à monter. Sa silhouette fluette vole au-dessus du sol et la pente ne l'effraie pas.

Dans quelques minutes, elle sera là, peut-être surprise de me voir, peut-être pas. Je ne saurai pas quoi dire. Elle me demandera comment je vais, alors que c'est elle qui est en petit tas compact. Toujours à penser aux autres avant elle-même, comme son père. Il était doué dans son domaine, efficace, empathique avec les parents, la vie de leur enfant entre ses mains. Il a dû penser à ses filles juste avant de mourir, se dire qu'il ne les reverrait pas, le cœur broyé par la peur quant à leur avenir. Et moi, j'aurais tellement voulu le rassurer.

— Ah, tu es là ? Je suis touchée que tu sois venu. Comment tu vas ?

Les autres avant elle.

— Tu as beaucoup couru ? je demande, alors que je connais la réponse.

— Un peu plus de deux heures, répond-elle, à peine essoufflée.

— L'effort t'a fait du bien ?

— Je crois. Je vais me changer. Sers-toi un jus de fruits, il y en a au frais.

Capucine a toujours été prévenante avec moi, y compris quand je suis sorti de l'enfer de la dépendance. Elle a joué le jeu, compris les enjeux, les risques, le danger dans la moindre goutte. Elle m'a accompagné, m'a pris dans ses bras quand je tremblais du manque, a répondu au téléphone à toute heure quand j'avais besoin d'une bouée pour ne pas replonger. Elle m'a porté pour ce combat alors qu'elle était en équilibre sur un fil tendu au-dessus du vide.

Nous sommes assis côte à côte sous la tonnelle, nos verres posés sur la petite table ronde en métal anthracite.

— C'est la décision d'Adélie qui t'a mise dans cet état ?

— Elle t'en a parlé ?

— Quand elle m'a annoncé que tu étais aux urgences, oui.

— Tu en penses quoi ?

— Rien.

— Rien ?

— C'est sa vie, elle est majeure. À peine, mais majeure quand même. Tu veux faire quoi ? La forcer à poursuivre ?

— La raisonner, lui faire comprendre que c'est une folie…

Ma nièce a prononcé cette phrase sur un ton étonnamment calme, occupée dans le même temps à observer une abeille qui évolue sur le dos de sa main. Elles sont encore nombreuses dans son jardin. Il faut dire que les fleurs y poussent en abondance, échelonnées du printemps à l'automne. Elle n'a pas la main verte, elle a la main fleurie. Peut-être grâce à son prénom. Les chrysanthèmes sont déjà présents en bordure de la terrasse, ainsi que la bruyère dans la rocaille en contrebas. Elle a planté des rosiers de différentes variétés un peu partout autour de la villa et en prend soin avec beaucoup d'attention. Les premiers crocus sont apparus au bout de la pelouse, côtoyant les primevères violettes et jaunes. Elle doit avoir la maison la plus fleurie du quartier de sorte que les dernières abeilles encore présentes se réfugient chez elle. Celle qui se promenait sur sa main vient de s'envoler.

— J'essayerai de lui parler. Il faut que tu prennes soin de toi, Capucine.

— Tu ne crois pas qu'elle a encore besoin que je m'occupe d'elle ?

— Non, je ne crois pas. Elle est autonome. Maintenant c'est ton tour.

— Et celui d'Oscar aussi. Je l'ai trop négligé ces derniers temps.

— Et d'Oscar si tu veux. Je sais que quand tu t'occupes de lui, tu t'occupes de toi.

Nous avons bu un jus d'orange tandis que le soleil disparaissait derrière la montagne. Elle regardait au loin, et je savais qu'en scrutant l'horizon, elle regardait l'effondrement au fond d'elle. Puis elle s'est levée en chassant d'un geste rapide la larme qui s'aventurait sur sa joue. « Excuse-moi, je vais me doucher, tu claques la porte en sortant ? »

Le rocher qui ne veut pas montrer que l'eau suinte de partout à travers les fissures.

Je suis parti.

Chapitre 8

Une douche salée

Elle aime l'odeur de l'effort sur sa peau collante et salée. Cette odeur un peu âcre qui témoigne de la puissance de son corps. De l'étendue de sa détermination. Tout comme elle aime ensuite le parfum sucré du savon et cette sensation d'être propre et nouvelle. Minuscule renaissance après la bataille.

Elle s'est mise sur la pointe des pieds pour atteindre le carreau et voir son oncle partir sans se retourner. Il a compris avec le temps qu'elle n'était pas du genre à faire des coucous par la fenêtre, contrairement à sa sœur. Autant couper net, ne pas s'éterniser dans la séparation, déjà bien assez pénible pour en rajouter. Elle le regarde quand même s'éloigner jusqu'au bout de la rue. Elle a été dure de lui demander ainsi de s'en aller. Il ne s'en formalisera pas. Il sait qu'elle préfère la solitude quand l'humeur vacille.

Elle glisse son corps nu sous la douche brûlante, et regarde apparaître la buée sur la paroi vitrée. Les projections de mousse y dégoulinent comme si elles faisaient la course. Même ces bulles de savon ont une vie sociale. *Alors que toi, toi, tu passes la tienne à courir seule.*

Elle s'éternise. Tant pis pour la planète. Adélie n'a pas besoin de le savoir. Capucine culpabilise quand même, malgré le plaisir. Alors elle tourne la mollette dans le sens opposé pour activer la pluie fine. Une autre façon d'offrir son corps à la caresse de l'eau. Plus douce.

Elle se demande quelle place elle a laissé à la douceur jusque-là.

La douceur de vivre ? Certainement pas. Il fallait être présente, sérieuse, appliquée.

La douceur de l'amour ? Pas de place non plus.

La douceur de sa sœur ? Voilà bien longtemps – depuis l'adolescence – qu'Adélie n'a plus envie d'être prise dans les bras.

La douceur de courir ? Le dépassement de soi est dur, rugueux, agressif.

La douceur d'Oscar, la seule avec laquelle elle s'octroie une rencontre régulière.

Elle pense à ce rendez-vous chez le psychiatre prévu la semaine suivante, condition à sa sortie des urgences. Cette réticence à s'y rendre. Pour raconter quoi ? Elle s'est débrouillée jusque-là. Ce n'est pas un psy qui va changer le cours des événements. Encore moins faire revenir ses parents.

Elle préférerait courir encore.

Encore, encore, encore.

Courir plutôt que se confier.

Chapitre 9

Si seulement

Parfois, je suis trop gentil. Édouard, mon meilleur ami [1], me l'a souvent dit depuis le lycée. Il sait de quoi il parle. Lorsque mon collègue m'a téléphoné il y a quinze jours à propos d'un rendez-vous en urgence pour une jeune femme qui avait décompensé, qu'il m'a donné son nom, j'ai eu besoin de vérifier ce que je craignais. Je n'ai pas pu dire non et je l'ai rajoutée avant ma première consultation du jour. J'ai dû me réveiller aux aurores. Je ne prends plus de rendez-vous en fin de journée, Diane n'aime pas manger tard le soir. Depuis qu'elle a instauré son jeûne intermittent, nous mangeons à l'heure où certains sont à peine en retard pour le goûter. Je me suis adapté, il paraît que cette pratique est bonne pour sa santé, mais parfois, le planning coince un peu. Je lui ai déjà proposé de commencer sans moi. Ce qu'elle déteste. Nos dîners sont sacrés pour elle. Je crois qu'elle attend ce moment d'échange entre nous après sa journée de consultations.

Diane s'est levée en même temps que moi quand mon réveil a sonné et est partie déambuler dans le parc de l'orangerie, voir les dernières cigognes avant qu'elles ne migrent vers les pays chauds pour y passer l'hiver. Elle aime ce spectacle impressionnant d'une nature qui n'a que faire de nous,

1. Cf. *Se le dire enfin.*

petits humains grouillants sous les nids, à courir toute l'année, en changeant seulement d'habits en fonction des températures annoncées par une miss Météo sur talons hauts tous les soirs à la télé, alors que ces grands oiseaux partent à des milliers de kilomètres sans se poser de questions, en laissant tout derrière eux. Tout, c'est-à-dire rien, si ce n'est leur nid, qu'ils amendent de quelques brindilles chaque été. Elle dit qu'aller les voir entretient l'humilité.

J'ai accueilli ma patiente et me suis éclipsé dans la pièce à côté. Je regarde par la fenêtre le jour qui a presque fini de grignoter la nuit. L'automne est une période compliquée pour la plupart de nos patients. Le moral décline en même temps que la durée du jour. Lors de la première consultation, je les laisse toujours seuls quelques instants dans mon bureau pour qu'ils découvrent les lieux sereinement, qu'ils se sentent à l'aise, en terrain connu. Ne plus être tenté de regarder autour de soi pour mieux voir en soi. C'est pourquoi je n'ai habillé la pièce que de quelques rares éléments sobres et paisibles. Contrairement à ma femme et non moins collègue dont le petit salon de consultation fourmille d'objets et de couleurs. Elle considère que chacun doit pouvoir se retrouver dans un petit rien qui le fera se sentir un peu chez lui.

Quand j'entre, la jeune femme est installée dans le vieux fauteuil en cuir, les deux mains posées à plat sur les accoudoirs élimés. Le canapé n'est pas adapté à la première confrontation. Parfois jamais. Sans mon regard auquel s'accrocher, certains trouvent l'introspection trop vertigineuse.

Elle semble calme. Se contient. Tout en maîtrise. Pourtant, ses paupières racontent des larmes récentes. Elle doit appartenir à la catégorie « pas-devant-les-autres ». Je sais qu'elle a compris qu'elle ne peut plus vraiment reculer. Je le vois dans ses yeux. Ceux d'une bête un peu sauvage, un peu perdue. Je m'assois dans le fauteuil en face d'elle, calepin et stylo en main, en cherchant à quel animal elle me fait penser.

— C'est la première fois que vous consultez ?
— Oui.
— Vous éprouvez le besoin de venir ?
— Je n'avais pas trop le choix.
— Vous venez à contrecœur ?
— Non.

Des réponses courtes, incisives. Je marche sur des œufs. Je sais qu'il me faut trouver les bons mots pour ne pas la braquer, lui permettre d'accepter des faiblesses malgré sa force de caractère que j'ai sentie instantanément. Elle n'est pas du genre à s'apitoyer. Si je veux qu'elle revienne, je dois l'apprivoiser. Lui prouver par A+B que parler apaise.

— Capucine Claudel, c'est cela ?
— Oui.
— Vous êtes la fille de Jean-Baptiste Claudel ?
— Oui.
— Ma femme et moi, nous avons bien connu Rachel.
— Je l'ignorais. C'est gênant pour la thérapie ?
— Non, sauf si cela vous dérange. Voudriez-vous me dire pourquoi vous êtes là ?

Elle ne sait pas trop par où commencer. Je lui propose de remonter le fil des événements en partant de son hospitalisation. D'abord les grandes lignes, les détails viendront plus tard. Souvent, elle s'interrompt, se reprend, hésite. Comme si elle était prise au piège dans une cage, et que je la titillais avec un long bâton sans qu'elle puisse s'enfuir. Je prends mille précautions pour lui montrer que je ne lui veux aucun mal, que nous prendrons le temps qu'il faut, que vider un peu sa coupe l'allégera. Elle finit par l'admettre, du bout des lèvres, quand elle évoque la chape de plomb sous laquelle elle évolue depuis onze ans.

On n'imagine pas les conséquences de quelques phrases dans les pages faits divers du journal. De l'encre sur du papier, la froideur des faits relatés, un dramatique accident, et, sur la page suivante, les noces d'or d'Émile et Jacqueline, et la photo de la plus grosse truite pêchée cette année à l'étang du village.

Quelques phrases et des vies bousillées, sans noces d'or et sans poisson record.

Elle raconte. Les décisions au pied levé, l'abandon de ses rêves, le renoncement à son avenir programmé, la solitude, les moments de joie aussi, presque relégués, comme si elle se prenait à culpabiliser de les oublier.

Nous parlons une heure durant. Quelques résistances ont cédé, pas toutes. Elle est intelligente. Brillante, même. Et perdue. Craintive à l'idée de soulever le couvercle et découvrir ce qu'elle n'a pas voulu voir d'elle-même toutes ces années. Elle reconnaît pourtant que ce qu'elle a vécu il y a dix ans ressemble à une explosion dont elle n'a pas pu sortir indemne, et qu'à force de serrer les dents, elle s'est broyé la mâchoire.

Si seulement elle était venue plus tôt.

Je retrouverai Diane un peu plus tard. Elle me racontera les cigognes. Je lui parlerai de Capucine.

— Un modèle de sacrifice comme j'en avais rarement croisé. Touchante et déterminée. J'aurai du mal à la faire lâcher. Le travail sera intéressant. C'est la fille de Jean-Baptiste et Rachel.

— Oh. C'était il y a quoi ?

— Onze ans.

— Elle a tenu tout ce temps !

— Le sacrifice peut être coriace. Il s'accroche, ne se laisse pas démonter. Il faut bien qu'il serve à quelque chose.

— Et tout s'écroule quand il n'a plus de sens, ou qu'on a tout donné jusqu'à être vide…

— Voilà.

— Et dans son cas ?

— Les deux…

Une lionne.

Chapitre 10

L'envie sans le courage

Je suis venu sans le chien, en train puis à vélo, pour une course de l'autre côté de la ville après mon rendez-vous. J'aime cette formule. Rien n'est loin quand on pédale. Et je savoure ces premières journées d'automne qui sentent encore l'été, comme des sursis à l'hiver. Les rayons de soleil diffusent une agréable sensation chaude sur la peau, mais le fond de l'air devient frais. Le fond de l'air ; c'est une drôle d'expression. Comme s'il y avait un fond et une surface au même titre qu'une étendue d'eau. Peut-être, finalement.

C'est idiot, j'ai l'impression que les consultations sans Bloom sont plus intimes. Comme si le fait qu'il n'entende pas me permettait de parler de sujets différents. Quoique je n'aie pas le sentiment de me censurer en sa présence. Celle d'aujourd'hui tombe bien. J'ai refait des cauchemars très violents cette nuit. J'ai peur de ne jamais m'en sortir. D'être définitivement tatoué par ce qui m'est arrivé malgré le souvenir flou. Dissociation, m'avait dit Diane en début de thérapie. Quand on a failli mourir, le cerveau oublie pour se protéger. Les seules images de l'événement sont celles qu'on vous rapporte. On range le passé dans un coffre-fort inaccessible, mais la peur de mourir persiste et revient dans d'autres situations parfois plus anodines. Diane est cependant optimiste, voit le chemin parcouru. Spécialiste du stress post-traumatique, elle a l'habitude des cas comme le mien. J'ai retrouvé un quotidien normal. Cela fait environ un an que je n'ai plus de flash-backs en journée, de crises de panique ou de comportement d'évitement. J'ai pu assez vite reprendre mes fonctions, même si j'ai changé de branche, même si je ne repartirai pas en Afrique. Là où je rêverais de n'avoir plus aucun symptôme, elle trouve les progrès énormes. Soit. Je lui fais confiance. Elle attend encore de moi que j'arrive à mettre des mots sur la scène. J'en suis incapable. Mon cerveau ne trouve pas la clé du coffre.

Je suis en train de m'énerver sur une de ces attaches à vélo mal conçues, de l'autre côté de la rue, accroupi à hauteur du garde-boue quand je vois sortir une jeune femme de la maison où je me rends. La fille du quai. Elle porte le même manteau, le même sac à main. Caractéristique fatigante mais parfois utile, j'ai tendance à me souvenir des détails. Je l'ai reconnue avant de voir son visage. Elle s'est attaché les cheveux en un chignon simple. Je retrouve sa démarche, même sans sa valise derrière elle. Encore un peu courbée, comme si elle portait une partie de la misère du monde. Une petite partie, c'est déjà trop quand il s'agit de misère. J'en ai le souffle coupé. Je ressens une joyeuse surprise, mon cœur cogne dans ma poitrine. La probabilité de la croiser une seconde fois à deux semaines d'intervalle était tellement faible que je ne m'étais pas autorisé à l'imaginer. Elle n'habite donc ni dans une autre ville, ni dans un autre pays, ni sur la Lune. Je pourrais me relever, courir derrière elle, l'aborder, lui dire que nous nous sommes déjà vus. Me réjouir de l'heureux hasard, du signe du destin à y voir. Je n'en fais rien. Je reste accroupi, je me dissimule derrière le vide entre les rayons de ma roue arrière, pétrifié, ému. Quelques secondes à peine. Je me sens comme le photographe qui attend, sans un bruit, depuis des semaines, et qui voit soudain apparaître une panthère des neiges. Quand elle disparaît à l'angle de la rue, je reprends mon antivol casse-tête, qui s'imbrique alors parfaitement autour du socle et du cadre. Je me rue dans la salle d'attente, impatient que Diane m'accueille, pressé de lui en parler. Sa porte est encore fermée. La jeune femme doit être suivie par le Dr Diderot. À quelques secondes près je la croisais dans le parc. Je ne sais pas si je le regrette ou si j'en suis soulagé. Une telle rencontre inopinée m'aurait déstabilisé. J'ai besoin de savoir, de prévoir, de me jouer la scène plusieurs fois avant d'y être confronté. C'est ce qui faisait ma force au Mali. Paré à toute éventualité. Et c'est le scénario jamais imaginé qui a eu lieu. On s'en est quand même sorti. Diane pense cependant que l'incertitude et l'imprévu contribuent à la persistance du traumatisme. Que le malheureux événement a accentué ce besoin d'anticiper au lieu de le soigner.

Je me lève d'un bond quand la porte s'ouvre.

— Vous voilà bien prompt ! s'étonne Diane.

Je lui raconte.

Cette jeune femme sortie à l'instant du cabinet, celle précisément que je n'arrive pas à oublier parce qu'elle a touché quelque chose en moi. L'envie de la revoir. Ce mélange de dépit de l'avoir manquée de peu et de soulagement de ne pas avoir été devant le fait accompli au risque de perdre mes moyens.

— Vous aviez la possibilité de la rattraper.

— Entre la possibilité et l'action, il y a un mur que je n'arrive parfois pas à franchir.

— Quelle peur vous a lesté les chaussures à ce moment-là ?

— Celle de l'ennuyer, qu'elle n'ait pas envie, celle de tout gâcher.

— Gâcher quelque chose qui n'existe pas encore est ardu. Vous vous en sentez capable ?

— Oui.

— Comment ?

— Me prendre un vent et renoncer définitivement.

— Alors cette phrase de Sénèque est pour vous : *Seul l'arbre qui a subi les assauts du vent est vraiment vigoureux, car c'est dans cette lutte que ses racines, mises à l'épreuve, se fortifient.*

— J'ai l'impression d'être un arbrisseau planté dans une dune. J'ai encore fait des cauchemars.

Cette chute sans fin me réveille toujours dans un cri de terreur. Bloom, qui dort dans le salon accourt et saute sur le lit en fouissant son museau sous ma main moite. Je mets généralement plus d'une heure à me rendormir après ce genre d'épisode, hanté par les rares souvenirs que je garde de l'opération en plein désert. La peur au ventre, la douleur, le corps immobile de mon collègue. Dès que je ferme les yeux, ces quelques images éparses reviennent et m'obligent à les ouvrir pour voir le plafonnier et réaliser que je suis à l'abri dans mon lit.

— J'ai l'impression que ces pensées me suivront toute ma vie.

— Nous y travaillons. Il faudra du temps. Regardez les progrès.

À peine Diane a-t-elle fini sa phrase qu'elle se lève et va ouvrir la fenêtre et le premier bouton de son chemisier, revient vers son bureau, sort du tiroir un éventail qu'elle déploie d'un geste sec, puis l'agite frénétiquement devant son visage.

Ma mère vient de sortir de cette période, non sans mal. Je l'ai vue pendant des années ouvrir les fenêtres de la maison, de la voiture, les fermer, avoir trop chaud, puis trop froid, se plaindre d'insomnies, essayer de lisser ses sautes d'humeur, pleurer parfois de ne plus rentrer dans son ancienne garde-robe, pourtant déjà ample. Et pleurer parfois pour rien. Le tout en silence car « personne ne peut comprendre, puisque personne n'ose en parler ».

Quelques gouttes perlent sur les tempes de Diane. Elle me fait un petit signe de la main pour m'enjoindre à poursuivre la conversation.

— Je suppose que vous ne pouvez pas me donner le nom de cette jeune femme dont je vous ai parlé ?

— Celle dont vous n'êtes pas amoureux ?

— Précisément !

— Non, bien sûr.

— C'eût été trop facile.

— Il eût été plus facile de la rattraper dans la rue.

Chapitre 11

Petit arrangement du hasard

Diane m'attend pour notre pause de dix heures, assise à la table de notre minuscule cuisine. C'est un couloir entre nos deux bureaux de consultation. Tout en longueur, à peine plus large que la double fenêtre. Nous y avons installé une table et deux chaises, un frigo surmonté d'un four, d'une cafetière et d'une bouilloire. Un évier a pu y être ajouté moyennant quelques travaux simples. Il y a vingt ans, ce rez-de-chaussée présentait une configuration parfaite pour y installer notre cabinet commun. Chacun sa pièce, une salle d'attente, des toilettes, et ce petit espace pour nous retrouver. La propriétaire, une charmante dame maintenant âgée, nous offre régulièrement un bouquet des fleurs de son parc pour agrémenter la salle d'attente de quelques couleurs. Il m'est même arrivé d'aller y faire quelques pas avec l'un ou l'autre patient quand je sentais que l'oxygène commençait à manquer. Marcher au milieu des arbres délie les langues. Nous faisons le tour de ce parc autant de fois qu'il le faut pour trouver les mots.

Quand Diane tripote ainsi sa pince à cheveux, je sais qu'elle a quelque chose à me dire. Nous nous connaissons par cœur. Elle est l'index qui me montre où aller, je suis le pouce qui se lève pour l'interrompre un temps. Elle est fantasque, je suis prévisible, elle est légère, je suis posé, elle est intuitive, je suis réfléchi, elle est lumineuse, je suis sombre. Notre couple est une balance Roberval à l'équilibre. Nous pourrions faire un dictionnaire de tous les minuscules signes de l'un et de l'autre que nous déchiffrons et que personne ne voit. La façon de remettre une mèche de cheveux, de lever un sourcil, le tremblement infime de la lèvre inférieure, une posture, un petit rire discret, une pince à cheveux.

Je n'ai même pas le temps d'ouvrir la bouche.

— Quand revient la jeune fille que tu as eue en première heure ?

— Je ne m'en souviens pas. Pourquoi veux-tu savoir ?

Occupé à me laver les mains, je ne comprends pas tout de suite. Son silence prolongé me pousse à me retourner et à découvrir son œil pétillant et son petit sourire en coin.

— Ah non !

— Pourquoi pas ?

— Parce qu'on ne force pas le destin ainsi.

— On ne fait rien de mal.

— Des rendez-vous arrangés sans l'accord des parties !

— Mais tant qu'on les déguise en hasard…

— Oui, mais nous, nous savons que ce n'en est pas un.

— S'il fallait toujours lui faire confiance, à ce fichu hasard, on n'irait pas bien loin. Et on ne serait pas ensemble, je te signale.

— La dernière fois, notre tentative n'a rien donné !

— Et les deux fois précédentes, on en parle ?

Force est de constater qu'elle n'a pas tort. Deux bébés sont nés de ces rencontres inopinées en salle d'attente.

— Là, c'est encore plus fort. Mon patient l'a déjà croisée sur le quai de la gare. Cette jeune femme l'a beaucoup touché.

— C'est lui qui t'a demandé ses coordonnées ?

— Oui, mais j'ai brandi la croix du secret professionnel. Il l'a vue sortir de chez nous. N'est-ce pas un signe ?

— Un hasard. Un vrai ! Mon copain de promo l'a prise en charge aux urgences et m'a appelé pour trouver un rendez-vous rapidement.

— Tu vois que tu admets que les hasards peuvent être heureux !

— Il est déjà amoureux ?

— Oui, enfin non.

— Oui ou non ?

— Oui et non.

— Tu m'épuises, ma chérie.

— Bon, alors oui, mais il ne le sait pas.

— Et toi, qu'en sais-tu ?

Elle me fait un signe de la main comme un entraîneur demande un temps mort, se lève, ouvre le robinet de l'évier, s'asperge le visage d'eau froide, décroche le calendrier cartonné fixé au réfrigérateur et l'agite devant elle. Elle lève les yeux au ciel avant de jeter sa tête en arrière pour offrir un maximum de surface au souffle d'air.

— J'hésite entre Éros ou Philia, mais quelque chose se dégage de lui quand il parle d'elle.

— Tu m'inquiètes.

— Je plaisante, Denis. Je n'en sais rien. Cette rencontre l'a troublé et je le connais bien maintenant, c'est un gentil garçon. Ne m'as-tu pas dit qu'elle vit seule ? Elle en souffre peut-être et mérite d'être heureuse, non ? Donc qu'on essaie de donner un coup de pouce au destin.

— À la condition que nous ne parlions plus d'eux entre nous pour ne pas fausser notre approche respective. Plus un mot. D'accord ?

— Tu sais bien que nous avons respecté cette règle avec une rigueur absolue les autres fois. Nous avons bien d'autres patients qui ne se connaissent pas pour échanger nos points de vue.

La bouffée de chaleur éloignée, Diane s'est rassise, un café à la main, le sourire satisfait d'une petite fille qui a obtenu ce qu'elle voulait. Elle pianote un message sur son téléphone à destination de son patient. Je sais qu'elle croise les doigts pour qu'il puisse se rendre disponible à un autre moment que celui prévu initialement.

Je l'aime tant.

Chapitre 12

La magie des beignets aux pommes

J'ai du mal à me concentrer sur mon travail depuis que j'ai vu Capucine. Les gars me charrient. *T'es amoureux, hein ? Comment elle s'appelle ?* S'ils savaient ce qui me préoccupe… Je préférerais de loin être troublé par l'amour. Je leur souris poliment, il vaut mieux les laisser dire. Pendant ce temps, je réfléchis à comment faire. J'ai promis d'essayer de convaincre Adélie, même si je sais que l'entreprise est perdue d'avance. Je les connais trop bien l'une et l'autre. Leur caractère, leurs besoins, leurs blessures. D'équipe du matin toute la semaine à l'usine, j'ai proposé à ma nièce d'aller marcher dans les vignes cet après-midi, lui faisant miroiter un goûter. Tonton gâteau à leurs yeux, je connais aussi parfaitement leurs goûts depuis qu'elles sont petites. Adélie apprécie particulièrement les beignets aux pommes. J'ai la cave pleine de fruits. Les clayettes sont empilées pour l'hiver, les pommes rangées sans trop les serrer pour qu'elles ne se pourrissent pas entre elles. Ma vieille voisine me donne la moitié de sa récolte en échange de menus travaux dans son jardin. Cette variété est parfaite pour les beignets. Elle garde de la tenue à la cuisson, et la chair reste un peu croquante sous le moelleux de la pâte. J'aurais pu être un grand pâtissier si j'avais été capable d'accepter la discipline de la cuisine hôtelière. Je me rattrape dans la mienne. Après tout, j'y prends autant de plaisir. Je m'attarde toujours devant les pâtisseries chics d'Obernai pour y puiser des idées, même si j'ai peu de personnes à qui les proposer ensuite.

La boîte hermétique est posée sur le meuble de l'entrée, j'enfile mes chaussures et dois la rejoindre sur les hauteurs de mon village, devant le portail du cimetière. Celui-ci a du charme. Une longue allée d'arbres alignés donnant au chemin qui y mène une dimension très solennelle. De quoi me préparer à la discussion perdue d'avance.

Adélie arrive à vélo, essoufflée, ruisselante, souriante. Je lui demande d'où elle vient avec tant d'entrain.

— De la maison. Je suis venue passer quelques jours avec Capucine avant de partir avec mon copain.

— On va se poser quelque part pour manger mes beignets aux pommes ?

— Tu sais comment me prendre par les sentiments… On se promène un peu, d'accord ?

Elle me fait souvent marcher, au propre et au figuré, pour entretenir ma forme, dit-elle, et ma susceptibilité.

Adélie est une jeune femme de plus en plus épanouie. Grande, les yeux bleus, des cheveux courts bouclés, toujours en bataille. Des pantalons trop larges et des pulls de couleur. Très différente de sa sœur, elle donne l'apparence d'être joyeuse et légère. On pourrait la croire superficielle mais elle cache en elle une grande intelligence. Peu de choses sont tragiques à ses yeux, comme si elle avait concentré toute la gravité du monde dans l'accident qui lui a pris ses parents alors qu'elle n'avait que sept ans. Depuis elle essaye de sauver tout ce qu'elle peut. Les humains, les animaux, les plantes. Tout ce qui touche au vivant la concerne. Tous ceux qui s'en prennent à lui l'horripilent. Elle est devenue végétarienne, décroissante, militante. Elle ressent beaucoup de colère face à l'injustice et à l'évolution du monde. Je l'ai toujours connue de toutes les révoltes. Incisive et percutante, elle sait ce qu'elle veut, et surtout ce qu'elle ne veut pas. Et il est difficile de la faire changer d'avis. Je me prépare évidemment à essuyer un échec mais je me dois d'essayer de la raisonner. J'ai promis.

Elle m'annonce qu'armée d'une carte IGN, elle a étudié un parcours autour du village et que nous allons marcher environ 4,6 kilomètres.

— Imagine que cette distance représente l'histoire de notre planète depuis sa création dans le système solaire jusqu'à aujourd'hui. Chaque mètre correspond à un million d'années.

— Et ?

— C'est grisant, non ? Surtout quand je vais t'annoncer les différentes étapes de ce petit miracle sur l'échelle du temps.

Nous commençons à marcher d'un bon pas. Pour entretenir mon cœur, précise-t-elle. Je réfléchis à la façon dont je vais engager la conversation pour ne pas la froisser. Au bout de 600 mètres, elle m'annonce que les procaryotes ont fait leur apparition. Je cherche dans les buissons. Elle rit. Me précise ensuite que ce sont des cellules sans noyau. Je lui rétorque que j'ai quelques notions quand même, que je suis abonné à *Science et Avenir*, et que j'ai été sur les bancs de l'école avant qu'elle ne soit une cellule elle-même.

— Alors tu ne vas pas poursuivre médecine, c'est dommage, non ? Vous êtes combien à réussir du premier coup ?

— Tu aurais pu attendre que j'aie la bouche pleine de beignet pour m'interroger !

— Pourquoi veux-tu arrêter ?

— J'ai d'autres combats à mener.

— Quel genre de combat ?

— Avec Samuel, on va rejoindre un groupe de jeunes qui montent des actions en faveur du climat.

— Adélie, tu es sûre que c'est une bonne idée ?

— Oui. La planète est en train de crever, il faut bien des gens pour la défendre.

— Des humains aussi sont en train de crever, il faut bien des médecins pour les soigner.

— Je n'ai aucune envie de me mettre entre parenthèses pendant dix ans. Je veux agir tout de suite pour ce qui me tient à cœur. Et puis, Tonton, cette décision n'est pas un choix mais une pulsion de vie.

— Vous n'allez pas utiliser la violence, ou tomber dans l'illégalité, rassure-moi.

— Je n'aime pas la violence, tu le sais. Pour la légalité, je ne te garantis rien. La désobéissance est parfois la seule résistance possible.

Elle s'arrête pour m'annoncer que nous avons fait 2,6 kilomètres et que les eucaryotes sont désormais présents sur Terre. Je lui demande si ces petites bêtes ne seraient pas, par hasard, des cellules avec noyau. Elle hausse les épaules en souriant et repart sans m'attendre. Je lui propose un beignet en m'asseyant sur une roche au bord du chemin.

— Et ton copain, il est sérieux ?

— Tonton ! J'ai dix-huit ans. Je suis une grande fille.

— Ce qui ne m'empêche pas de te demander s'il tient la route.

— Adhérence parfaite, et engagé comme moi.

Elle prend un beignet et croque dedans comme si elle voulait lui faire la peau. Je la sens à la fois nerveuse et déterminée. Je sais que cette discussion la dérange. Elle ne me plairait pas non plus si j'étais à sa place. Un vieux raté qui vient lui faire la morale pour lui dire ce qu'elle doit faire ou ne pas faire. Un vieux raté sans enfant. Si peu légitime pour prendre ce ton paternel qu'elle n'a presque pas connu.

— Tu vas vivre de quoi ?

— De mes livrets bancaires. On a bien assez d'argent pour le consacrer à des causes justes. De petits boulots si nécessaire. Tu sais, avec mon copain, on s'oriente vers une existence décroissante, plus simple.

— Tu comprends que Capucine puisse être déçue ?

— Déçue que je ne suive pas le chemin qu'elle a abandonné pour prendre soin de moi ? Elle est libre, maintenant. Et à vingt-neuf ans, elle a encore toute la vie devant elle. Je lui suis infiniment reconnaissante pour tout ce qu'elle a fait, mais je n'ai pas à réaliser ses rêves.

Le couperet final de la discussion vient de tomber et elle a raison. Tristement et puissamment raison. Peut-être est-ce ce qui fait le plus mal à Capucine. Que sa petite sœur brise son propre rêve à elle.

Adélie n'entre dans aucun carcan familial, ne se sent pas redevable de réussite à l'égard de ses parents puisqu'ils ne sont plus là, ni à mon égard, je ne suis que son oncle, ni à l'égard de sa sœur, et voilà ce qui me coupe en deux au niveau des tripes. Comprendre Adélie dans sa soif de liberté, comprendre Capucine dans ses regrets. J'ai toujours su qu'un jour, cet élan de sororité, ce sacrifice absolu, lui reviendrait à la figure d'une manière ou d'une autre. Je pensais qu'elle en avait suffisamment bavé quand Adélie s'est montrée plus adolescente que nombre d'adolescentes réunies, à claquer les portes, à rentrer plus tard que prévu, à avoir des fréquentations douteuses et des pratiques répréhensibles, à se laver trop, puis plus assez, à essayer toutes sortes de coiffures en passant par toutes les couleurs de l'arc-en-ciel, à répondre aux profs au point d'être convoquée avec Capucine. Des profs qui rappelaient à la grande à quel point elle était bonne élève, intéressante et agréable, pleine de promesses, sous-entendant qu'ils ne comprenaient pas comment la petite pouvait être si différente. C'en était presque un reproche aux yeux de Capucine. *C'est pourtant vous qui l'éduquez.* Et puis, bizarrement, Adélie s'est calmée, elle est rentrée dans le rang, elle a travaillé les dernières années de lycée, a obtenu le bac avec mention très bien comme si elle voulait prouver au monde entier qu'elle réussissait tout ce qu'elle voulait du moment qu'elle l'avait décidé. Ce qui a lieu aujourd'hui encore.

Nous repartons en silence sur un peu plus d'un kilomètre, avant d'apercevoir le cimetière au loin. Cette marche rapide m'a épuisé. J'ai plus l'habitude de ratisser mon jardin que de gambader comme un lapin. Elle m'arrête un instant pour m'annoncer qu'il reste 430 mètres et que c'est la période où le vivant est sorti de l'eau. Nous franchissons 50 mètres de plus pour atteindre la naissance des premiers arbres, puis des premiers dinosaures, puis leur extinction, les premiers oiseaux, les premières fleurs à 140 mètres du point de départ de la boucle, les premiers bipèdes à 7 mètres. Nous avons terriblement ralenti notre marche pour qu'elle ait le temps de m'annoncer toutes ces nouvelles émergences en si peu de temps à l'échelle de la planète.

— À 40 centimètres, soit quatre cent mille ans, la maîtrise du feu. À 10 centimètres, l'émergence d'Homo sapiens. Et à un ongle d'aujourd'hui : le début de l'agriculture.

— C'est impressionnant.

— Et nous, nous, humains de l'ère industrielle, on ne représente même pas une rognure de cet ongle et on va tout foutre en l'air en un temps même pas visible à l'œil nu à l'échelle de cette balade. Tu comprends, Tonton, pourquoi j'ai envie de me battre et pourquoi je n'ai pas le temps de faire médecine ?

— Oui, je te comprends. Et je comprends Capucine.

— Tu sais, c'est lourd à porter quand quelqu'un se sacrifie pour toi. J'ai l'impression que mon existence même a gâché sa vie. J'ai le droit de respirer, de vibrer, d'accomplir des choses importantes. Et j'aimerais qu'elle en prenne conscience.

Et si aujourd'hui la grande avait besoin de moi, maintenant que la petite est grande ?

Chapitre 13

Du bois précieux

Adélie n'est pas encore rentrée de son tour à vélo. Capucine en profite pour renouer avec l'atelier qu'elle a un peu délaissé ces dernières semaines. Un espace éclairé au sous-sol par un saut-de-loup. L'unique petite lumière posée sur l'établi donne à l'endroit les mêmes reflets que le tableau de Georges de La Tour accroché au mur juste au-dessus : *Le Nouveau-né.* Le tourne-disque grésille sur un vinyle de Joan Baez. Elle est sereine dans cette ambiance douce, loin de l'agitation du monde, comme des bouffées de bonheur enfantin qui l'aident à tenir dans cet impitoyable monde des adultes qu'elle a rejoint trop tôt. Et ce dont elle accouche ici libère son esprit, au sens socratique de la maïeutique. Car elle prend soin de ce qu'elle tient entre ses mains comme si c'était un bébé, fragile et précieux. Le bébé de son père.

Quand elle restait là des heures avec lui, à parler de tout et de rien, souvent à garder le silence, seul le bruit des instruments au tranchant impitoyable qu'il manipulait avec dextérité venait couvrir la musique. Affairé à son projet, celui d'une vie, il se nourrissait de ces moments calmes avec sa fille. Une activité qui le détendait après les heures passées au bloc, des cœurs minuscules entre ses mains de chirurgien-sauveur, comme l'appelaient les parents. Et toute la pression qui allait avec.

« Pardon, Oscar. Je t'ai délaissé ces derniers temps. J'avais la tête ailleurs. C'est un peu dur, tu sais ? J'ai l'impression que tout s'écroule à nouveau, sans que j'aie la force de reconstruire une deuxième fois. Je suis perdue. Adélie n'a plus besoin de moi. Qui d'ailleurs a encore besoin de moi ? Laisse-moi le temps de retrouver où j'en étais. À la dernière vertèbre cervicale. J'ai dû revoir la dent de C2, qui était un peu grosse, et parfaire la surface articulaire supérieure de C1 pour que les condyles occipitaux s'emboîtent parfaitement. C'est peut-être pour cette raison que je recule. M'attaquer au crâne me fait peur. C'est sûrement la partie la plus difficile. Elle me prendra du temps. Mais nous ne sommes pas pressés, n'est-ce pas ? En parlant de crâne, je suis allée voir un psy il y a deux jours. Je crois que c'était nécessaire. Je lui ai parlé de toi, du bien que tu me faisais. Il m'a demandé de rechercher des souvenirs de mes parents, et je ne sais pas où les trouver. Nous avons gardé une partie des vêtements de Rachel. Adélie en porte régulièrement. Moi je flotte un peu dedans. Par contre, j'utilise souvent sa machine à coudre et sa collection de tissus. Cette activité me fait du bien. Elle avait commencé à m'apprendre. De papa, je n'ai que toi. J'irai quand même fouiller le grenier demain.

Je crois que tu m'as manqué. »

Elle referme son gros livre d'anatomie, regarde Oscar derrière lequel apparaît le visage de son père en train de lui sourire, et éclate en sanglots.

Chapitre 14

La petite clé

Voilà plusieurs jours que Capucine se dit qu'elle « ira au grenier demain ». Plusieurs jours qu'elle renonce au dernier moment, la peur au ventre de remuer la poussière du passé.

Elle n'a pas mangé ce soir. Elle mange peu depuis qu'elle s'est écroulée, il y a trois semaines. Elle est du genre à ne pas avoir faim quand il faut encaisser. Du moins depuis l'accident. À l'adolescence, elle se remplissait pour combler le vide. Un vide qui ne cessait de se renouveler. Un puits creusé dans du sable. Pour des détails, des broutilles, des petits conflits entre filles, une remarque désagréable d'un professeur, des peurs solitaires comme se sentir rejetée, mal-aimée, insignifiante. À y réfléchir, ce vide de jeune fille était minuscule en regard de celui laissé par ses parents, et qui lui a coupé la faim pendant un mois. Un long mois durant lequel son oncle lui a apporté chaque jour un plat tout prêt qu'elle n'avait qu'à réchauffer. Adélie engloutissait son assiette comme un animal affamé poussé par un instinct de survie, Capucine ignorait la sienne. Elle se servait pour montrer l'exemple, et le processus s'arrêtait là. Cinq kilos se sont détachés d'elle en même temps que s'installait définitivement le manque. Puis huit. Elle perdait du poids d'avoir le cœur lourd. Un jour, son oncle a crié avant de la supplier de manger. Il la voyait fondre, s'effacer comme une photo dont les couleurs passent avec le temps. Elle avait pourtant de l'énergie pour sa sœur, qu'elle puisait on ne sait où. Mais pour combien de temps ? Capucine, secouée par cette scène avec Bertrand, s'est remise à picorer comme un moineau, puis à retrouver des sensations plaisantes en mangeant.

À ce moment-là, elle s'est mise à courir, et elle ne s'est plus jamais arrêtée.

Ses amis l'appellent Forrest.

Elle est assise dans la chaise moelleuse de son père. Elle n'a pas touché au bureau, rien déplacé dans la pièce depuis toutes ces années. Elle en a même longtemps interdit l'accès à sa petite sœur, pour ne pas risquer d'endommager les souvenirs.

Elle pense au deuxième rendez-vous qui l'attend dans une semaine. Le Dr Diderot lui a proposé une fréquence bimensuelle dans un premier temps. Juste ce qu'il faut pour digérer d'une séance à l'autre tout en battant le fer tant qu'il est chaud. Elle se demande ce qu'elle va bien pouvoir encore raconter d'elle. Capucine déteste s'épancher.

Ses yeux s'arrêtent sur un porte-clés qu'elle avait fabriqué pour son père à l'école. Une rondelle en bois peinte. Elle avait dessiné un squelette comme elle avait pu, du haut de ses huit ans. Appliquée, elle s'était inspirée d'un modèle trouvé dans un *Tout l'univers*. Son père passait son temps libre le nez plongé dans des livres d'anatomie. Elle s'était dit qu'il apprécierait. Ce fut le cas.

Il dépasse d'une boîte de rangement. Alors qu'elle s'en saisit, elle remarque la clé attachée à la boucle. Une petite clé épaisse et ronde. Capucine n'a aucun souvenir d'avoir vu son père s'en servir et ignore ce qu'elle peut bien ouvrir. Elle essaie sur le premier tiroir du bureau, sur la double porte de la commode en face. Les serrures ne correspondent pas. Ce mystère l'intrigue. Elle s'est assise sur cette chaise des centaines de fois depuis l'accident. Ce n'est qu'aujourd'hui qu'elle prend conscience de la présence de ce porte-clés.

Capucine descend à l'atelier. Même si elle n'a pas souvenir d'une boîte ou d'un tiroir à serrure dans la pièce, elle préfère vérifier. Elle remonte bredouille et décide d'inspecter enfin le grenier. Son père aimait l'endroit. Il y avait installé un vieux canapé devant la fenêtre qui donne sur la vue vers l'ouest. Petite, elle n'osait pas s'y rendre seule. Elle avait peur des fantômes. Aujourd'hui, elle serait heureuse d'en croiser un en particulier.

Elle s'assoit, regarde à travers la fenêtre le soleil qui se couche derrière la montagne, la silhouette du Mont Sainte-Odile se détache sur la crête. Elle allume la lampe posée sur un guéridon à côté du canapé. Tout est couvert de poussière, et dans les coins, ou entre deux poutres, quelques toiles d'araignée dansent dans les airs au gré de souffles infimes.

Ses yeux parcourent la pièce et s'arrêtent sur une boîte en bois. Elle comporte une serrure.

Capucine se lève pour la saisir et se réinstalle, en la posant sur ses genoux. Elle souffle sur la couche grisâtre dont la boîte est couverte puis la balaie d'un revers de main pour mettre à jour les motifs du bois travaillé en marqueterie. L'image est ancienne. La place d'un village alsacien, une grande fontaine en pierres, quelques oies qui suivent une petite fille munie d'un bâton. Capucine est nerveuse à l'idée de découvrir un secret lié à son père, respire profondément, hésite, puis se décide enfin à introduire la clé dans la serrure. Un clic lui confirme que les deux correspondent. Son cœur s'emballe quand elle soulève le couvercle. Elle a le sentiment d'avoir trouvé un trésor.

Et quel trésor ! Elle en a les larmes aux yeux, ose à peine y toucher. Dix ans que tout est là sans qu'elle le sache, sans qu'elle le cherche. Elle n'est remontée qu'une fois dans ce grenier, en coup de vent, pour montrer l'emplacement de la VMC à un artisan venu la réparer. Dix ans à reculer devant le passé, à ne pas oser le remuer, à essayer d'aller de l'avant et d'oublier, sertir sur la mort un couvercle de fonte, laisser s'y accumuler la poussière. Et être soudain rattrapée, happée, embarquée dans un tourbillon puissant au milieu des toiles d'araignée qui, elles, demeurent immobiles.

Elle redescend avec la boîte. Le grenier n'est pas chauffé, il y fait frais en ce début d'automne.

Une petite chaleur flotte pourtant en elle. Une chaleur qui tiraille et apaise à la fois.

Son père se trouve dans cette boîte. Son père comme elle ne l'a peut-être jamais connu, ou son père qu'elle va retrouver comme elle l'aimait tant.

Est-elle prête pour une confrontation avec le doux fantôme qui repose là ?

Chapitre 15

De la dentelle

J'ai accepté de déplacer le rendez-vous même si je n'aime pas venir consulter en étant d'astreinte. Être appelé pour une alerte en renfort des effectifs de garde me contraindrait à partir sur-le-champ. Diane le sait, le risque s'est déjà présenté à plusieurs reprises. Heureusement, je n'ai eu à faire face à mes obligations qu'une seule fois. Elle doit parfois réaménager son planning en fonction de certaines urgences, je peux le comprendre. Cette fin septembre est froide et humide, ce qui m'a au moins permis d'enfiler un blouson civil sur ma combinaison de maître-chien pour cacher les écussons et signes distinctifs. Pantalon et rangers sont devenus banals et presque à la mode. Bloom et moi passons incognito.

La salle d'attente est vide, comme souvent. Diane et son conjoint s'arrangent pour respecter les horaires afin d'éviter le plus possible que leurs patients respectifs ne se croisent, même s'ils considèrent que ce n'est pas une tare de consulter un psy. Diane m'avait expliqué un jour que certaines personnes pouvaient éprouver de la gêne à être suivies ici. C'était en réponse à ma propre honte, en début de thérapie, de devoir être pris en charge pour mon choc post-traumatique. Un solide jeune homme comme moi, terrassé par des démons intérieurs, alors qu'on lui a appris à affronter les pires situations en zone de combat. Je me trouvais nul.

Bloom a levé la tête avant que la porte ne s'ouvre. Il avait entendu les pas sur les gravillons de l'allée. Quand elle est entrée en disant bonjour, passé la joyeuse surprise, j'avais envie de lui témoigner ma joie de la croiser à nouveau. Je n'ai rien laissé paraître. Contrairement à Bloom. J'ai dû le reprendre deux fois pour qu'il reste assis à mes pieds. Sans cela, il serait déjà contre elle. C'est rare, il obéit généralement au doigt et à l'œil. Il sait qu'il n'a pas le droit de s'élancer vers les gens. Je lui ai appris à gérer ses émotions en toutes circonstances. Lui aussi l'a reconnue, c'est indéniable.

Elle a l'air abattu. Les traits tirés, des cernes sous les yeux, un maquillage qui peine à camoufler des paupières gonflées. Touchante dans sa peine.

Elle est silencieuse. Pas de portable en main, pas de livre dans son sac, même pas un coup d'œil aux magazines sur la table basse. Elle observe la rue par la fenêtre sans trop croiser mon regard. Cette coquetterie de ne pas montrer qu'on a pleuré. J'essaie de poser mes yeux ailleurs, sur mon chien, les tableaux accrochés au mur, les revues, pour ne pas la mettre dans l'embarras. Je lutte.

Je sens Bloom trépigner. J'ose.

— Je crois qu'il aimerait vous dire bonjour. Vous avez peur des chiens ?

— Non, pas du tout, me répond-elle en essayant de sourire.

Il suffit d'un « va » pour qu'il jaillisse de sous mon siège. Au milieu de la pièce, il ralentit soudain et baisse la tête en s'approchant d'elle avec la délicatesse d'une dentellière. C'est peut-être ce que j'aime le plus chez lui. Cette hypersensibilité qui le rend si doux. Il vient se lover sous la main qu'elle a tendue puis s'assoit à ses pieds en posant son museau sur la chaise d'à côté, et la fixe avec une tendresse infinie.

Elle le caresse doucement et des larmes roulent sur ses joues. Bloom et ses vertus thérapeutiques ! Peut-être est-ce pour cela que Diane se satisfait de sa présence. Un parfait collaborateur. Je n'ose rien dire. Je préfère laisser faire mon chien dans ce genre de situation. Si je m'écoutais, si aucun code social ne me l'interdisait, je serais déjà à côté d'elle pour la prendre dans mes bras. La détresse de certaines larmes me remue le ventre. Pourtant, je perçois toujours en elle, comme sur le quai de la gare, une puissance intérieure phénoménale. Secouée par les événements, elle est solide, je le sens.

— Il a l'air gentil.

— Il l'est.

— Et obéissant.

— Principalement gourmand. Avec quelques friandises dans la poche, je peux tout obtenir de lui.

— Je ne vous crois pas. Il y a sûrement beaucoup de travail en amont.

— Surtout du jeu.

— Et il s'appelle… ?

— Bloom.

Les larmes ont séché sous le vent de son sourire, et je suis heureux d'être le maître de ce chien magique. Elle n'a d'yeux que pour lui et, cependant, je sens qu'elle me regarde aussi. Autrement. Bloom et moi sommes inséparables. L'observer lui, c'est me découvrir moi, et vice versa.

— Il a le poil soyeux.

— Il est autonettoyant.

— Vraiment ?

— Oui. Il peut courir dans la boue, au bout de quelques heures il est aussi propre qu'avant.

— Le concept est confortable.

— Il faut un bon aspirateur.

— Ce qui compte, c'est d'avoir plaisir à le caresser…

— Mademoiselle Claudel, c'est à nous ! lance le Dr Diderot.

Je dégringole de ce moment hors du temps.

Comment lui en vouloir ? Il fait son travail, et la planète continue à tourner, même si mes pieds n'y reposent plus vraiment. Je remercie déjà le destin de nous avoir permis de nous rencontrer, je ne vais pas en plus lui réclamer du rab.

Je reste seul quelques instants sur ma chaise. Bloom m'a rejoint. Il me regarde, tout joyeux, en remuant la queue. J'ignore s'il se réjouit que je le sois ou s'il l'est intrinsèquement, pour son propre compte. Peut-être lui fait-elle le même effet qu'à moi. Diane a ouvert sa porte et salue sa patiente précédente puis retourne à son bureau sans la refermer. Elle sait que je sais. Je peux entrer. Mon chien connaît aussi les codes, il est déjà à ses pieds, à quémander quelques caresses, insatiable de tendresse. Un bouquet de fleurs coupées égaye le bureau. Ces fleurs de fin d'été qui résistent jusqu'aux premiers froids et que le parc autour du cabinet compte à foison. Elle termine d'inscrire quelques mots sur son dossier pendant que je m'installe dans le fauteuil, puis lève la tête vers moi. Son sourire est limpide comme une eau de source qui ne saurait garder aucun secret. Je comprends instantanément.

— Vous m'avez demandé de changer mon rendez-vous pour que je puisse la revoir ?

— Je n'aurais pas dû ? Rassurez-vous, mon mari et moi n'échangeons rien de ce qui se dit ici et de l'autre côté de la cloison.

— Alors je dois vous remercier ?

— Remerciez le destin, je n'en suis qu'un canal !

— Pourquoi cette femme me fait cet effet-là alors que je ne la connais pas ?

— Cherchons !

Chapitre 16

Lâcher les pédales

Je prends le temps, même si le silence est pesant comme un ciel d'orage.

J'attends toujours quelques instants en début d'entretien pour laisser une chance à la parole spontanée d'émerger chez mes patients. Cela fonctionne parfois.

Pas toujours.

Pas là.

Capucine a des allures de petite fille timide, le regard vers le sol. Ses pieds sont légèrement tournés l'un vers l'autre. Je le vois comme un signe de protection, de repli sur soi. Je me ferme, je me pelotonne, je me mets en position fœtale. S'ouvrir à l'autre n'est jamais facile, qu'il soit psy ou pas. Notre étiquette de médecin ne nous donne aucun passe-droit pour entrer dans l'intimité des états d'âme. D'un mouvement rapide et régulier entre son pouce et son index, elle fait tourner une petite chevalière autour de son majeur gauche. Je tente une ouverture.

— Elle était à votre père ?

— Oui. Il la portait rarement. À cause des règles d'hygiène à l'hôpital.

— Elle vous va.

— Il avait les doigts fins.

— Des doigts de chirurgien pédiatrique.

— Oui.
— Et vous ? Vous avez des doigts de quoi ?

Elle écarte ses mains, les retourne plusieurs fois, les ferme, les ouvre, réfléchit. Peut-être est-ce la première fois qu'elle cherche à lire l'avenir dans cette partie du corps. Ces mains que nous voyons tellement qu'on finit par ne plus les regarder. Alors qu'elles ont tant de choses à raconter. Sèches, rugueuses, douces, soignées, blessées, habillées de vaisseaux minuscules ou d'énormes veines sous la peau, comme des câbles sous la moquette. Des mains aux ongles courts, ou longs, ou rongés, aux petites peaux arrachées sur les côtés, pour ceux qui ne supportent pas ce qui dépasse, ce qui accroche. Nos mains ont un langage.

J'aimerais tellement que ma patiente s'autorise à penser qu'elle a des doigts de fée.

— Des doigts de grande sœur fatiguée ? essaie-t-elle.

Même les fées ont le droit d'être fatiguées…

Je lui demande de quoi elle souhaite me parler aujourd'hui. Elle baisse le regard, joue avec la lanière de son sac, posé à côté de sa cuisse sur le fauteuil. Elle la tortille, la lisse, la tortille à nouveau, l'enroule autour de son doigt.

— Je ne sais pas. Je n'ai pas l'habitude de parler de moi.
— Pourquoi donc ?
— Parce que ce n'est pas très intéressant.
— Allons bon ! Détrompez-vous, cela m'est indispensable si vous voulez que je vous aide. Vous voulez bien que je vous aide ?
— Je crois que oui.
— La dernière fois, vous avez évoqué la décision de votre sœur, l'implosion que son annonce a provoquée en vous, l'épisode de la valise oubliée à la gare, et cette soirée durant

laquelle vous vous êtes mise minable – je reprends vos mots, – pour finir aux urgences.

— J'ai un peu perdu les pédales.

— Un peu. Voiture ou vélo ?

— Pardon ?

— Voiture ou vélo ? Sans réfléchir.

— Vélo.

— OK. À quoi servent les pédales sur un vélo ?

— À le faire avancer.

— Que se passe-t-il si vos pieds en glissent ?

— Le vélo continue d'avancer ?

— Bien ! Première bonne nouvelle ! Vous n'allez pas tomber tout de suite.

— Je ne suis pas déjà tombée ?

— Qu'en pensez-vous ?

— Je n'avais pas le droit de tomber jusque-là.

— Pourquoi ?

— D'abord je voulais que mon père soit fier de moi, puis quand il n'a plus été là, je devais rester debout pour ma sœur.

Je ne peux pas tout lui dire. C'est à elle de le comprendre, de réaliser qu'on ne peut pas rester debout dans la tempête, qu'il faut parfois plier un peu pour ne pas rompre. Le nombre de chênes à qui j'ai déjà indiqué le chemin du roseau dans ce cabinet… Certains restent chênes, déracinés, au sol, laissés pour morts, offerts à toutes les attaques de parasites que compte notre société. D'autres comprennent qu'ils ont le droit de n'être que des graminées bousculées dans les bourrasques, qui se redressent ensuite.

Capucine est un mélange des deux. J'ai l'impression qu'elle a plié fort, mais qu'elle est déjà en train de se redresser. La force du chêne et la flexibilité du roseau. Je n'en ai aucune preuve, seulement l'impression qu'elle me laisse.

Je suppose qu'elle a perdu tous ses repères après l'accident, tous ses rêves d'avenir, un champ des possibles tout entier inondé par les larmes d'un chagrin trop puissant. Comment pouvait-elle continuer à imaginer des projets alors qu'un accident venait de lui prouver que tout était susceptible de s'arrêter, qu'on pouvait être coupé en plein vol, abattu comme une grive. Pan ! Le battement d'ailes, les grands espaces, la liberté, et puis plus rien. Juste une petite sœur innocente et orpheline. Comme elle. S'est-elle autorisée à être orpheline alors qu'elle venait d'être majeure ? Ce sont les enfants qui sont orphelins. Elle avait dix-huit ans, officiellement adulte, mais elle était encore une enfant.

— N'est-ce pas votre sœur qui vous tenait debout, inconsciemment ?

— Je ne sais pas. Son annonce a fait l'effet d'une trappe qui s'est ouverte et m'a suspendue au-dessus du vide.

— C'était peut-être elle, la trappe. Sa simple présence. L'alibi pour tenir ?

— Et le fait qu'elle s'en aille m'enlève toute raison de tenir ? Donc je m'écroule ?

— Qu'en pensez-vous ?

— J'en pense qu'Adélie prend une décision inimaginable. Elle gâche tout.

— Que gâche-t-elle ?

— Son avenir.

— Elle n'a pas l'air de le prendre ainsi. Et le vôtre, comment est-il ?

— Gâché aussi.

— Par quoi ?

Je la vois baisser les yeux. Reprendre sa lanière. Les bouts de ses pieds se rapprochent à nouveau.

Je me prépare au tsunami.

Un ange passe en éclaireur.

Le déferlement n'arrive pas.

Elle a érigé des digues hautes et solides.

Elle serre la mâchoire. Je le distingue à cette petite boursouflure musculaire juste en dessous de l'oreille, qui se tend et se détend. Elle a recommencé à faire tourner sa chevalière, et ses pieds sont maintenant l'un au-dessus de l'autre.

Je la vois reprendre sa respiration et saisir son bouclier pour se protéger de mes coups de lance pourtant bienveillants. Elle a stabilisé ce petit tremblement émotionnel que j'avais cru déceler, cette faiblesse dans la paupière gauche, ce menton qui frémit à peine, comme un mur qui se fissure et qui laisse l'eau suinter. Capucine a repris le contrôle.

— J'avais réussi ma première année de médecine du premier coup, comme Adélie. J'ai dû tout interrompre pour m'occuper d'elle après l'accident. La voir gâcher cette réussite me fait mal au cœur.

— Qu'est-ce qui compte le plus pour vous, la concernant ?

— Qu'elle soit heureuse, après ce qu'elle a vécu petite.

— Qui vous dit qu'elle le serait plus en étant médecin qu'en étant activiste climatique ?

— Activiste n'est pas un métier.

— Non, mais cela peut avoir du sens.

— Médecin aussi.

— N'est-ce pas à elle de trouver ce qui lui convient le mieux ?

— C'était à moi de veiller sur elle et de lui construire un futur sans parents. Je ne sais pas ce que j'ai mal fait pour qu'elle prenne ce chemin aujourd'hui.

— Qui vous dit qu'elle n'aurait pas pris la même décision sans l'accident ?

— Rien.

— Qui vous dit que ce n'est pas un bon chemin ?

— Il est aléatoire.

— Et alors ?

— L'imprévu est inconfortable.

— L'inconfort est un souci ?

— Pour moi, oui.

— Et pour elle ?

— Il semble que non.

— Et vous ? Vers où voulez-vous vous orienter maintenant ?

Elle tournicote son foulard coloré, les yeux dans le vide. Des yeux qui commencent à briller. Je l'entends à peine répondre un « Je ne sais pas ».

J'attends en silence.

— J'ai trouvé des carnets de mon père dans le grenier.

— Ah ?

— Plusieurs dizaines de cahiers identiques, de différentes couleurs. J'ai reconnu son écriture. Deux dates sur chaque couverture, qui se suivent de carnet en carnet. Je crois qu'il tenait un journal. Je n'ai pas osé les ouvrir.

— Pour quelle raison ?

— J'aurais l'impression de le trahir.

— Peut-on trahir les morts ?

— En ne respectant pas leurs dernières volontés.

— Vous a-t-il dit un jour de ne jamais toucher à ces cahiers ? Est-il écrit sur la première page de ne pas les lire ?

— Non.

— Étaient-ils accessibles ?

— Dans une boîte fermée. La clé était sous mon nez. Accrochée à un porte-clés que je lui avais bricolé à l'école primaire.

— N'est-ce pas étrange ?

Elle me sourit enfin.

Oh, un minuscule sourire, un sourire de rien du tout, un murmure de sourire. Pourtant, c'est à mes yeux une petite victoire pour elle.

Et pour moi.

Chapitre 17

Réminiscences

Je sors de la consultation sans avoir le sentiment d'avoir progressé. Souvent, Diane me dit que nous avons bien avancé là où j'ai l'impression d'être resté sur place. Je suis pressé, elle m'affirme qu'il faut du temps. D'après elle, je ne suis pas face à un coup de foudre amoureux, mais à une rencontre. Celle avec un grand R. Elle m'a demandé de réfléchir à ce que j'ai ressenti en la voyant pleurer sur ce banc. Le mélange était trop confus pour que je puisse lui avancer le moindre argument. Je dois donc faire du ménage dans mes pensées pour le prochain rendez-vous. Elle me donne des devoirs comme à l'école. « Sans les noter », m'a-t-elle précisé la première fois. Je décide de m'arrêter dans le bar au bout de la rue. Le patron laisse entrer Bloom sans sourciller, ce qui est rare et confortable.

Cette pause-café est devenue une habitude, comme s'il me fallait me réimplanter dans la réalité des autres gens après m'être aventuré dans la mienne.

Je commande un thé vert et je sors mon carnet et un stylo. Battre le fer tant qu'il est chaud. J'essaie de comparer ce que j'ai ressenti sur le quai avec mes sensations dans la salle d'attente tout à l'heure. Je dois trouver par moi-même ce qui s'est passé en moi, sans tenir compte de l'attitude de Bloom. Il est mon compagnon de travail. Pas mon psy.

Quoique, parfois…
Je note ce qui me vient.

Triste pour elle.
Envie de la protéger.
Cette force qu'elle dégage !!!
Je me sens en confiance.
Elle me rassure.

Assis sur cette solide chaise en bois qui a déjà porté des milliers de colonnes vertébrales, je suis en équilibre entre deux mondes. L'extérieur, où chante le cliquetis des tasses dans leur soucoupe, noyé dans le brouhaha ambiant des clients. Ici, un couple éclate de rire. Ils échangent des regards complices. Là, deux vieux jouent aux cartes, chacun ayant un petit verre de blanc à moitié vide sur le bord de la table. Dehors, les moteurs grondent sur la chaussée, les voitures vont et viennent, un camion, parfois, fait trembler le vitrage en accélérant trop fort. Le bruit des talons hauts d'une femme vient rythmer ce grouillement humain. Ce monde vibre, bouge, bat, respire. L'autre, au fond de moi, est un magma sombre et flou qui somnole en vain, sans réussir à déborder, à exploser, à jaillir. J'aimerais que le fond de cet abîme se libère, vibre, bouge, batte, respire comme tout ce qui m'entoure. Qu'il s'éclaircisse surtout.

Mon récit n'est qu'une construction artificielle : ce qu'on m'a dit de l'intervention, de l'accident, de l'évacuation, ma rééducation, mes cicatrices, comme les pièces d'un puzzle qu'on m'a donné, sans le modèle de l'image finale. Mon inconscient a balayé mes sensations personnelles liées à cet événement sous le tapis et je marche soigneusement dessus depuis plusieurs années, dans une angoissante amnésie, pour ne leur laisser aucune chance d'en sortir. Pour les écrabouiller, les réduire en poudre, les rendre minuscules jusqu'à l'insignifiance. Peine perdue. De même que celle sur le pelage de

Bloom, il faut bien que la boue se dépose quelque part, et ce quelque part est dans chacune de mes cellules. Dans chacun de mes cauchemars.

Et si tout ce qu'on m'avait raconté était faux ? Et si mes cicatrices venaient d'ailleurs ? Mais alors d'où ?

Ce magma flou s'est mis à bouillonner depuis que j'ai croisé cette femme dont je ne connais même pas le prénom. La lave en fusion ne demande qu'à sortir.

Cette rencontre m'a percuté, bouleversé. Une situation sœur, un effet miroir qui met le doigt sur mon impuissance face à la situation. Elle s'est écroulée et je n'ai rien pu faire. Elle semblait pourtant solide. Comme moi, dans le désert. Et cette question qui me taraude. Comment peut-on se retrouver ainsi à terre alors qu'on est censé être fort ? Cette jeune femme m'a renvoyé à ma propre réalité. On ne peut pas toujours être fort et debout. On a parfois le droit de tomber. Et de saisir la main tendue des autres pour se relever. Sur le quai, j'avais envie qu'elle ait besoin de moi, comme moi j'ai eu besoin de Pierre, le copilote qui m'a sauvé lors de l'accident.

Cette femme à la fois puissante et vulnérable me raconte qui je suis. Comme si un voile me protégeait de mon passé tout en m'y emprisonnant, et qu'elle se glissait en dessous pour me chuchoter *Je te comprends, je suis comme toi.*

Je pourrais déjà retourner consulter Diane alors que je quitte à peine son cabinet. Je crois que ma mémoire se réveille doucement de son long sommeil et que cette jeune femme est un baiser de prince charmant sans le savoir.

J'ai bon espoir.

En attendant, je veux la retrouver.

Je sais ce qu'il me reste à faire.

Chapitre 18

Remuer la salade

J'essaie de rendre visite à Capucine plus souvent en ce moment. J'ai pris un roulement du matin pour avoir mes après-midi libres. Je crois bien que c'est la première fois depuis la mort de mon frère que je me sens autant à ma place auprès de mes nièces. Peut-être parce que Capucine me permet de l'occuper, en toute légitimité. Elle a serré les dents jusque-là. *Je me débrouille, Tonton, ne t'inquiète pas.* Depuis quelques semaines, la mâchoire s'est relâchée, son corps a demandé un temps mort. Atterrir aux urgences, confus et honteux, n'est anodin pour personne, encore moins pour Cap. Elle accepte un psy, elle accepte son oncle. Il y a quelques jours, alors qu'elle sortait de sa deuxième consultation, je l'avais trouvée apaisée, mais ce soir Capucine est aussi électrique qu'une nuit d'orage. Quand j'arrive dans la cuisine avec un nouvel essai de dessert, – tiramisu ananas-pain d'épices – elle est adossée au plan de travail, un verre d'eau à la main. Le dîner est prêt et Adélie vient de lui annoncer que Samuel serait là d'une minute à l'autre pour la chercher. Ils préfèrent ne pas rester pour le repas. La route est longue jusque dans les Alpes où ils vont rejoindre une communauté de jeunes en quête de combats écologiques comme eux. La petite m'a demandé si je pouvais dîner avec Capucine pour qu'elle ne soit pas seule au moment de son départ. Comment aurais-je pu refuser ?

— Alors tu pars ?

— Cap, on en a déjà parlé. Je sais ce que je veux faire. Je veux bouger, me sentir utile, sauver ce qui peut encore l'être.

— Tu pouvais aussi sauver des êtres humains.

— Mais les hommes sans planète n'ont aucune chance.

L'index de Capucine tapote le bord du verre frénétiquement. Sur le point d'exploser, elle se contient. Elle encaisse comme elle a toujours encaissé. Pourtant, bouillonne en elle ce regret de ne pas avoir poursuivi médecine et de sauver elle-même ses congénères. Je le sais, je le sens. Gâchis, gâchis, gâchis. Elle le pense tellement fort que la pièce entière est remplie de cette amertume.

Faute de prendre soin des deux sœurs, j'ai été présent entre elles quand cela était nécessaire. Les rares appels au secours de Capucine, juste avant de n'en plus pouvoir. Les ras-le-bol d'Adélie quand elle réclamait le droit d'être une orpheline libre, sans grande sœur aussi stricte que des parents. Je mettais de l'eau dans le vin de leurs querelles. Je passe mon temps à mettre de l'eau dans le vin des conflits humains. En tant que tonton, en tant que chef d'équipe, en tant que voisin. Pour compenser, pendant des années, j'ai mis du vin dans mon eau à moi. Je croyais trouver ainsi une solution et la solution est devenue un problème.

— De toute façon, je ne peux rien faire, conclut Capucine.

— Si. Vivre pour toi, maintenant.

— C'est trop tard.

— À vingt-neuf ans ?

— Je voulais faire médecine. Je n'ai plus la force de tout reprendre.

— Tu ne voulais pas faire médecine, tu voulais faire comme papa. Mais papa n'est plus là.

— Merci de me le rappeler.

Capucine fait volte-face et se met à remuer la salade déjà mélangée. Elle ne supporte pas qu'on remette en question sa vocation, donnant ainsi raison au destin de l'en avoir éloignée. Et Adélie est incisive. J'ignore si le caractère qu'elle s'est façonné est lié au décès de ses parents ou si elle l'aurait eu quoi qu'il arrive. En tous les cas, elle n'a pas la langue dans sa poche et pas toujours les pincettes pour la retenir. Parfois trop directe, ou trop sincère, elle n'est jamais méchante. Par contre, elle a toujours eu cet élan de s'affirmer, d'exister, d'être présente, tonique, là où parfois Capucine s'effaçait, discrète et réservée. Difficile quand la petite sœur fait plus de bruit que soi. Quand c'est elle qu'on admire, celle qui fait rire, celle qui réussit, dans la lumière. Difficile d'être la grande, d'être le grand qu'on oublie parfois, qu'on ne remarque pas, qui s'applique en silence pour être aimé quand même. Comme je comprends l'aînée.

Je m'approche de Capucine, lui enlève les couverts à salade des mains et lui suggère d'aller prendre sa petite sœur dans ses bras, parce qu'elle ne reviendra pas tout de suite et que se quitter sur un froid n'est pas une très bonne idée.

Une voiture s'est garée dans la rue. Je vais accueillir Samuel, en laissant les deux sœurs se dire au revoir.

Elles ont cet avantage, – et je l'imagine lié à l'épreuve, quand il a fallu qu'elles se serrent l'une contre l'autre face à l'adversité – de tourner très vite les pages de leurs conflits. De se disputer vivement et l'instant d'après de s'embrasser tendrement.

Capucine va vivre un nouvel état de vide.

À combien de gouffres peut-on survivre ?

Chapitre 19

Les secrets d'une maison

Si ceux-là la prennent, j'avale mon dentier. Ils la méritent pas. Pour une maison pareille, faut avoir l'âme de la terre, l'envie d'en baver, le courage de tout affronter. Les hivers, y sont rudes par ici. Encore des citadins qui pensent qu'on peut vivre n'importe où du moment qu'on a des sous. Ça s'achète pas de savoir vivre là. Les talons hauts de la madame s'enfoncent dans la terre. C'est sableux par chez nous. Et le monsieur, bien propre sur lui, il fera comment quand il faudra aller vider les gouttières bouchées par les feuilles mortes ? Je suis trop loin pour voir ses mains, mais je suis sûr qu'elles sont trop fragiles pour entretenir ce lieu.

Deux heures que j'ai le derrière posé sur ce tronc. Je veux rien louper de leur visite. Au moins ça m'occupe. La terre du jardin est devenue trop basse. Et j'ai du temps avant la visite de l'infirmière du soir qui est censée me coucher. Encore heureux que je me couche tout seul et à l'heure que je veux. Nan mais oh ! J'ai une dignité, moi ! Je vais pas aller au lit à dix-huit heures ! Elles savent. On a nos petits arrangements avec les règles de l'institution.

Je ne mourrai pas à l'hôpital. Si c'est pas sur ce banc, je veux crever sur un sentier dans la forêt là derrière, ou au milieu d'une prairie fleurie, mais pas trop loin de cette maison-là. J'ai mes raisons. Cette ferme a des racines et il ne faut pas lui couper, sinon elle perdra toutes ses tuiles, comme un arbre mort perd ses feuilles.

Ils ont monté les deux étages, ouvert les fenêtres, visité l'atelier, la grange et l'immense terrain, du moins ce qui est encore accessible. Il est en friche et ça me brise le cœur. À la belle époque, fallait voir le domaine que c'était.

Ils sont repartis après une poignée de main un peu contrariée avec l'agent immobilier. Quand il aura trouvé des acheteurs, je viendrai encore ici, mais j'entendrai plus le bourdonnement des guêpes et des frelons autour du saule pleureur, les grenouilles à l'étang ni l'eau de la fontaine, parce qu'ils changeront tout, j'en suis sûr. De la pelouse, une piscine, des petits gravillons sous une tonnelle.

Quel gâchis.

J'aime bien ces bruits-là. J'ai mal partout quand je marche mais j'entends encore tout. Au début, les auxiliaires de vie se sont pas méfiées. À mon âge, j'aurais dû être sourd comme un pot. Elles ont vite compris qu'en plus de les entendre, je retenais tout, et qu'on me la faisait pas.

La maison aussi, elle entend tout. Par contre, elle garde ses secrets pour elle.

Sauf que moi, je les connais.

Chapitre 20

Le dernier jour d'un homme heureux

Capucine sait qu'en partant quelques jours plus tôt, Adélie a quitté le nid. Même si elle logeait dans leur studio strasbourgeois depuis une année pour aller à la fac, elle rentrait certains week-ends, appartenait encore au foyer.

Cette réalité ajoute du vide au vide dans le cœur de sa grande sœur. Comme certaines mères, certains pères, qui ressentent dans cette page qui se tourne la puissance d'un ouragan qui emporte tout sur son passage et les laisse sonnés et penauds. Le syndrome du nid vide n'est pas qu'une histoire de couvée maternelle.

La villa familiale n'en est que plus grande, plus désincarnée, plus froide.

Depuis le départ de sa petite sœur, Capucine s'est réfugiée chaque soir dans la chaleur de l'atelier, avec Oscar, prendre soin de lui, chercher en lui un trait d'union avec son père.

Son père dont la boîte en marqueterie est restée sur la table basse du salon depuis qu'elle l'a exhumée du grenier. Elle n'a pas encore ouvert les carnets. Intimidée à l'idée de sentir son papa trop présent, comme lisant par-dessus son épaule, ce qu'il avait écrit de sa propre main. Elle qui n'a pas pris le temps d'accepter son absence. Il a fallu faire face, et bonne figure, devant une petite sœur qui ne demandait qu'à grandir. Adélie partie, Capucine reste en tête à tête avec ce père qu'elle n'a jamais vraiment laissé partir. Si en plus elle se plonge dans son intimité…

Mais peut-être est-ce la clé pour dire enfin oui à ce qui est. Se remplir tout entière de ses mots, de ses pensées, de sa personnalité, pour comprendre, avec toute la violence nécessaire au deuil, que cet homme a été mais ne sera plus.

Chaque jour, elle pense à ces carnets. Chaque jour, elle recule, faute de savoir par où commencer. Elle hésite entre une lecture chronologique, une autre aléatoire, ou remonter le temps. À moins de ne rien lire du tout ?

Elle sait surtout qu'elle doit chercher le cahier en cours, celui qu'il remplissait probablement dans la période de l'accident. Celui qui, évidemment, ne se trouve pas dans la boîte puisqu'il n'avait pas prévu de mourir.

Elle s'est assise à nouveau face au bureau. Cet espace sacré. Il y a onze ans, elle l'avait rapidement passé en revue pour en extraire les papiers nécessaires à destination des pompes funèbres, de la banque, de l'office notarial, des compagnies d'assurance. Jean-Baptiste était un homme extrêmement organisé. Tous les dossiers, les classeurs, les relevés étaient soigneusement étiquetés.

Elle ouvre chaque tiroir, soulève des pochettes cartonnées, de vieux chéquiers, une petite réserve de stylos et de blocnotes publicitaires.

Un souvenir joyeux l'envahit.

À l'adolescence, elle attendait son père de pied ferme à chaque retour de colloque, quand il avait passé le week-end à Paris, à Nantes, à Lyon, parfois à l'étranger, pour rencontrer ses pairs, échanger dans des tables rondes, autour des dernières recherches en cardiopédiatrie. Un nouveau procédé d'opération, du matériel dernier cri, des molécules innovantes, des retours d'expérience, des publications. Durant ces rencontres professionnelles, les pauses étaient consacrées à la déambulation des participants dans les couloirs des centres de congrès, où les laboratoires tenaient leurs stands pour présenter leurs nouveaux produits à tous ces chirurgiens concernés, en leur offrant cafés, viennoiseries, mignardises, chocolats, et toutes sortes de stylos, de bloc-notes et autres gadgets à leur nom. Les médecins destinataires de ces attentions commerciales étaient censés les utiliser en consultation pour bien imprimer la marque des laboratoires et des entreprises dans l'inconscient des patients, des collègues, dans le leur, mais Jean-Baptiste ne les acceptait que dans le but de les offrir à ses filles dès son retour. Les stylos rigolos et feutres divers revenaient à la petite quand la grande recevait de quoi prendre des notes, faire des fiches, noircir des Post-it pour réviser ses cours. Parfois, Capucine en offrait à ses copines de collège, impressionnées d'appartenir ainsi, même de façon indirecte et insignifiante, à ce cercle très fermé des grands médecins qui sauvent des vies.

Un souvenir joyeux, mais pas de cahier.

Elle a ouvert tous les tiroirs, soulevé le sous-main, fouillé le porte-documents posé sur le bureau. Rien.

De dépit, elle se jette en arrière dans le fauteuil à roulettes et dans l'élan, s'éloigne d'un demi-mètre.

Avec ce nouveau recul, elle aperçoit, entre les deux colonnes du bureau, une latte transversale épaisse de quelques centimètres seulement. Elle approche sa main et la passe en dessous. Une encoche lui permet de faire coulisser ce tiroir presque invisible. Le cahier est là. Sur la couverture, une seule date, la deuxième est piégée à jamais dans la carcasse d'une voiture broyée.

Capucine l'ouvre en tremblant et fait défiler les pages jusqu'à celles encore blanches.

La dernière trace de son père vivant est là, sous ses yeux.

13 septembre 2007

C'était une journée dense et fatigante. Deux opérations à cœur ouvert qui se sont bien passées. Un minuscule

Nathan et une petite Emma à qui nous avons pu offrir un avenir, ma charmante équipe et moi. Les parents respectifs étaient soulagés. Je ne me lasserai jamais du regard de ces femmes et de ces hommes quand j'entre dans la chambre pour leur dire que l'opération est terminée, que leur enfant est sauvé.

Au-delà de l'intérêt scientifique et technique de la chirurgie, je fais ce métier pour ces moments forts, pour ces échanges de regards entre humains qui s'entraident et s'épaulent. Je suis épuisé par mes journées éprouvantes, mais satisfait. Quand j'opère, je me passe en boucle cette phrase de Ralph Waldo Emerson : « Rire souvent et sans restriction ; s'attirer le respect des gens intelligents et l'affection des enfants ; tirer profit des critiques de bonne foi et supporter les trahisons des amis supposés ; apprécier la beauté ; voir chez les autres ce qu'ils ont de meilleur ; laisser derrière soi quelque chose de bon, un enfant en bonne santé, un coin de jardin ou une société en progrès ; savoir qu'un être au moins respire mieux parce que vous êtes passé en ce monde ; voilà ce que j'appelle réussir sa vie. »

Je pense alors avoir réussi la mienne.

Encore plus en regardant mes deux filles grandir. En rentrant, Adélie m'a sauté au cou, comme tous les soirs quand je reviens avant qu'elle ne soit déjà endormie. Elle portait un nouveau pyjama orné d'une licorne qu'elle m'a montrée fièrement, en m'offrant son sourire béat et béant de ses deux incisives supérieures. À sept ans, elle nage dans le rose, les paillettes, les licornes et les arcs-en-ciel. Derrière elle se tenait Capucine qui levait joliment les yeux au ciel en voyant sa petite sœur s'extasier pour si peu. À son âge, ma grande était beaucoup moins exubérante, plus réservée, appliquée, sage. Elle l'est toujours. Peut-être trop. Je la vois travailler sans arrêt depuis le collège et cela a payé. Réussir P1 du premier coup n'est offert qu'à peu d'étudiants. Elle ne sait pas encore quelle spécialité elle choisira pour son internat, mais elle fera un bon médecin, j'en suis certain.

Catherine est arrivée de Paris dans l'après-midi. Je sais que cela fait du bien à Rachel de recevoir la visite de sa meilleure amie. Nous avons prévu un dîner-concert demain soir, dans un restaurant d'Epfig. Capucine nous a proposé de garder sa petite sœur. Sa rentrée à la fac est proche, elle aura moins d'opportunités ensuite. C'est adorable de sa part.

J'ai une femme magnifique et douce, deux filles fantastiques, un métier nécessaire.

Je vais me coucher épuisé, mais je suis un homme heureux.

Capucine hurle son chagrin en refermant le cahier sur ce dernier jour. Elle crie l'injustice, elle pleure cette vie crasse qui lui a enlevé son père. Des cris emprisonnés dans une villa trop grande pour elle. Des cris que personne n'entendra parce que les murs sont trop épais. Le salaud inconscient dort en prison, mais il sortira bientôt, il reprendra le cours de son existence. Capucine, elle, a l'impression d'être debout à côté du manège, immobile, à le regarder tourner sans elle, depuis que son père en est descendu.

Elle pleure le manque et les retrouvailles. Lire ces mots de lui est une épreuve douloureuse et réconfortante à la fois.

Il est temps qu'elle accueille son absence.

Il est temps qu'elle ouvre la boîte.

Chapitre 21

L'innocence du débutant

Jour de repos. Il pleut mais qu'importe, Bloom sera heureux d'aller dehors. Moi aussi.

Surtout après ces derniers jours éprouvants. En sortant de ma dernière consultation il y a une semaine, je n'avais qu'une idée en tête, trouver des informations à propos de Mlle Claudel. L'actualité ne m'en a pas laissé le temps. Des missions et des astreintes se sont ajoutées à mon planning déjà tendu, en raison d'un arrêt maladie d'un collègue du Haut-Rhin. Notre relation avec le chien est si personnelle qu'il est difficile de nous remplacer. Entre un train de parlementaires à inspecter avant l'embarquement, la visite du ministre de la Santé à l'IRCAD, deux alertes à la bombe au Parlement européen, des bagages suspects à l'aéroport et à la gare de Mulhouse, du renfort pour la recherche d'une fillette de deux ans ayant échappé à la vigilance de ses parents dans la forêt, je n'ai pas disposé d'une seule demi-journée à moi.

Je me rends à la gare de Strasbourg. Dans le TER, Bloom fait toujours autant d'effet. Je suis censé lui mettre une muselière pendant le voyage. Je ne m'y suis jamais résolu. Généralement, son regard doux et son obéissance suffisent à convaincre le contrôleur qu'elle n'a aucune utilité. Aujourd'hui, c'était une jeune contrôleuse. Elle s'est arrêtée pour le caresser, m'a demandé sa race, s'est assise quelques instants sur l'accoudoir d'en face. Sans qu'elle dise rien d'autre que des généralités, j'ai senti qu'elle portait lourd. Une petite pause avant de repartir au combat. Lequel, je l'ignore. Mon chien est un chargeur sans fil.

Je ne sais pas si j'espère que Simonet sera là ou justement non. Je n'aime pas ce type. Je ne le sens pas. Des atomes qui se repoussent entre nous. Il est arrogant, sûr de lui, ne se cache pas d'être raciste et misogyne. Un surnom méprisant pour chaque collègue. Toujours un reproche à faire, en vous regardant, l'œil mauvais, et en s'approchant de votre visage pour vous intimider, si près que vous pouvez sentir son haleine chaude et fétide. Plus il avance, plus vous reculez, jusqu'à baisser les yeux. L'archétype du méchant dans les films.

L'équipe est sympathique dans l'ensemble, mais il est le chef, je sais qu'ils en bavent. Un supérieur caractériel, une hiérarchie institutionnelle.

J'arpente le quai numéro 1 jusqu'au bureau de la SUGE. Je n'attache pas Bloom quand je suis en civil. J'ai confiance en lui. C'est un bâtard, mélange de malinois et de berger australien. Un croisement qui le rend exceptionnel. Un flair très développé, couplé à une capacité d'apprentissage incroyable. Et une sensibilité hors pair. Il était fait pour moi.

Simonet n'est pas là.

Un petit nouveau est présent au bureau. Je lui explique qu'il me faut une copie de la procédure pour l'alerte au colis suspect de l'autre jour. J'invente une histoire de dossier à faire pour un changement de poste pour Bloom. Je n'y crois pas moi-même, mais avec un peu de chance, l'inexpérience de mon interlocuteur jouera en ma faveur.

Il ne pose aucune question.

J'aime les débutants.

Par contre, je le vois froncer les sourcils, chercher, me demander à nouveau la date, chercher encore.

— Nan, il n'y a rien ce jour-là.

— Comment ça, il n'y a rien ? Nous avions mis en place le dispositif complet, j'étais là.

Il pivote son écran pour confirmer ses dires. Et se tourne vers l'armoire qui contient les exemplaires papier des procès-verbaux. Recherche infructueuse.

— Désolé, gars, je ne peux rien faire pour toi. Aucune trace.

— Tu n'étais pas encore là ?

— Je viens d'arriver.

Je le remercie et m'assois sur un banc du quai pour réfléchir. Les pièces du puzzle commencent à s'ajouter. L'absence totale de dossier ajoutée à la réaction étrange de Simonet m'intriguent.

Je prends peut-être la situation trop à cœur, et je devrais laisser tomber. Diane me dirait de m'occuper de moi et non des autres pendant mes jours de repos.

Je lui répondrais que cette jeune femme n'est pas une autre comme les autres.

Chapitre 22

Avant de parler

Moi aussi j'ai eu mal à la mort de mon frère. On me demandait des nouvelles de mes nièces, on les plaignait, on se souciait d'elles. À raison. Elles avaient le droit de pleurer. Moi j'étais un homme, un adulte, un solide, un dur, un frère, juste le frère, pas le fils.

Mais de frère je n'en avais qu'un. Nous avons grandi ensemble, nous nous sommes étripés, nous nous sommes rabibochés, nous avons joué, appris, compris. Ensemble.

Et puis, nous nous aimions.

Les gens sont passés à côté de mon chagrin. Je ne peux pas leur en vouloir. C'est humain. Il est plus confortable de faire semblant, de s'autoriser à croire que l'autre va bien plutôt que de lui demander ce qu'il fabrique avec sa peine.

Il n'y en a qu'une qui s'est inquiétée pour moi. Ma petite souris. À l'infirmerie de l'entreprise, quand je me suis tranché les tendons de deux doigts, quelques semaines après le drame. Elle m'a touché avant de me parler. Le sang giclait, il fallait comprimer. Et puis on a discuté en attendant les pompiers. On s'est aimés au premier regard, je crois. Malheureusement, la place était déjà occupée. J'ai pris sur moi et, quand je pensais trop à elle, j'écrivais. Je transformais le triste en beau. J'ai toujours essayé de couvrir la laideur de ce monde en la racontant avec la musique des mots. Si Victor Hugo y est parvenu pour la mort de sa fille, je pouvais bien essayer moi aussi avec ma tristesse. Pour ma petite souris, je transcende le renoncement en poésie. Il faut bien qu'il se dissipe quelque part.

À la vie, à la mort, promet-on de l'amour
Que viennent les remords quand ce n'est plus toujours
Aux vagues les promesses emportées dans l'écume
Avant que tout ne cesse, même la cendre fume.
On s'accroche à la Lune, on supplie les étoiles
Pour qu'il n'y en ait qu'une dont le regard se voile
Sous vos yeux consentants et vos mains aveuglées
Par un corps si brûlant de se savoir aimé.

Chapitre 23

Un désastre touchant

Bloom sent que je suis préoccupé depuis que j'ai découvert il y a quelques jours l'absence de rapport pour le colis suspect. J'y pense en boucle. Quelque chose vrille dans cette histoire, quelque chose de louche. Une sensation diffuse. Mon chien me tourne autour alors que nous marchons dans la rue. Je le recadre avant qu'il me fasse trébucher. Parfois, j'ai l'impression que, d'un regard très explicite, il me remet à ma place à son tour. Il vient de me dire, un peu renfrogné « Je sais que j'ai raison, tu es soucieux ». Oui, je suis soucieux. Je n'aime pas trimballer ce genre de mauvais sentiment. Je me sens impuissant à agir quand je ne comprends pas.

En franchissant le portail du parc, je croise les doigts pour que Diane ait senti qu'il me fallait une autre opportunité pour me permettre de revoir la jeune femme.

En contournant le bâtiment, je me demande si elle osera renouveler ce petit coup de pouce au destin.

En montant les quelques marches devant le perron, j'essaie de me détendre pour paraître engageant, au cas où.

En entrant dans la salle d'attente, je retiens ma respiration.

Elle est là.

J'en suis heureux.

Mon chien aussi. Il attend mon feu vert pour la rejoindre. Je le lui donne quand elle tend la main.

— On dirait qu'il me reconnaît, s'étonne-t-elle en souriant comme si le reste de sa vie s'effaçait pour laisser place à l'instant.

— C'est le cas. Je m'appelle Adrien, dis-je en m'asseyant en face d'elle.

— Capucine.

La fleur préférée de ma maman depuis qu'elle est arrivée en France. Elle n'en avait jamais vu au Sénégal.

Évidemment, je ne sais plus quoi dire. Dois-je lui expliquer pourquoi mon chien la reconnaît ? Est-ce trop tôt ? Que me conseillerait Diane ? D'écouter mon cœur ?

— Et lui s'appelle Bloom, si mes souvenirs sont bons ?

— Oui. Il vous reconnaît, car il vous a déjà vue ailleurs que dans cette salle d'attente…

Elle semble étonnée et je m'en veux instantanément de l'avoir écouté, ce putain de cœur trop bavard, trop pressé, trop battant. D'avoir écouté des mots que Diane n'a même pas prononcés.

— À quelle occasion ?

Je toussote, en espérant presque que l'un de nous soit appelé sur-le-champ pour son rendez-vous. Bloom savoure ses caresses en remuant la queue.

— Le moment n'était pas très agréable pour vous…

— Oh. Je pense me souvenir. À la gare ? C'est lui qui est venu me réconforter quand je pleurais sur ce banc au milieu des militaires et des policiers armés ?

— Oui…

— Quel tableau désastreux, n'est-ce pas ?

— Non ! Je vous ai trouvée bouleversante…

Elle change vite de sujet pour se focaliser sur Bloom, excellent désintégrateur de nos gênes respectives. Elle se demande de quelle race il est issu. Son croisement n'est pas courant et difficilement identifiable. Je lui parle de ses talents de chien renifleur très obéissant, hérités de ses deux lignées. Je lui raconte mon métier de maître-chien, pourquoi j'étais présent ce jour-là, mon assiduité dans ce cabinet depuis quelques années avec Diane.

— Eh bien, vous avez de l'avance sur moi. Ce n'est que ma troisième consultation.

— Je vous souhaite d'avancer avec lui comme je l'ai fait avec elle.

— Ils sont mariés ?

— Oui.

— Vous croyez qu'ils parlent de nous au petit déjeuner ? demande-t-elle en pouffant.

— Je suis sûr que non. Secret médical.

Son rire est aussi lumineux que ses larmes étaient déchirantes. Diane choisit d'ouvrir sa porte à ce moment-là. Je crois que je la déteste l'espace d'une seconde. Bloom ne me suit même pas.

— Et donc ? Tu préfères rester avec elle ? dis-je en souriant. Au pied !

Je m'installe sans un mot pendant que Diane salue son assistant à poil long, venu s'asseoir à ses pieds.

Elle me regarde en silence. Je sais qu'elle attend que je commence.

— Vous auriez pu être un peu plus en retard…

— Vous êtes le seul patient à formuler ce genre de reproche. Vous semblez joyeux. J'en suis heureuse. Avez-vous trouvé pourquoi elle vous bouleverse ?

— Oui.

Je lui raconte ce magma qui se réveille doucement face à cette force invincible qui s'échappe d'elle et qui vient combler mon besoin profond de me sentir à l'abri, moi qui fais un métier pour protéger les autres. Je dis cet élan instantané que j'ai eu pour prendre soin d'elle, comme on prend soin spontanément d'un membre de sa famille.

— D'où me vient cette impression ?
— D'une résonance ?

Nous restons silencieux.

Elle finit par me demander si d'autres choses me turlupinent. Je lui relate ma visite à la SUGE, ma surprise de ne trouver aucune procédure. Et cette intuition qu'elle m'incite à écouter et qui clignote en rouge foncé depuis mon intervention sur le quai.

— Je sens un malaise diffus, une sensation impalpable, une certitude inexplicable que quelque chose ne tourne pas rond.

— Voilà une assez bonne définition du fameux instinct dont je vous parle tant.

— Et si je me trompais ? Si je m'inquiétais pour rien ? Ou si je faisais fausse route ?

— L'instinct a souvent raison. Il a été inventé pour nous sauver de plein de choses basiques : boire, manger, se défendre.

— De quoi puis-je bien me défendre ?

— Et si vous preniez la défense de quelqu'un d'autre ? Je vous rappelle que tout ce dont vous me parlez concerne cette jeune femme que vous avez le sentiment de déjà connaître. On ne se protège pas que soi vis-à-vis du reste du monde. On prend soin du clan.

— Nous serions du même clan…

— Ne le lui dites pas de cette façon, elle pourrait s'effrayer, précise-t-elle en riant.

Chapitre 24

La maîtrise du choix

J'ai laissé passer quelques instants après que Diane a cherché son patient afin d'éviter de donner l'impression que nous étions de connivence pour leur offrir ce petit moment d'intimité en salle d'attente.

Quand j'ouvre la porte, Capucine Claudel est en train de frotter avec vigueur sa jupe noire.

— Vous avez fait connaissance avec Bloom ? En dehors du fait qu'il perd ses poils, c'est un gentil chien n'est-ce pas ?

— Oui, il fait du bien rien qu'à le regarder.

— Savez-vous pourquoi ?

Elle est encore en train de rejoindre le fauteuil quand je lui pose la question. J'aime rebondir sur ce genre d'affirmation en apparence anodine.

— Il ne me juge pas. Il n'attend rien d'autre de moi que quelques caresses et des mots gentils. C'est reposant.

— Qu'attend-on de vous ? Et qui ?

Elle réfléchit. Souvent, les patients n'ont pas conscience jusque-là qu'ils sont seuls à se mettre cette pression démesurée.

— Que je sois forte.

— L'êtes-vous ?

— Je crois, oui. Mais j'ai parfois envie qu'on accepte que je ne le sois pas.

— L'acceptez-vous vous-même ?

— ... Non.

Elle me parle de ce choix sans option après l'accident. Elle gardait sa petite sœur à la maison. Le message de son père pour lui annoncer qu'ils quittent le restaurant vers minuit. L'inquiétude de ne pas les voir arriver qui commence à s'installer vers minuit trente. L'appel sur le portable qui ne répond pas. Une deuxième fois. Et à la troisième un gendarme qui décroche. « Ils ont eu un accident. Je ne peux rien vous dire par téléphone. On vous envoie quelqu'un. »

L'attente terrible de ce quelqu'un pour donner des nouvelles. Savoir qu'Adélie dort à l'étage sans se douter de rien.

— Quand la patrouille s'est garée devant notre porte, je me sentais à la fois libérée du doute et soudain prisonnière d'autre chose. D'une nouvelle vie sans la leur. Je savais. Si les gendarmes se déplaçaient en personne, c'était pour m'annoncer leur mort. Ils m'ont demandé s'il fallait prévenir quelqu'un. Je leur ai seulement demandé de passer chez notre oncle. Nos grands-parents ne vivaient pas dans la région, il était deux heures du matin. Je ne voulais réveiller personne. Ils sont restés un peu, mais je ne pleurais pas. J'étais en état de sidération, je crois. Je pensais à l'après, à ma petite sœur, et à mes études de médecine. Quand Bertrand est arrivé, les cheveux en bataille et les yeux gonflés, je me suis tournée vers lui et j'ai éclaté en sanglots dans ses bras. Il sentait l'alcool et la cigarette, le mauvais sommeil et le célibat, mais il était le seul porche sous lequel je pouvais m'abriter de l'orage de grêle qui m'assommait.

— Et votre petite sœur ?

— Elle s'est réveillée tôt. Je dormais sur le canapé. Mon corps avait sombré dans un refuge d'oubli pour me permettre de tenir debout quand il faudrait l'annoncer à Adélie.

Bertrand m'a doucement secoué l'épaule quand il l'a entendue descendre. Mon annonce a été pire pour moi que celle des gendarmes. Comme si, en lui expliquant le drame, je les tuais une deuxième fois. Quand elle m'a demandé comment nous allions faire, je lui ai répondu sans réfléchir que nous resterions dans la maison et que je prendrais soin d'elle. Qu'est-ce que je pouvais lui dire d'autre ? Qu'elle allait être placée parce que je n'avais pas le temps ? Impensable pour moi.

— Et votre oncle ?

— Il n'avait aucune expérience des enfants. Il travaillait à l'usine, en équipe. Et puis il était alcoolique...

— Et vous n'auriez pas pu poursuivre vos études avec son soutien partiel ?

— Vous avez fait médecine, vous savez bien qu'on n'a plus de vie pendant les études.

— Vos grands-parents ?

— Trop âgés et trop loin. J'aurais été séparée d'Adélie. Je ne l'imaginais même pas.

Son récit est simple, incisif, sa démonstration implacable. Je la vois qui relit le serment d'Hippocrate accroché derrière mon bureau. Un tableau que ma maman m'a offert pour fêter mon passage en deuxième année. Elle l'avait recopié en calligraphie. Capucine doit le connaître par cœur à force d'avoir rêvé de le prononcer un jour. Elle est absorbée sans même s'en rendre compte. Je la laisse terminer. Elle revient à la réalité de mon cabinet dans un discret sursaut et des excuses dans les yeux.

— Je voulais perturber le moins possible son existence de petite fille. La laisser dans la même école, avec ses copines, ses petites voisines, ses repères, ses attaches. Le reste allait déjà être si violent.

— Mais vous ?

— Moi ? Je n'avais pas le choix.

— N'a-t-on pas toujours le choix ?

— Je ne pouvais imaginer aucun autre scénario pour elle.

— Et c'est aujourd'hui que vous n'acceptez pas sa décision…

— Je n'ai pas le choix non plus…

— Qu'est-ce qui vous a fait tenir tout ce temps ?

— L'idée que mon père et Rachel auraient voulu cette solution.

— Avez-vous un peu lu son journal ?

Elle baisse les yeux. J'ignore si elle veut me cacher une éventuelle culpabilité ou l'émotion profonde de s'y être plongée. Je lui suggère de me lire un extrait choisi. Elle me parle du dernier jour, de sa colère, des hurlements dans la nuit. Je me réjouis qu'elle ait pu extérioriser son ressenti. Nombre de patients ont des cris coincés dans le ventre qu'ils n'oseront jamais laisser jaillir. Ils les gardent en eux, les trimballent comme des boulets d'une tonne, quand ces colères tues ne se transforment pas en maladie.

Capucine a décidé de piocher au hasard.

15 mars 2003

Nous avons fêté les treize ans de Capucine. Elle avait invité quelques amies pour l'après-midi. Ses copines s'extasiaient devant les yeux malicieux d'Adélie qui va sur ses deux ans et qui saute partout à l'affût de la moindre bêtise. J'ai cru déceler dans le regard de ma grande une pointe d'agacement, comme si elle avait envie de leur crier qu'elle existait aussi, que c'était son anniversaire à elle, et puis se raviser la seconde d'après et endosser sa cape de gentille grande sœur aux petits soins pour tout le monde. Elle a reçu du maquillage et du parfum « pour attirer les garçons ». Je l'ai vue rougir. Nul petit ami semble-t-il dans sa vie. Je crois qu'elle n'y songe même pas, trop occupée à travailler ses cours pour réussir. Elle est désespérée quand sa moyenne générale descend en dessous de 17. J'ai beau lui dire qu'elle n'a pas besoin d'être parfaite, rien n'y fait. Elle s'est mis en tête de réussir la première année de médecine du premier coup, ce qui est rare. Je lui ai offert un stéthoscope et deux manuels. L'un d'anatomie, l'autre d'embryologie. J'ai vu ses yeux pétiller en ouvrant les emballages. Je sais qu'elle les lira tard le soir, pour apprendre, comprendre, avoir de l'avance sur les autres. J'aimerais quand même qu'elle pense à vivre. Un jour, on se réveille en se disant qu'il est trop tard.

Capucine referme le cahier et regarde ses genoux. Elle ne dit rien. Il n'est pas anodin de lire le journal de son enfance vue par la personne qu'on a le plus aimée au monde.

— Pourquoi cherchiez-vous tant à être parfaite ?
— J'étais contente d'avoir des bonnes notes.
— Que se passe-t-il quand on rate ?
— …
— Capucine ?
— On risque de décevoir.
— Et si on déçoit ?
— On risque de ne plus être aimé.
— Excusez-moi, Capucine, vous avez quelque chose qui bouge dans vos cheveux…

Elle se penche en avant pour inspecter sa chevelure, saisit délicatement une petite abeille entre ses doigts et se lève pour la libérer à la fenêtre.

— Vous n'avez pas peur des petites bêtes ?
— Non. Je devrais ?
— Pas du tout. Mais vous semblez très sereine. D'autres auraient paniqué.
— À cette saison, les rares abeilles qui sortent encore sont un peu amorphes.

— Avez-vous été amoureuse à cette époque ?

— À l'adolescence ? Je ne crois pas. Aucun ne me convenait. Je les trouvais tous idiots et futiles.

— Vous aviez peur, là aussi, de décevoir votre père ?

— Peut-être... Cela dit, je les trouvais vraiment immatures.

— L'avez-vous été plus tard ?

— Une fois, quelques années après l'accident, mais je ne voulais pas que cette relation perturbe Adélie. J'y ai mis fin après quelques mois.

— De voir sa grande sœur amoureuse aurait vraiment pu la perturber ?

— Je ne sais pas, j'étais seule pour tout décider.

— Tout maîtriser ?

— Oui, tout maîtriser, je n'avais pas droit à l'erreur, j'avais la responsabilité d'une petite fille.

— On va s'arrêter là. Je vais vous demander un petit travail pour la prochaine fois. Écrire dans deux colonnes ce qu'on maîtrise et ce qu'on ne maîtrise pas.

Elle referme son agenda après avoir noté la date du rendez-vous et range ses affaires en silence. Certains patients meublent cet instant de paroles futiles. Capucine non. Elle a expérimenté un vide bien plus abyssal. Un vide sans fond, sans fin, comme si à ses pieds s'ouvrait un trou béant qui traversait la planète tout entière et au travers duquel elle pouvait voir le reste de l'univers. Une planète en forme de grosse perle ronde. Alors elle peut bien enfiler son manteau sans un mot.

Je rejoins Diane qui regarde dehors, dissimulée derrière le rideau, son café fumant à la main. Elle dégouline en silence, comme si elle faisait fi de cette nouvelle bouffée de chaleur qui s'ajoute à celles qui l'envahissent depuis quelques semaines à un rythme soutenu et aléatoire.

— C'est mignon. Il l'a attendue de l'autre côté de la rue, et il a envoyé Bloom lui déposer un bout de papier dans la main. Tu crois que c'est un mot doux ?

— Tu arrêtes de les espionner ?

— Ils ne s'en cachent pas, ou bien ?

— Ou bien laissons-les se rencontrer en paix si cela doit avoir lieu. Et ouvre donc cette fenêtre si tu en as besoin.

— Tu sais bien que la chaleur vient des tréfonds de mon corps et qu'un peu d'air sur les joues ne change pas grand-chose au malaise.

— Parfois, je me dis que les névroses de nos patients sont comme tes bouffées de chaleur et que nous, psys, ne sommes qu'un petit souffle d'air frais sur leurs joues.

— C'est justement ce que je regardais par la fenêtre avant que tu n'arrives… Un petit vent agréable que nous avons soufflé sur leurs joues respectives. Tu crois qu'ils vont se plaire ?

Chapitre 25

Sur notre banc

Ma pauvre petite Madeleine en a bavé dans cette maison, et j'ai rien pu faire. Bon Dieu, ce que j'aurais aimé la sortir de là, et partir loin avec elle. Ou bien rester, parce que la terre est bonne ici, et il y avait la forêt pour nous chauffer l'hiver. Chasser son monstre de père qui l'exploitait comme une esclave, qui la battait, et reprendre la maison. Lui offrir un nid douillet. Mais je pouvais pas. Il lui en a fait, du mal, pendant des années. J'avais envie de le tuer. Mais Madeleine me criait quand j'en parlais. Elle voulait pas que je finisse en prison. Il a fini par la marier à un gars plus riche que moi, au village d'à côté. Et elle a eu le même sort que sa mère, morte sous les coups de son époux.

Je suis resté vieux garçon. Je pouvais pas imaginer ma vie avec une autre. Qui aurait voulu venir vivre ici ? À l'époque, les filles partaient pour la ville et revenaient pas.

Madeleine, elle serait restée, elle me l'avait dit.

On aurait eu quelques animaux, on aurait vendu nos œufs, et des volailles. J'aurais fait du bois dans la forêt. Le domaine était grand.

Le père s'est volatilisé du jour au lendemain quand Madeleine est morte, en laissant une lettre pour dire qu'il reviendrait peut-être. Il est jamais revenu. Personne a su où il était parti. Il avait pas d'héritier, alors la mairie a fini par faire une procédure pour récupérer la propriété et la vendre. Ça remplit les caisses. Qui donc voudra d'une bâtisse où il pleut dans la cuisine, avec des ronces jusqu'au grenier ? Cette maison, elle mérite mieux que de partir à l'abandon. De la voir s'écrouler de partout me donne l'impression que Madeleine meurt une nouvelle fois à chaque pierre qui tombe.

Si seulement j'étais pas déjà un vieillard. Je la retaperais, pour y garder le souvenir de la femme de ma vie.

Ce que je l'ai aimée, ma Madeleine…

Le soleil s'est couché derrière les sapins. C'est qu'il est tard. Il faut que je me rentre, sinon l'auxiliaire va s'inquiéter.

Le jour où je la sens venir, je viendrai attendre la mort ici, sur ce banc.

Sur notre banc.

Chapitre 26

Conseils de guerre

Quelques jours ont passé depuis sa dernière séance.

Quelques jours qu'elle a passés à courir, à tailler les fleurs fanées dans le jardin, à travailler dans l'atelier.

Elle se détend en manipulant Oscar. Voilà un moment qu'elle s'échine sur le condyle occipital. Elle ne lâchera pas avant qu'il s'articule parfaitement avec la première cervicale. Elle tient ce besoin de son père. Aucune approximation n'était tolérable dans son travail. Les vaisseaux étaient si petits dans un cœur de prématuré. L'enjeu si important. Des existences et des familles qui ne tenaient qu'à un fil, et Jean-Baptiste devait en faire de la dentelle. Capucine n'a que le destin d'Oscar entre ses mains. Tellement dérisoire en regard d'un chirurgien cardiaque.

Elle n'a encore rien dit. Elle est concentrée. Un peu triste aussi. Ce travail chez le Dr Diderot la fait tanguer. Capucine n'a pas l'habitude de se livrer. Jean-Baptiste ne le faisait jamais. Il ne se plaignait pas et considérait que ne pas parler de ses problèmes participait à leur dissolution. Lui qui vivait avec une psychiatre. Ils en riaient. Capucine se confiait à Rachel quand vraiment elle en avait besoin. Ses premiers boutons sur le visage, ses premières règles, ce jour où elle avait été suivie en rentrant du collège et la peur qui l'avait envahie. Cet autre jour où elle avait été tentée de prendre de l'argent dans la réserve du buffet pour aller faire des achats avec ses copines et la honte qu'elle avait ressentie. Souvent, les mots sortaient derrière le bruit de fond de la machine à coudre. Chacune regardait son ouvrage pour ne pas se piquer les doigts avec les épingles. Et Rachel enchaînait toujours avec un conseil technique – coudre sans pli, faire coïncider une fermeture Éclair, régler la bonne tension du fil – pour ne pas rester sur une émotion négative.

Aujourd'hui, elle commence à prendre goût à ces séances. Certes, elles remuent, mais parfois on touille pour que la préparation n'attache pas au fond. Capucine mijote. Elle cherche. Elle comprend. Elle essaie. Elle tâtonne. Elle apprivoise l'absence.

Depuis toutes ces années, personne ne s'était vraiment occupé d'elle en dehors de son oncle, qui a fait de son mieux. Elle ne se confiait pas à lui. Elle se confiait à ses baskets, aux arbres, au ruisseau, au froid de l'hiver et au soleil de printemps. À tout ce qui ne pourrait pas lui poser de questions et lui faire prendre le risque de réfléchir à cette absence.

Elle se confiait à Oscar mais il ne répondait rien, et ce silence l'arrangeait bien. Certaines confidences n'appellent aucune réponse ; tout le monde ne le comprend pas. On veut réconforter par-ci, on veut conseiller par-là. Et après ? Après, rien, on ne porte quand même pas l'armure de l'autre, alors les conseils de guerre…

Elle s'est tellement vidé la tête dans cet atelier qu'il y règne une poussière de pensées qui s'est immiscée un peu partout à la manière d'une sciure fine à laquelle aucun interstice n'échappe. Se vider la tête en poursuivant l'œuvre de son père. Lui faire honneur.

Un jour, elle aura fini. Elle ignore si cet achèvement tuera son père une deuxième fois ou s'il le libérera. Alors elle prolonge, elle fignole, elle allonge l'œuvre comme la traînée nuageuse d'un avion qu'on ne voit même plus.

Chapitre 27

Engrenage

Une semaine déjà, depuis ma dernière consultation et ce petit bout de papier coincé entre les dents de Bloom à destination d'une jeune femme que je connais à peine. J'ai pris mon courage à deux mains. L'initiative était audacieuse. Quelques barrières tombent, par-ci par-là, depuis plusieurs semaines. J'ai l'impression de changer, de grandir, d'avoir un peu plus envie de me lever chaque matin.

Évidemment j'attends, évidemment je suis bousculé par son silence. J'avais espéré qu'elle me laisserait un message. Et pourtant, je ne suis pas inquiet. J'ai confiance. Une confiance qui me soigne de mes blessures. Je tomberai de haut si mes illusions s'effondrent.

La journée a été dense. Une alerte à la gare, une autre à l'aéroport. Les affaires courantes le reste du temps. Bloom est couché dans son panier au coin de mon bureau. Il n'est pas agressif, ce qui lui permet de vivre librement dans la brigade. Un coéquipier comme un autre. S'il était chien de défense, l'histoire serait différente. Je devrais le laisser dans sa cage, protéger mes collègues de son agressivité, laquelle est indispensable à ce genre de profil. Le mien s'amuse juste à sniffer des explosifs.

J'éprouve une certaine lassitude en regardant le couloir de ma brigade. La délinquance, les violences, la capacité de nuisance des humains envers d'autres humains m'ébahit chaque jour un peu plus. Notre impuissance à enrayer le phénomène aussi, faute de moyens, de personnel, de temps. Si les gens savaient que, parfois, nous achetons nous-mêmes nos cartouches d'encre et notre papier pour faire tourner l'unique imprimante prévue pour huit gendarmes !

Je devrais regagner mon appartement de fonction à l'autre bout de la cour, fermer la porte sur ce monde de dingues et me jeter dans le canapé avec une bière et un paquet de chips, devant une mauvaise série qui anesthésie le cerveau. Mais je resterai le temps qu'il faudra. J'ai besoin de comprendre.

Les bureaux se vident les uns après les autres et les équipes de nuit sont déjà arrivées. La lumière dans mon bureau intrigue, on vient me saluer, caresser le chien, me demander comment je vais.

Capucine Claudel.

Certes, j'ai son nom, mais aucune trace de sa valise oubliée à la gare.

Je tape son patronyme dans le TAJ [1]. Il n'y en a qu'une. Date de naissance : 1947 à Quimper. Pas elle.

J'essaie Yvon Simonet. Rien.

Simonet tout court fait apparaître à l'écran une vingtaine de références de procédures au niveau national. Je regarde la série de numéros UPVA. Ni le numéro de procès-verbal ni l'année ne m'aideront. Par contre, la première série de chiffres qui correspond au numéro d'unité m'aidera peut-être.

J'en tombe presque de ma chaise. Une procédure datant de septembre 2007 a été saisie dans une brigade voisine de la mienne. J'y ai passé quelques mois. Pour l'avoir tapé un certain nombre de fois dans la bécane, je me souviens de leur

1. Traitement des antécédents judiciaires.

numéro d'unité. Un certain Kevin Simonet, un peu plus jeune que mon collègue.

Je les appelle. Je tombe sur Patrick. Un gars sympa. Discret, rigoureux, efficace. Je lui explique ce que je cherche.

— T'es sûr de ce que tu fais ? T'enquêtes quand même sur un collègue.

— De la SUGE. Pas la même maison.

— C'est vrai. Et puis, c'est Simonet. Il me revient pas non plus, ce type.

— Je crois qu'il ne revient à personne.

— Bouge pas, je vais chercher la procédure. T'as de la chance qu'on les ait encore. 2007. Ton affaire remonte.

Il a posé le combiné sur le bureau. J'entends ses collègues discuter et rire dans la pièce à côté. Ce début de soirée doit être calme, ce qui fait parfois du bien.

— Bon, c'est une sale histoire, me dit-il en reprenant le combiné après de longues minutes. Un grave accident, deux morts, dont le Pr Claudel, un chirurgien réputé de la région. Il y avait eu quelques articles dans les journaux, je m'en souviens. Le chauffard a grillé un stop à pleine vitesse. Il ne leur a laissé aucune chance.

— Il a été condamné ?

— Tu sais bien qu'on n'a pas le retour du tribunal ni accès au casier judiciaire.

— Merci en tout cas.

Un lien de parenté existe-t-il entre Yvon et lui ?

Voilà pourquoi il aurait fait profil bas en découvrant l'identité de Capucine ? Simonet n'a pas de cœur. Plus il peut faire souffrir, plus ça l'excite. Alors pourquoi cette réaction ?

Quelque chose me dérange, une sensation floue, qui sonne faux.

Je cherche le numéro de la SUGE. Avec un peu de chance, il sera de service cette nuit. J'éprouve le besoin de lui parler de l'affaire.

— Yvon ? Adrien Petit.

— Le Malien ! T'as un problème ?

— Quelque chose me turlupine depuis notre intervention l'autre jour, avec cette fille qui avait oublié sa valise et qui s'est mise à pleurer comme une madeleine.

— Oui, et ?

— J'ai cherché le PV d'intervention et je n'ai rien trouvé.

— Depuis quand les maîtres-chiens sont des fouille-merde ?

Je reste interdit quelques instants après qu'il a raccroché avec fracas.

J'en suis persuadé, j'ai mis le doigt dans un engrenage que je me dois de démonter jusqu'à la dernière pièce.

Je recontacte Patrick.

— J'allais te rappeler. J'ai lu tout le PV après qu'on a raccroché.

Je l'écoute me relater les détails en me balançant sur ma chaise, le regard dans le vide.

Je comprends mieux. Même si des zones d'ombre persistent. Il m'a également transmis le nom de la troisième victime.

Je dois chercher plus loin.

Bloom s'est endormi. Ses pattes bougent dans tous les sens, ses babines se soulèvent, il pousse des petits cris aigus.

J'aimerais parfois prendre sa place. Tout le monde l'aime, le caresse, lui parle gentiment. Il mange à sa faim, dort un peu partout, et son travail n'est qu'un jeu pour lui.

J'ignore ce que Diane dirait de me savoir jaloux de mon propre chien. Elle rirait, et ajouterait qu'intellectuellement, je me sentirais un peu à l'étroit dans un cerveau canin.

Oui, mais les caresses…

Chapitre 28

La lettre-cadeau

De nuit à l'usine depuis cinq jours, je suis rentré au petit matin après être passé à la boulangerie du village, je me suis préparé un café au lait dans lequel j'ai trempé ma tartine jambon-beurre en finissant par une pomme et je me suis couché. En général, je me réveille en début d'après-midi sans avoir faim, je relève la boîte aux lettres sans grande conviction et je file au jardin.

Je suis assis au milieu du potager, dans la chaise en bois sous le cerisier dont les feuilles commencent à jaunir. Entouré de mon carré de mâche, de mes laitues d'hiver, de ma rangée de poireaux et des rames de haricots tardifs, je pleure. Je tiens dans ma main la lettre d'Adélie et je pleure.

Elle m'a écrit un courrier magnifique de gratitude envers tout ce que je lui ai apporté depuis son enfance. L'apprentissage de la nature, du rythme des saisons, de la résilience botanique, la consommation raisonnable des légumes au bon moment, les techniques de conservation. L'observation des insectes, des fleurs sauvages, des champignons. Elle mesure aujourd'hui à quel point j'ai été précieux pour ouvrir sa conscience et construire ses connaissances qui lui sont aujourd'hui nécessaires afin de comprendre les enjeux et les solutions pour notre société qui tourne à l'envers.

Une lettre douce, engagée, joyeuse, émue. Une lettre tendre. Un cadeau. Le cadeau d'une vie.

Cette lettre me libère. Cette lettre me réconforte. Cette lettre me soigne et me raccommode.

Je sors mon calepin de ma poche et mon crayon de papier.

Comme un grand chêne abandonné
Dans le désert
Le soldat qui n'est pas allé
Mourir en guerre
À l'affront, seul, de mille vents
Vie de misère
À moitié mort, moitié vivant
Il désespère
Jusqu'à ce jour inattendu
Où joliment
Une fillette est apparue,
Et doucement
A installé sa balançoire
Dans le feuillage
Pour fredonner malgré le noir
Dans son sillage
Ainsi le vieux chêne perdu
Dans son passé
S'est découvert la vertu
De la bercer

Chapitre 29

Le départ

Quinze jours entre chaque consultation est un rythme intéressant. On peut constater certaines évolutions.

Capucine Claudel entre dans mon bureau avec le sourire. Première fois. J'aperçois le patient de Diane faire de même. Bloom est assis au milieu de la salle d'attente. Penaud, il semble hésiter entre les deux. Un petit claquement de langue de son maître suffit à le décider.

— Vous semblez joyeuse.

— Nous avons ri avec Adrien, parce qu'il avait essayé de...

Capucine s'arrête net, un peu honteuse de commencer à raconter quelque chose qui ne regarde qu'eux, comme si de me conter ses états d'âme l'incitait à tout me dire.

Je lui demande si elle a pu lister ce qu'on maîtrise et ce qu'on ne maîtrise pas. Elle fouille dans son sac et en sort une feuille quadrillée qu'elle déplie délicatement.

— On ne maîtrise pas certaines rencontres, mais on maîtrise ce qu'on veut en faire. Par exemple, je ne maîtrise pas le hasard qui a fait que je me retrouve dans la même salle d'attente qu'un gendarme que j'ai croisé sur le quai avec mon histoire de valise oubliée. Par contre, je maîtrise le fait d'engager une conversation avec lui ou pas.

— Tout à fait ! dis-je en dissimulant mon embarras concernant ledit hasard de la rencontre. Un autre exemple ?

— On ne maîtrise pas un chauffard qui tue ses parents, mais on peut décider de la façon de poursuivre sa vie.

— Avez-vous décidé de la suite ?

Elle semble surprise par ma question puisque nous avions déjà évoqué ce moment.

— Je... Oui ! Enfin, je... je crois.

— Vous me disiez que vous n'aviez pas eu le choix.

— Non. Je ne pouvais pas faire autrement.

— Donc vous n'avez pas maîtrisé la suite de l'accident.

— Si. J'ai décidé de m'occuper d'Adélie plutôt que d'imaginer la laisser partir en foyer.

— Donc vous avez maîtrisé cette décision ?

— Oui.

— Alors vous aviez le choix.

— Oui.

— Je vous propose pour la prochaine séance de lister les conséquences de cette décision, et ce que vous avez pu y mettre comme attente en retour et qui pourrait expliquer votre déception d'aujourd'hui.

Je lui demande ensuite si elle a poursuivi la lecture des journaux de son père. Elle attrape son sac et en sort un nouveau carnet, plus ancien, puis m'explique qu'elle les a parcourus et qu'elle ne comprend pas l'épisode qui parle du départ de sa mère biologique.

— Votre mère biologique ?

— Vous ne saviez pas ? Ma mère est partie du jour au lendemain. J'étais toute petite. Nous ne l'avons jamais revue.

— Rachel nous avait dit qu'elle avait deux filles, sans distinction.

— Elle m'a aimée comme si j'étais la sienne.

— Et vous, l'avez-vous aimée comme une mère ?

— Comment le savoir, je n'ai pas de comparaison possible. Je tenais beaucoup à elle. Mais le chagrin pour mon père a été plus puissant.

— Quand avez-vous su que votre mère était partie ?

— Nous avons vécu seuls quelques années avant qu'il rencontre Rachel. J'avais cinq ans à son arrivée. J'ai posé la question une seule fois quand Adélie est née. « Et moi, ma mère, elle est où ? » Mon père ne le savait pas. Je n'ai pas insisté. Ils baignaient dans le bonheur de la naissance, je ne voulais pas tout gâcher.

Elle est d'accord de m'en lire l'extrait. Elle toussote d'abord pour chasser une poussière fantôme dans la gorge. Je l'imagine petite fille, sur scène, à la fête de l'école, un micro dans la main et des nœuds dans le ventre. Je ne pense pas l'intimider. Elle a le trac devant son histoire. Capucine inspire profondément et se lance, en me précisant au préalable que Corinne est le prénom de sa maman.

Corinne est partie. Je pense que je savais depuis toujours qu'elle nous quitterait. Elle n'était pas faite pour élever un enfant. C'est moi qui en voulais un. J'ai insisté pendant des mois. Elle a cédé et moi, pauvre idiot, je n'ai pas compris que ce n'était pas son choix. C'est l'épisode d'hier qui a fait exploser ce qui couvait depuis des mois. Ce matin, elle a fait sa valise, en me disant qu'elle n'avait pas supporté d'avoir aussi peur pour Capucine. Qu'elle n'avait pas la fibre maternelle. Ce pique-nique restera à mes yeux un souvenir incroyablement émouvant avec ma fille, et il a été le point de rupture avec sa mère. Je me retrouve seul avec ma petite reine, ma toute petite reine.

— J'ai lu les semaines d'avant, les semaines d'après, il parle de difficultés, sans pour autant expliquer un départ irrémédiable.

— Vous auriez besoin de comprendre pour vous sentir mieux ?

— Je crois.

— Quelqu'un peut-il vous renseigner ?

— Oui.

Chapitre 30

Philosophie du hasard

Je suis beaucoup trop timide.

Au point d'utiliser mon chien en première ligne.

Malheureusement, il bave…

Je suis arrivé dans la salle d'attente, heureux d'apercevoir Capucine mais déçu qu'elle ne m'ait pas appelé durant les quinze jours qui séparaient nos rendez-vous respectifs. Je ne savais pas trop quoi lui dire. Je me suis pris à regretter de lui avoir laissé mon numéro de téléphone.

C'est elle qui m'a sorti de mon embarras en riant.

— J'aurais aimé vous écrire un petit message mais quand Bloom a traversé la rue et m'a apporté votre morceau de papier avec votre numéro, il en manquait la moitié, le reste de l'encre devait se trouver sur ses gencives.

— Ah. Je n'avais qu'un stylo-feutre sur moi, j'aurais dû m'en douter.

— Peut-être pouvons-nous échanger nos numéros maintenant ?

J'ai aimé que les choses soient simples avec elle. Nous nous sommes envoyé un SMS respectif pour avoir nos coordonnées et avons échangé quelques mots banals et sans grande profondeur, – une salle d'attente ne se prête guère à plus – avant que Diane vienne me chercher.

Je lui ai annoncé en début de séance que contact était pris et elle a sûrement considéré qu'il serait dorénavant gênant et suspect que nous continuions à avoir des rendez-vous arrangés car elle m'a proposé le suivant à un tout autre moment de la semaine.

— Je réfléchis beaucoup à cette rencontre troublante. Elle était là, sans aucune protection, vulnérable, fragile, et en même temps, elle m'inspirait confiance. C'était un étrange mélange, qui cochait en moi deux cases importantes : protéger, et être à l'abri. Mais cela n'explique pas tout de cette envie que j'ai eue de la revoir.

— Doit-on tout expliquer ?

— C'est ma psy qui me pose cette question ?

— Les psys ne cherchent pas réponse à tout, ils cherchent l'apaisement de leurs patients. La sérénité n'a pas besoin de certitudes. Par contre, j'ai la certitude que vous avez besoin de sérénité, et peut-être que cette rencontre est un signe pour vous permettre d'y accéder. Pensez-vous que ce soit dû au hasard ?

— Un peu moins depuis que vous avez changé mon rendez-vous !

— Je parle du vrai hasard !

— Comme celui de la croiser dans votre salle d'attente quelques jours après l'avoir fait sur le quai de la gare ?

— Par exemple.

— Si ce n'est pas du hasard, ça peut être quoi d'autre ?

Diane m'évoque alors les différents philosophes qui ont réfléchi à la question. Cela me renvoie à un souvenir de lycée. Cours de philo en terminale. J'étais au troisième rang, tout au bout, contre le mur. Un peu dans l'ombre. Je buvais les paroles de la prof. Mes potes se fichaient de moi. Ils disaient que je n'étais jamais aussi attentif en cours que pendant ces heures parce que j'étais amoureux d'elle. Ils n'avaient pas tort. C'était une jeune diplômée. Débutante, passionnée et sacrément mignonne. Les grands concepts de Platon, de Socrate, d'Aristote devenaient compréhensibles quand ils passaient la barrière de ses lèvres. Contrairement à ce que croyaient mes copains, je l'écoutais vraiment. Elle savait illustrer ses propos en les transposant au quotidien par des exemples concrets, et ses cours me faisaient réfléchir. Réfléchir et bander un peu, j'avoue. Mais les deux n'étaient pas incompatibles.

— Vous m'écoutez ?

Non, je n'écoutais plus Diane. Je cherchais au plus profond de mes souvenirs ce cours que Mlle Louvain nous avait donné concernant la rencontre et qui m'avait marqué. Les mots peinent à revenir. Diane me parle alors de cette différence entre la contingence chère à Épicure – *ce qui est mais aurait pu ne pas être* – et le déterminisme plutôt spinozien – *ce qui est et ne pouvait pas ne pas être.*

— C'est ce qu'affirme un peu Albert Einstein, ajoute-t-elle. *Le hasard, c'est Dieu qui se promène incognito.* Mettez ce que vous voulez sous « Dieu ». « Univers », « destin », « ange gardien », « petit lapin ».

— Petit lapin ? lui demandai-je en riant.

— Pourquoi pas ? Bref ! Mettez ce que vous voulez, mais réfléchissez à la phrase d'Einstein, ou à la contingence d'Épicure si cette notion vous est plus familière. Chacun analyse comme il veut les hasards qui jalonnent sa vie. La seule vraie question, finalement, est : *Qu'est-ce que j'en fais ?* Vous pouvez savourer la chance de la contingence, ou suivre le déterminisme. Quelque chose me dit en tout cas que ce drôle de hasard a du sens pour vous.

Je lui ai ensuite raconté ma sinistre découverte. Était-ce un petit lapin qui avait posé Simonet sur le quai, alors que l'avenir de Capucine avait été foutu en l'air par le frère dudit ? Nous avons moins ri d'un coup, mais elle a persisté avec Einstein en m'affirmant que, parfois, le destin éprouvait le besoin de remettre de l'ordre dans certains bazars.

— Qu'allez-vous faire maintenant ?

— Croire aux lapins, suivre mon instinct et creuser encore.

Chapitre 31

Un hasard incognito

Bonjour Adrien,
Vous me semblez un peu timide alors je me permets de vous écrire pour vous éviter de gamberger sur qui doit faire le premier pas maintenant que nous avons échangé nos coordonnées. Nous sommes au XXIe siècle, j'ai donc la légitimité de le faire. J'ai rendez-vous lundi prochain à la même heure, et vous ?
À bientôt,
Capucine

Bonjour Capucine,
Moi timide ? Je ne sais pas où vous allez chercher cette idée saugrenue...
Eh non, pour le rendez-vous. Elle m'a proposé un tout autre moment de la semaine. Si nous voulons nous revoir, nous sommes donc condamnés à le faire en dehors du cabinet...
À très bientôt j'espère.
Adrien

Je retire ce que j'ai dit, vous n'êtes pas si timide...

Pardon, je vous ai bousculée.
Prenons le temps.

Je n'ai pas l'habitude...

De rencontrer des hommes timides ?

De rencontrer tout court.
Je me suis un peu fermée sur moi-même ces dernières années.

Je vous avoue que je suis un peu pareil.
Toujours peur d'être déçu.

J'espère que je ne vous déçois pas.

J'aurais été déçu que vous ne fassiez rien de mon numéro.
Vous croyez au hasard ?

« Le hasard, c'est Dieu qui se promène incognito. »
Albert Einstein

C'est incroyable, Diane Diderot m'a donné cette même citation lors de ma dernière consultation.

La preuve qu'Albert a raison...

Je pars en intervention, je dois vous laisser.
À très bientôt.

Soyez prudent, et caressez Bloom de ma part...

Chapitre 32

Tiramisu

Capucine a posé tous les ingrédients sur le plan de travail comme du matériel opératoire sur un champ stérile. Son bureau de petite fille était semblable. Aligné, ordonné, sécurisant. Et gare à sa petite sœur si elle venait en bouger un élément.

Les œufs, les boudoirs, le mascarpone, le sucre, le plat, une assiette creuse, le fouet, la spatule. Elle vérifie trois fois.

Le café coule. Elle enchaîne les doubles serrés pour remplir l'assiette creuse.

Son oncle aime le goût corsé.

Elle aime son oncle.

Pas autant que son père. Certaines amours sont incomparables. Elle a de l'affection pour lui, de la tendresse. De la compassion. Quelques incertitudes. Quelques conditions. Parfois une certaine lassitude. Des vagues qui vont et viennent, qui clapotent ou s'étalent, plus ou moins intenses selon les jours et les situations.

L'amour qu'elle portait à son père était absolu et inconditionnel. Il était l'océan tout entier. Jusqu'au salé des larmes. Pendant des mois après l'accident, Capucine se réveillait avec des marais salants sur les joues. De la fleur de sel au coin des yeux. Après la douche, il n'en restait rien. Sauf la peine, qu'aucun jet puissant ne pouvait dissoudre. Parfois, avant de se glisser sous l'eau brûlante, elle mouillait le bout de son doigt et venait récolter cette poudre sèche pour la goûter, sur la pointe de la langue, comme pour relever cette saveur fade qui ne quittait plus son existence désormais.

Elle sépare les blancs des jaunes. Les monte en neige ferme. Réserve. Elle bat le sucre avec les jaunes jusqu'à obtenir une mousse blanche comme sa grand-mère le lui a enseigné. Sa grand-mère qui a cédé au chagrin deux ans après la mort de son garçon. De son chirurgien tant admiré. « Tu te rends compte du métier qu'il fait ? » s'exclamait-elle souvent. Elle n'a jamais dit que c'était le bon qui était parti, celui des deux fils qui méritait le plus de rester, mais elle l'a ressenti si fort. Et tant pis pour l'autre, le raté, celui qui reste alors qu'il ne sert à rien, celui qui l'a entendue penser que la vie était mal faite.

Capucine ignore tout de cette préférence. Son oncle ne l'a jamais évoquée. Il a sauvé les apparences pour son frère.

Elle bat d'un geste déterminé le mascarpone avec le mélange mousseux comme si elle mettait dans son fouet toute la rage qu'elle a en elle à l'égard du chauffard qui a tout gâché. Cette violence ne change rien au passé, mais rend au moins l'appareil plus velouté.

Capucine ou la capacité de sublimer la rage en une crème onctueuse.

Les boudoirs trempent dans le café. En ajouter un avant de prendre le plus imprégné pour le positionner au fond du plat. Renouveler le geste à intervalle régulier.

Et soudain les gâteaux trop imbibés qui manquent se disloquer entre ses doigts. Adrien s'est invité dans ses pensées et a rompu le rythme.

Elle a envie qu'il aime le tiramisu.

Envie de cuisiner pour quelqu'un d'autre.

Envie de partager ses repas.

De débarrasser deux assiettes.

Chapitre 33

Même aux meilleurs

Bonjour Adrien,
Je me sens un peu bête mais je suis presque inquiète.
Vous partiez en intervention il y a quatre jours, et n'ayant pas de nouvelles…
Pourtant, nous ne nous connaissons pas, et vous ne me devez rien.
J'espère que tout s'est bien passé.
Capucine

Bonjour Capucine,
C'est adorable de vous inquiéter pour moi, et je suis désolé, j'aurais dû vous faire un petit signe. Mais je ne voulais pas vous bousculer dans une rencontre dont vous n'avez pas l'habitude. Ou alors je suis quand même un peu timide, et j'avais peur de vous déranger.
Je vais bien, Bloom aussi. C'était une fausse alerte.
Une valise oubliée.
C'est fou tous ces gens qui oublient leur valise…

Je ne serais pas crédible en vous disant que je ne comprends pas ce genre de comportement. Ça peut arriver à tout le monde…
Même aux meilleurs ! Ahah !

Savez-vous ce qui s'est passé pour que vous l'oubliiez en descendant du train ?

C'est une longue histoire…

Pardon je vous bouscule de nouveau…

Je m'en veux encore terriblement d'avoir été la cause de ce branle-bas de combat. Toutes ces équipes mobilisées pour une simple étourderie.
Votre collègue n'y est pas allé avec le dos de la cuillère, mais il n'avait pas tort.

Mon collègue est un vil personnage et il n'avait de toute façon pas à vous parler ainsi.
Pour ma part, je n'ai pas le sentiment de m'être déplacé pour rien puisque je vous ai rencontrée.

Vous avez l'art de voir le positif en toute situation ?

Pas toujours…
Mais j'essaye.
Je tiens ce principe de ma maman. Elle a ramené le soleil du Sénégal dans ses valises.

D'où votre métissage…

Ma mère est aussi noire que mon père était blanc

Était ?

Oui…

Moi aussi…

Alors nous nous comprenons…

Chapitre 34

L'amour des fleurs

La semaine dernière, Capucine m'a appelé pour s'inviter chez moi. Elle sortait de chez son psy. « J'ai quelque chose d'important à te demander, Tonton. J'apporte du tiramisu. »

Comment refuser ?

Je suis toujours intimidé à l'idée de la recevoir ici. Ma petite maison de village, – vestige d'un temps ancien, coincée entre deux bâtisses richement rénovées – est tellement sommaire, tellement simple, tellement à l'image de mon quotidien. Avec mes trois poules dans le jardin et mes quelques affaires qui tiennent toutes dans l'armoire de la chambre. Je vis de peu, mais je vis bien. L'essentiel est ailleurs. Je l'ai compris tard, après quelques déboires. Le mouton noir de la famille qui découvre quand même la lumière.

Intimidé, mais impatient. J'ai préparé des pommes de terre sautées avec un rôti de veau et une énorme salade verte aux herbes du jardin. La serre me permet une belle production de tomates tardives, et le potager entouré d'un mur de pierre crée un microclimat qui permet aux salades d'automne de pousser généreusement. Des scaroles dont j'attache les feuilles extérieures en leur sommet pour préserver le cœur de la lumière et le garder bien jaune, quelques laitues d'hiver, de la mâche. Mon jardin n'est pas grand, pourtant à force d'y travailler, de me tromper, d'essayer, de recommencer, il est devenu sacrément productif et je n'achète quasiment plus aucun légume dans le commerce. Les conserves prennent le relais l'hiver. Je m'évertue à nourrir copieusement Capucine les rares fois où elle partage mon repas, histoire de la remplumer un peu, toute sèche qu'elle est. Certes musclée, mais tellement frêle. Moi j'ai fondu après l'alcool. Je me suis aussi jeté dans le sport pour chercher une autre source d'abrutissement, mais je garde un corps trapu. Une femme au moins y est attachée. Elle l'aime comme elle aime ma douceur et ma poésie, dit-elle. Malheureusement, elle reste éprise de son mari. Je compose. Et je lui envoie mes sonnets et mes alexandrins. Je ne cesserai jamais d'écrire. L'été, l'hiver, le matin ou le soir, dans la nature ou au café. C'est peut-être ce qui me sauve, ce qui me permet de rester dans ce monde où je me sens étranger. Je pars dans le mien quand j'écris.

Oui, je suis chef d'équipe de circuits électriques dans une usine, et j'écris de la poésie. Je ne l'ai jamais dit à personne. Sauf à mon frère. Et à ma petite souris, celle qui promène son minuscule museau froid sur mon torse comme si elle sniffait une drogue douce.

J'ai vu passer la voiture, Capucine doit être en train de garer sa Fiat 500 sur le parking de l'église. Elle ne s'est toujours pas résolue à utiliser la voiture de son père, pourtant mille fois plus confortable et plus sûre. « Comment veux-tu que je gare un paquebot pareil ? » me dit-elle chaque fois que je lui propose de la faire rouler.

Je l'attends sur le pas de la porte. Elle porte le tiramisu dans une main, un sac en tissu qui semble lourd dans l'autre. Le pas déterminé, les traits moins tirés. C'est une battante, une solide, une force de la nature. Elle devait juste laisser le corps lâcher pour accepter qu'on l'aide. Quand j'ai arrêté l'alcool et qu'elle m'a sommé d'aller consulter un psy pour ne pas replonger dans cette addiction ou dans une autre, je lui ai posé la question. Et toi ?

Elle ?

Elle allait. Même dans le pire. Comme son père. Il avançait, même dans le pire. Peut-être avait-il appris cette façon d'être durant ses études. Une opération à cœur ouvert d'un petit bébé de quelques semaines, on fait aller même quand rien ne va. Ou alors, c'était inscrit dans ses gènes, et je n'ai pas reçu les mêmes. Moi, quand j'allais mal, je ne me sentais mieux qu'en anesthésiant mon cerveau avec de la saloperie.

Elle me pose la question alors que je suis en train de couper le rôti.

— Il y a quelque chose que je ne comprends pas dans les journaux de papa.

— Les journaux de ton père ?

— J'ai trouvé une clé dans son bureau, qui a ouvert une boîte au grenier. Il y avait des dizaines de cahiers, datés par année.

— Tu les as lus ?

— Le psy m'a dit que les parcourir pouvait m'aider. Tu crois qu'on peut trahir les morts ?

— Non. Je te montrerai où sont les miens, pour quand je serai mort.

— Tu écris aussi un journal ?

— Non. Enfin presque. Bref ! Et donc ?

— Donc, il y a un passage que je ne comprends pas. Celui qui parle du départ de ma mère.

Elle fouille dans son sac pendant que je lui sers quelques pommes de terre sautées. J'en profite pour charger son assiette. Elle va râler, mais elle mangera tout quand même, parce qu'elle adore la sauce de mon rôti. J'ai mes petits secrets de fabrication. Elle me tend la page concernée.

— Elle est trop bonne, ta sauce, Tonton.

Je me demandais si elle me poserait la question un jour. Si j'aurais à justifier son abandon. Si je serais à la hauteur. Si je saurais trouver les mots pour expliquer l'inexplicable.

Ou l'explicable insupportable. Une mère est censée aimer ses enfants. Pas les abandonner. J'avais peur d'emmener ce non-dit avec moi six pieds sous terre. Il m'aurait encombré dans le cercueil. Je préfère qu'on y mette mes poésies pour me tenir compagnie pendant le grand voyage. D'un autre côté, je ne pouvais pas lui balancer la vérité sans qu'elle la cherche. Jean-Baptiste m'avait dit qu'elle l'avait interrogé sans insister à la naissance d'Adélie, qu'il n'avait pas su répondre. Il s'attendait à ce qu'elle y revienne plus tard, jeune adulte, ou quand elle voudrait un enfant. Il n'en a pas eu le temps. Depuis leur mort, je savais qu'elle se tournerait vers moi un jour. C'est maintenant, et je n'ai pas le choix. Maintenant, autour d'un rôti de veau aux pommes de terre sautées.

— Tu sais, ta maman a fait ce qu'elle a pu. Je crois qu'elle n'avait pas cet instinct en elle. Ton père te désirait tant. Elle a fait de son mieux. Elle était un peu particulière, peut-être débordée par trop d'émotions pour réussir à apprivoiser celles d'une mère. Le malaise couvait depuis longtemps, je pense. Peut-être depuis toujours. Jean-Baptiste s'est occupé de toi dès ta naissance. Comme ta mère n'y arrivait pas seule, il a pris une jeune fille au pair. Et puis il y a eu ce pique-nique qui a débouché sur une violente dispute. Sûrement la goutte qui a fait déborder le vase.

— Elle n'a jamais cherché à me revoir ?

— Pas à ma connaissance.

Je la vois qui avale ses larmes en même temps que la viande. J'imagine ce qui se joue en elle, les questions qu'elle se pose. Comment une mère peut abandonner sa fille pour toujours ? Comment peut-elle se regarder dans un miroir sans changer d'avis ? Comment peut-elle recommencer une autre vie comme si celle-ci n'avait pas eu lieu ?

— Être mère ne va pas de soi. Ce n'est pas une évidence pour toutes les femmes. Et il y a toutes sortes de façons de l'être. Certaines ne sont pas faites pour ce rôle, d'autres le jouent mal. Et nous, les enfants, on n'y peut rien. On prend ce qu'on nous donne et on se construit parfois sur du vide, parfois sur des débris instables.

— Tu dis « nous » ? Mamie n'était pas une bonne mère ?

— Il n'y a pas de bonne mère, il n'y a que des femmes qui font de leur mieux. Elle n'a pas su m'aimer comme elle a aimé ton père. Il a reçu les bases solides d'une affection sans faille et t'en a fait bénéficier ensuite.

— C'est pour cette raison que tu n'as jamais voulu d'enfant ?

Je me lève pour débarrasser la table et mettre en route la machine à café. Je prends la lettre d'Adélie dans le tiroir du buffet et je la dépose devant Capucine. Quand je reviens avec ma tarte aux pommes dans les mains, je la vois essuyer le coin de ses yeux.

— Elle est jolie, sa lettre.

— Et à toi, j'ai apporté quoi ?

— La sécurité. Je savais que je pouvais t'appeler dès que j'étais perdue. Tu as toujours été là. Je ne sais pas comment j'aurais fait sans toi. Et puis, tu m'as transmis l'amour des fleurs.

Je coupe deux parts en silence, que je dépose dans mes assiettes à dessert ébréchées, j'y ajoute une cuillère de tiramisu. Mon cœur est un parterre couvert d'ancolies, de marguerites et de boutons d'or, de myosotis et d'aubriètes, de mauves et de lavatères. J'avais quand même l'âme d'un père.

Chapitre 35

Un seul courage

Bonjour Adrien,
Dites-moi pourquoi je ressens cette envie régulière de vous écrire…

Bonjour Capucine,
Parce que vous êtes extralucide et que vous sentez que j'ai envie de vous lire ?

Lucide, je ne sais pas.
Je suis peut-être juste extra !
Ahah !
Vous croyez à toutes ces choses ?
L'extralucidité, la réincarnation ?
La présence des morts parmi nous ?

Eh bien ! Quel sujet de discussion, d'emblée !
Au moins, on ne s'ennuie pas avec vous.
Vous n'êtes pas du genre à parler météo pour engager la conversation…

Le ciel est couvert et il pleut sur les collines sous-vosgiennes, et chez vous ?

Je crois que des entités veillent sur nous, mais je ne veux pas trop en savoir plus.

Et vous ?

Mon esprit cartésien cherche des preuves.

Écoutez votre cœur, il n'exige pas de preuves, lui...

Mon cœur me dit que mon père me manque.
Le vôtre est mort comment ?

En mission, il était militaire.
Et le vôtre ?

Nos parents sont morts dans un accident de voiture il y a onze ans. Je m'occupe de ma petite sœur depuis.

Je suis désolé pour vos parents.
Vous êtes courageuse.

Je n'avais pas le choix.

C'est courageux quand même.

Sûrement moins que vous. Vous exercez un métier où vous prenez des risques pour protéger les gens.

Moins risqué que mes précédentes missions. Maître-chien en explosifs en Alsace, c'est une promenade de santé comparé au Mali.

Oh, vous étiez militaire au Mali ?
C'est pour cette raison que vous allez voir la psy ?
(Je vous bouscule aussi...)

Un accident d'hélico.
J'ai failli mourir.
Je fais quelques cauchemars depuis...
Diane m'aide bien.

Je suis désolée.
Alors, vous êtes courageux aussi.

N'y a-t-il pas toutes sortes de courages ?

Il n'y en a qu'un… Celui d'oser malgré la peur, non ?
Ce sont les peurs qui changent…

Et vous, de quoi avez-vous peur ?

Je crois que c'est précisément ce que je cherche en consultation avec le Dr Diderot.
Ne plus servir à rien, maintenant que ma petite sœur est grande ?
Ne pas trouver de sens à ma vie ?
Ne pas être aimée ?

Nous avons beaucoup de points communs…
Serions-nous deux petits survivants courageux que le fameux Dieu incognito d'Albert a fait se rencontrer pour se comprendre dans nos blessures respectives ?
Il n'est pas anodin de faire connaissance dans la salle d'attente d'un cabinet de psy.

Nous nous sommes croisés quelques jours avant, je vous rappelle.

C'est vrai !
Et c'est mon chien qui vous a rencontrée en premier.

Je ne suis pourtant pas une bombe !

Bloom est un grand sensible, (comme son maître), il sent tout.
Vous étiez sur le point d'exploser, non ?
(Je ne réagis pas à la perche que vous me tendez concernant votre physique, car je suis bien trop timide pour ce genre d'exercice…)

Je vais finir par croire à votre timidité.
Vous avez raison de ne pas répondre…
Vous me faites sourire.
Merci, cela me fait du bien.

Avec plaisir !
Je souris aussi.
Et je regarderai la météo à la télé.

Chapitre 36

Quelques fuites à l'amour

Quand Capucine est partie, je me suis assis dans mon fauteuil près de la cheminée et j'ai attisé le feu. J'avais froid.

Ou juste besoin de chaleur ?

Je ne pensais pas que lui délivrer cette vérité à propos de sa mère me glacerait ainsi le sang. Sans être fin psychologue, j'avais vite compris, en la voyant grandir, à quel point cet abandon a joué sur la construction de ma nièce. Mon frère lui a trouvé une mère d'adoption aimante et douce. Probablement avait-il compris que Corinne ne reviendrait jamais et qu'il fallait combler le vide.

Mais je crois que ce vide-là ne se comble jamais vraiment. On remplit un fût qui n'est pas étanche. Quand une mère ne vous aime pas d'un amour profond, intarissable, inébranlable, inconditionnel, le fond de votre tonneau est percé à tout jamais. La mienne ne m'a pas abandonné, elle a eu une préférence pour l'un de ses deux fils et ce n'était pas moi. J'ai pourtant essayé de remplir de mille façons cette fuite d'amour. En vain. Il n'y a que la poésie qui colmate un peu. Je n'ai compris que récemment pourquoi je n'avais jamais voulu me mettre en couple.

J'ai froid de lui avoir balancé toute cette histoire. Pourtant, il le fallait bien. Le moment est venu pour Capucine de comprendre.

J'ajoute une bûche dans les braises et j'attrape mon carnet.

Mais le chagrin lourd
Tapi dans l'oubli
S'en revient toujours
Briser nos appuis

Vole, petite, enfin
Tu mérites tant
Un nouveau chemin
D'amour et de temps

Moi je veillerai,
Discret protecteur
Sur ta destinée
Et celle de ta sœur.

Chapitre 37

Des gens de la ville

Bon nom, encore une visite ! Décidément.

Et encore pas des gens de la campagne. Ça se voit à leur voiture.

Des parents et deux jeunes qui sauraient rien faire ici, avec leur téléphone dans la main.

C'est pas la peine de venir habiter près de la forêt si c'est pour rester enfermé devant des écrans qui rendent bêtes.

Et les parents qu'avaient pas l'air de s'aimer beaucoup.

Y a donc personne pour mettre les mains dans la terre et exploiter les hectares autour d'ici ?

Et faire une jolie maison avec de l'amour dedans ?

Avec moi, y en aurait eu de l'amour sous ce toit.

Je voulais plein d'enfants qui courent partout. Je l'aurais aidée, la Madeleine, à s'occuper d'eux.

Faut bien chasser la haine qui restait dans les murs, après le passage du père.

La pauvre mère, elle est morte toute seule. Un hématome du cerveau qu'ils ont conclu, les médecins. Les gendarmes sont venus, mais comme elle était allongée en bas de l'escalier, personne n'a cherché plus loin quand le père a parlé d'un accident.

Moi, je l'entendais, la mère de Madeleine, tous les soirs, à crier quand il avait bu.

À la fin, il la battait même quand il avait pas bu. Ou alors, il buvait tout le temps.

Madeleine, elle se sauvait.

Je l'ai cachée dans notre grange, un jour. Je voulais pas qu'elle reparte, mais elle avait pas le choix. Fallait bien qu'elle y retourne.

Ils s'en vont.

Je croise les doigts pour que ce soit pas eux. Ils me plaisent pas.

Chapitre 38

Verbe de vie

Bonjour Capucine,
Je me permets un petit message pour que vous ne soyez pas la seule à prendre l'initiative de m'écrire...
Sinon, vous pourriez vraiment croire que je suis réservé.
Comment allez-vous ?
Adrien.

Bonjour Adrien,
Merci pour votre gentil message.
Je ne crois rien vous concernant.
Je ne me permettrais pas de vous juger sans vous connaître.
Même en vous connaissant. Qui sommes-nous pour juger les autres ?
Je cours beaucoup sur les sentiers forestiers, pour me vider la tête.
En attendant de la remplir de sens. Je cherche toujours où emmener mon existence.
Et vous ?

Je vais mieux, même si je ne sais pas trop non plus où emmener mon existence comme vous le dites joliment.

Il faut que je vous avoue quelque chose…

Vous m'inquiétez O_O

Je crois que notre rencontre m'a soudain fait aller mieux.
Je ne sais pas vous expliquer pourquoi, mais vous voir sur le quai de la gare a chamboulé pas mal de choses en moi, en y mettant un peu d'ordre. Comme un déclic.
Vous revoir ensuite dans la salle d'attente a poursuivi le processus de rangement, comme si je sentais la nécessité de classer mon passé dans les archives…

Ce que vous me dites est très touchant, mais je ne comprends pas pourquoi.

Moi non plus !

Nous voilà bien avancés…

Comme me dit Diane, nous ne sommes pas obligés de tout comprendre.
Je crois que c'est votre force de caractère qui me donne du courage.

Je me sens pourtant toute faible en ce moment.

Vous dégagez une force incroyable. Même dans vos moments de faiblesse. Ne me demandez pas d'explication. Je le ressens.
Et puis, en vous voyant sur ce banc, si triste, si vulnérable, j'avais envie de vous protéger. C'est mon verbe de vie.

Votre verbe de vie ?

Ce qui me permet de me réaliser…

Vous en avez fait du chemin avec votre psy !

Oui, j'avoue.
Vous en ferez aussi.
Quel est votre verbe ?

Je n'en ai aucune idée. Il faut d'abord que j'en comprenne le concept.

C'est le verbe qui vous définit le mieux dans ce qui vous fait vibrer. Avec un même verbe, on peut faire différents métiers.
« Protéger » : on peut être militaire, maître-chien, mais aussi garde du corps ou assistante sociale. Vous voyez ?
Avec le verbe « construire », on peut être architecte, menuisier, maçon, etc.

Je comprends mieux, mais je n'en ai pas la moindre idée.
Je vous promets d'y réfléchir.
Le verbe de votre chien, c'est « renifler » ?
Hé hé !

Je pencherais plutôt pour « désamorcer ».

Il n'a rien désamorcé chez moi sur ce quai de gare, j'ai quand même explosé le soir même.

Vous étiez déjà dégoupillée.
Il est doué, mais ne fait pas de miracles.
Par contre, son deuxième verbe, c'est « réconforter ».

Il a réussi.

J'aurais voulu pouvoir le faire moi aussi. Vous étiez touchante.

Vous le faites a posteriori...

Chapitre 39

Un chemin qui vaut la peine

24 juin 2000

Rachel est rentrée à la maison. Adélie est merveilleuse. Elle a déjà cette étincelle dans le regard, cette lumière solaire, une détermination. Je suis le plus heureux des hommes. La période est un peu plus difficile pour Capucine. Rachel m'avait prévenu. Forcément, l'arrivée d'une petite sœur la questionne sur sa propre naissance. Sur sa mère biologique. Elle m'a seulement demandé où elle était. Je n'ai pas su répondre. Corinne s'est évaporée il y a dix ans déjà, sans laisser de trace, sans jamais chercher à reprendre contact, sans remords. C'était sûrement mieux pour l'équilibre de notre foyer, mais pour Capucine… Je n'ai pas osé le lui dire en ces termes. Je la vois tourner autour de la petite, attendrie et préoccupée. En la voyant au sein, elle s'est demandé si elle avait été allaitée. Si elle dormait contre sa mère comme Adélie le fait contre Rachel. Si elle a été bercée ainsi. Je l'ai fait, moi, mais était-ce suffisant ? Évidemment, non. Elle n'a jamais été aussi proche de moi que depuis la grossesse de Rachel. Elle me sollicite pour que je joue avec elle, pour que nous allions nous promener, pour que je lui fasse réviser ses leçons.

Elle me pose mille questions sur mon métier de chirurgien, me parle de faire médecine, me montre fièrement ses bonnes notes.

A-t-elle peur que je l'abandonne, maintenant que j'ai une autre fille ?

J'aimerais tellement qu'elle soit sûre de mon indéfectible amour.

Capucine referme le carnet.

J'attends.

Elle a le sourire triste, caractéristique de ces moments où le soulagement se confond avec la douleur.

— Vous croyez que je voulais faire médecine uniquement pour attirer l'attention de mon père ?

— Qu'en pensez-vous ?

— La réponse est dans ma question, me semble-t-il...

Le cahier est posé sur ses cuisses et elle passe machinalement sa main sur la couverture, avec une grande délicatesse, comme on caresse les cheveux d'un bébé endormi. Ces précieux carnets contiennent de nombreuses réponses à ses questions, à ses doutes, à ses regrets peut-être. Puis, sans lever la tête, elle me demande si on peut un jour oublier qu'on a été abandonnée par sa mère.

— Oublier, non. Pour accepter, le chemin existe. Il est long, mais en vaut la peine.

— Vous m'aiderez ?

— Bien sûr.

Je suis ému qu'elle formule le désir de poursuivre son travail avec moi. Rien n'est jamais gagné à la première consultation, quand on vient par obligation. J'aime ce moment de bascule où mes patients comprennent ce que leur apporte une thérapie.

Certaines mères le deviennent sans le vouloir pendant que d'autres le désirent puissamment sans le pouvoir. Je pense à ma douce Diane, à cette blessure qu'elle a dû accueillir et soigner.

Le chemin existe, il est long mais il en vaut la peine.

Chapitre 40

Un liant antalgique

Je reste un long moment devant l'établissement. Bloom s'est redressé côté passager et a posé sa tête sur le siège en m'interrogeant du regard. *Qu'est-ce qu'on fait ? On ne sort pas ?*

Les glaïeuls.

Pourquoi toutes les maisons de retraite portent des noms de fleur ? Pour donner des idées au moment d'aller fleurir les tombes ?

Il n'a pas été facile de retrouver Albert Peterschmitt. Si les nouveaux propriétaires de sa petite maison savaient qu'il était parti, ils ne connaissaient pas la destination. Quand enfin j'ai retrouvé sa trace auprès du petit-fils qui s'était occupé de la transaction, celui-ci a d'abord refusé que je lui rende visite. Il ne comprenait pas mes motivations. Je ne pouvais pas faire autrement que lui donner la vraie raison de ma venue. Puisque je n'en avais aucune autre valable.

— L'affaire n'a pas été classée ?

— Si. Mais des zones d'ombre persistent.

Un peu excité par l'idée d'un *cold case*, il a fini par lâcher son nom et l'adresse d'ici, en échange de la promesse de ne pas déranger son grand-père trop longtemps. Tout en avouant que l'idée de lui offrir une visite quelle qu'elle soit pesait favorablement dans sa décision.

Quand j'entre dans le hall, je suis saisi par l'odeur de tristesse aseptisée. L'odeur d'une mort qui rôde incognito, qui se faufile entre les résidents pour choisir le prochain sur la liste. Une odeur de perte de dignité dans des couches trop peu changées. Une odeur de lassitude et de télévision au son coupé. Une odeur qui donne envie de mourir avant d'en arriver là. Bloom avance tête baissée, le pas lourd, comme un brise-glace évoluerait péniblement dans un brouillard gelé. Si moi je sens cette odeur tenace, lui doit en être ivre de dégoût. Ici s'entassent des bombes qui ont oublié d'exploser, ou qui n'ont plus assez de poudre pour le faire encore de leur propre chef. Au moins, on a encore l'intelligence d'admettre les chiens, pour le bien-être des résidents. Jusqu'à quand ?

La jeune femme qui m'accueille est souriante. Je pense à cette odeur qui doit la suivre jusque chez elle. Dont elle doit encore sentir les effluves après sa douche. Ou alors elle s'est habituée, comme les éboueurs, les éleveurs de cochons, les poissonniers. Moi, je ne me suis jamais fait à l'odeur des explosions et de la chair brûlée.

Elle m'indique un numéro de chambre.

— Albert ne se mélange pas beaucoup aux autres. Il parle peu, bon courage !

Elle me confirme cependant, comme le petit-fils, qu'il a encore toute sa tête et qu'il entend bien.

— Des fois que vous pensiez qu'il ne répond pas parce qu'il est sourd.

Je frappe à la porte en tendant l'oreille. Un « Entrez » vigoureux me revient. L'homme est assis dans le fauteuil devant la porte-fenêtre, un livre entre les mains. Je vois dans son regard qu'il cherche dans ses souvenirs pour m'y retrouver. Et qu'il est perdu. Je ne le laisse pas peiner trop longtemps.

— On ne se connaît pas, monsieur Peterschmitt.

Bloom s'approche du vieux qui soudain se met à rire en se penchant vers lui. Un rire profond. Un rire de joie.

Un rire qui doit être rare entre ces murs anonymes. Un rire qui fait presque oublier l'odeur.

— Vous aimez les animaux ?

— J'en ai toujours eu. Mais ici, on n'a pas le droit. Qu'en visite. De toute façon, je pourrais pas le promener.

— Vous ne pouviez pas rester dans votre maison ?

— Je tombe. Un vieux qui tombe, gamin, tu sais bien que c'est le début de la fin. Alors ils m'ont mis là.

— Je suis venu vous parler de quelque chose.

Il continue à caresser le chien avec enthousiasme, comme s'il ne m'avait pas entendu prononcer cette dernière phrase.

— Voilà, je suis gendarme, et j'enquête sur une affaire. Elle a été classée, et pourtant, je crois qu'elle garde des zones d'ombre. Vous allez peut-être pouvoir m'éclairer.

Bloom a posé ses deux pattes avant sur les cuisses de l'homme. Je laisse faire. En temps normal, je lui aurais interdit, il sait que je n'aime pas qu'il le fasse. Là, une langue doit se délier. Une langue un peu sauvage qu'il faut apprivoiser.

— Cela concerne l'accident qui a eu lieu dans le carrefour où vous habitiez, il y a onze ans. Une collision qui a fait deux morts et un blessé grave. Il était autour de minuit, je me dis que vous avez peut-être entendu quelque chose, remarqué un détail particulier. Vos fenêtres donnaient directement sur la rue.

Je le vois cesser de caresser Bloom et lever ses yeux sur moi avec gravité. Ils sont bleu clair, comme si, à trop regarder l'horizon, ils s'étaient délavés avec le temps. Il s'adosse dans le fauteuil, délaissant mon chien, et prend une grande inspiration.

— Viens t'asseoir, gamin. Tu vas prendre racine. Mais d'abord cherche-moi la pochette jaune dans le petit secrétaire, là-bas.

J'approche la chaise qui patiente dans un coin de la pièce. Il me demande de regarder les documents consignés. Effaré, je découvre tous les articles parus dans les journaux à propos de cette affaire. Et des courriers en provenance de la maison d'arrêt de l'Elsau à Strasbourg. Des pages et des pages de correspondance entre lui et Kevin Simonet. Puis il se met à parler. Le récit semble lui serrer la poitrine. Il respire bruyamment. Moi, j'y arrive à peine. Accroché à ses lèvres fines qui témoignent d'une scène au-delà de l'entendement.

Quand il se tait, je reste un instant immobile, sonné. Mes mains tremblent de rage. Un cri envahit ma poitrine. Je le contiens, en me levant et en faisant les cent pas dans la chambre. Bloom est couché, le regard soucieux.

— Pourquoi ne l'avez-vous jamais dit ?

— On ne m'a jamais rien demandé.

— Pourquoi cette correspondance avec le détenu ?

— Je me disais qu'elle lui ferait du bien.

— Il sait que vous savez ?

— Non.

Alors que je m'apprête à franchir le seuil de sa porte, il m'interpelle pour me remercier.

— Je ne voulais pas emmener ce truc dans ma tombe. Tu peux prendre tout le dossier. Je ne veux plus y penser.

— Vous ne lui écrivez plus ?

— J'ai trop mal aux doigts, c'est devenu illisible. L'arthrose. Ça me coûte de plus le faire ! Je lui ai expliqué. Mais j'ai l'impression de l'avoir abandonné, comme le reste de sa famille.

Il caresse une dernière fois mon chien. Je le vois enfoncer ses doigts tordus dans le pelage et je me dis que c'est un soin comme un autre contre la douleur.

Bloom est un liant antalgique.

Je ne démarre pas tout de suite. Cette pochette sur le siège passager m'en empêche. Elle semble hurler une vérité que personne n'a jamais voulu entendre.

Je l'ouvre à nouveau et je lis la première coupure de journal.

FAITS DIVERS

DNA 14 septembre 2007

Deux véhicules sont entrés en collision sur la commune de Saint-Pierre dans la nuit de samedi à dimanche, impliquant une BMW série 3 et une Mini Countryman. D'après les premiers éléments de l'enquête, il semblerait que le chauffeur de la BMW ait franchi le stop de ce carrefour dangereux à vive allure, ne laissant aucune chance aux passagers de la Mini qui arrivait à ce moment-là sur la route prioritaire. Si le jeune chauffard ainsi que son passager s'en sortent avec quelques contusions, deux des trois occupants de la voiture percutée ont été tués sur le coup, laissant un grand vide dans la communauté médicale. Parmi les victimes figurent le Pr Jean-Baptiste Claudel, chirurgien cardio-pédiatre de renommée internationale, ainsi que son épouse Rachel Claudel, psychiatre. Une amie du couple, cardiologue en région parisienne, se trouve actuellement dans un état critique en réanimation au CHU de Strasbourg.

Chapitre 41

Un cœur qui lève

Capucine est en train de pétrir son pain en pensant à cette phrase du Dr Diderot qui tourne en boucle dans sa tête depuis une semaine : *Le chemin existe, il est long, mais il en vaut la peine.* Elle éprouve l'envie de l'emprunter, pour elle, pour sa petite sœur, peut-être pour Adrien si leurs échanges continuent à être aussi agréables.

Le téléphone posé sur le plan de travail à côté d'elle se met à sonner. La pâte à pain collante qui entoure chacun de ses doigts condamne toute idée de décrocher à temps. Cependant, Adélie appelle généralement dans une fenêtre de tir bien trop courte pour la rater. Capucine se penche en avant et fait glisser le bouton vert sur son écran avec le bout de son nez avant d'appuyer sur le haut-parleur en louchant pour trouver le bon endroit.

— Salut Cap ! Tu vas bien ?

— En dehors du fait que je viens de décrocher avec mon nez pour ne pas louper ton appel, je vais bien.

— De toute façon je ne peux pas te parler longtemps…

— C'est bien pour cette raison que j'ai utilisé mon nez. Et toi ? Tu vas bien ?

Adélie lui raconte avec un enthousiasme communicatif son plaisir de rencontrer d'autres jeunes comme elle, avec les mêmes rêves, les mêmes peurs, les mêmes envies de changer le monde. Sa grande sœur l'écoute tout en poursuivant le pétrissage. Elle se dit que faire son pain est un premier pas vers l'idéal d'Adélie, pendant que celle-ci lui parle de permaculture, de poulailler, de four solaire, de soupe d'orties, d'autosuffisance et de système d'échange local.

— Les projets sont très concrets, nous avons plein d'idées ! On rêve de construire un nouveau monde, de changer nos pratiques, de sauver ce qui peut encore l'être. La semaine prochaine, nous allons à Grenoble pour un grand chantier de plantation d'une forêt urbaine. C'est génial, je t'en parlerai.

Capucine est inquiète de la savoir si loin, dans un environnement inconnu, un peu rêveur, un peu foutraque. Elle a peur de ces confrontations violentes qu'on montre parfois aux informations du soir durant des manifestations, dans les ZAD, au contact des forces de l'ordre. Mais le discours de sa sœur est rassurant. Ils ont choisi ce groupe pour son pacifisme, ses projets constructifs, ses engagements auprès des collectivités. Adélie a toujours détesté les actions violentes. L'accident de voiture de ses parents l'a été pour une vie entière.

Elle a déjà raccroché. On l'attend.

Qui pour attendre Capucine ?

Son cœur va gonfler en même temps que la pâte, sur le coin du poêle en faïence qui ronronne au salon.

Chapitre 42

Une subtile invitation

Bonjour Adrien,
J'ai pensé à vous aujourd'hui.
J'ai eu ma petite sœur au téléphone.
Je crois que son verbe de vie, c'est « sauver ».
J'aime bien votre concept, mais je n'ai pas encore trouvé le mien.
Enfin peut-être mais il faut que je vérifie.
J'espère que vous allez bien ?
Bonne journée,
Capucine

Bonjour Capucine,
Moi aussi, j'ai pensé à vous.
Vous trouverez votre verbe, je n'en doute pas !

Pourquoi avez-vous pensé à moi ?

Faut-il une raison factuelle pour penser à quelqu'un ?
Cependant, c'est Bloom qui m'a fait penser à vous.
Je crois que vous lui manquez…

Quelle subtile façon de me proposer de nous revoir…

Je suis démasqué ?
Soit.
Alors oui, si vous souhaitez que l'on se revoie, ce serait avec plaisir.
Bloom confirme pour le plaisir.

Chapitre 43

Des rêves en gestation

Capucine est arrivée dans l'atelier le sourire aux lèvres, elle a caressé doucement l'avant-bras d'Oscar et a branché la musique avant de rejoindre le plan de travail où les instruments sont alignés dans un ordre précis.

Voilà bien longtemps qu'elle ne s'était pas sentie si légère.

Elle progresse au niveau du crâne. Capucine est plus active depuis quelques semaines. Elle reste des heures, vient parfois le matin, ne remonte que pour manger, comme si elle voulait finir, comme si cela devenait urgent, comme si elle devait passer à autre chose.

Ou à quelqu'un d'autre.

Un peu plus tard, elle s'installe dans le canapé du salon, admire quelques instants la vue sublime du coucher de soleil derrière le Mont Sainte-Odile, et ouvre l'épais volume qu'elle lit avidement depuis trois jours, une tisane à la main et des rêves en gestation.

Elle l'a trouvé par hasard, mis en évidence sur une table à la librairie d'Obernai. Une encyclopédie complète et presque exhaustive, des origines à nos jours, le fonctionnement théorique et la mise en pratique concrète, accompagnée de schémas et de plans, et même une analyse comptable de la faisabilité d'un projet. Et tout à la fin, la liste des centres de formation disponibles et des professionnels engagés dans la filière.

Elle feuillette, prend des notes, revient en arrière, lève le nez pour réfléchir, replonge dans l'ouvrage. Une motivation s'installe. Celle d'apprendre, de comprendre et, qui sait, pourquoi pas, de pratiquer.

Peut-être n'aurait-elle jamais été attirée par ce gros livre d'apiculture si le Dr Diderot n'avait pas été surpris, il y a quelques semaines, de la voir aussi calme malgré une abeille dans ses cheveux.

Chapitre 44

Protégée de tout

Ce que j'aime voir mes patients évoluer ! Je m'en rends compte au premier coup d'œil dans la salle d'attente, au premier regard échangé quand je leur ouvre ma porte. Leur météo intérieure s'affiche immédiatement. Aujourd'hui, chez Capucine, le soleil a pris le pas sur la pluie, même si les nuages sont encore bien présents. Un soleil au fond d'elle qui semble illuminer jusqu'au ciel gris de ce mois de novembre qui n'en finit pas d'être pluvieux.

Je pense souvent à elle. Ses parents formaient un beau couple. Connus et reconnus, ils œuvraient pour le bien des autres. Il a été beaucoup question dans les journaux, dans les discussions de l'entre-soi médical, de leur perte pour la « collectivité », pour leurs patients, mais à part une ligne dans un article, personne n'a tenu compte de la présence de ces deux orphelines. Drame silencieux. Quand des disparus manquent à trop d'anonymes, on vole aux plus proches le droit de revendiquer leur chagrin.

Elle a enterré cette tristesse au fond de son jardin secret et cultivé des fleurs à la surface pour sa sœur.

J'ai l'impression d'être un motoculteur.

— C'est drôle quand même la vie, dit-elle spontanément.

— Ah ? Je suis ravi de vous l'entendre dire.

— Des concours de circonstance qui font qu'on fait de belles rencontres. Quand on y pense, on se dit qu'il y a plein de situations qui, à quelques minutes près, peuvent changer le cours de votre vie.

— Oui. Nous sommes des arborescences. Comme si nous naissions avec des racines et un tronc et que les branches se développaient au fil des rencontres et des choix que l'on fait.

— Pour l'accident aussi, c'était à quelques secondes près.

— Oui.

— Faut-il y chercher un sens ? me demande-t-elle.

— Qu'en pensez-vous, Capucine ?

Elle réfléchit. Ses yeux s'embrument. Je déteste laisser mes patients chercher une bonne raison à leur drame. Le grand ordonnateur de l'univers a-t-il sciemment décidé de tuer ses parents ? J'en doute. Cependant, toutes les victimes de ce genre d'épreuve se posent la question un jour ou l'autre, alors autant que ce soit avec moi.

— Je pense qu'il est encore plus douloureux de se dire qu'il y a une explication à leur mort, surtout quand elle nous échappe. Il n'y a aucun sens à penser qu'ils ont eu un accident mortel dans le but que nous vivions cette existence-là, ma sœur et moi. Trouver du sens après l'épreuve est très différent de trouver du sens à l'épreuve, non ?

— Tout à fait ! Avez-vous réussi ?

— J'ai réussi à prendre le relais de mes parents pour éduquer ma petite sœur.

— Mais cela n'est plus d'actualité maintenant qu'elle est partie.

— Non.

— Et donc ? Qu'allez-vous faire désormais ?

— Tout ne dépend pas de mon verbe ? me dit-elle en souriant.

Chapitre 45

Un rayon d'or

Adélie m'a téléphoné pour prendre des nouvelles de sa sœur. J'en étais touché. Elles sont en contact, mais ma nièce voulait être sûre que Capucine ne lui délivrait pas un discours de façade, destiné à ne pas l'inquiéter, ou à se voiler elle-même la face.

— Elle m'a dit qu'elle allait mieux. Tu le sens aussi, Tonton ?

— Oui, je crois qu'elle reprend du poil de la bête. La route est encore longue, tu sais ?

— Ce qui compte, c'est d'avancer.

Je n'évoque pas la discussion que nous avons eue à propos de la mère de Capucine. J'ignore ce qu'Adélie sait de cette histoire. Ce qu'on a bien voulu lui dire, ce qu'on a préféré lui cacher. Elle n'était pas concernée. Elle a été élevée par sa vraie maman, aux côtés d'une vraie sœur. À cette dernière de lui en parler si elle le juge nécessaire.

— Et toi ? Tu avances ?

— Oui, on se bouge pas mal. On est écœuré par tout ce qu'on découvre, la puissance des lobbies, l'argent, partout, tout le temps, au détriment du reste. Mais ce dégoût nous motive encore plus.

— Tu ne prends pas de risque, hein ?

— Ne t'inquiète pas. Parfois, la violence est nécessaire pour ouvrir les consciences, mais je n'y participe pas, tu sais que je ne la supporte pas. Et puis, Samuel sait me défendre.

— Je n'en doute pas !

Adélie ne s'est jamais laissé marcher sur les pieds. Elle a du répondant, du mordant, et du caractère. Parfois, elle prenait la défense de sa sœur de onze ans son aînée. Quand une situation injuste se présentait, quand on leur manquait de respect. La petite prenait toujours la parole en premier. Elle s'est fabriquée sur des fondations solides, pas sur des sables mouvants. Son départ a dû mettre Capucine dans un grand sentiment d'insécurité, même si elle a joué le rôle de grande sœur toutes ces années.

Ce sentiment, je le connais. Jean-Baptiste était mon petit frère, et pourtant, je le sentais plus solide que moi. Il était ma boussole, mon exemple, ma force. Tout ce que j'avais raté, lui le réussissait. J'aurais pu en éprouver de la jalousie. Au contraire, je le prenais en exemple, même si je n'atteignais pas le dixième de ses compétences.

Un jour, il avait lu mes poèmes et il m'avait dit que j'avais du talent, de l'or entre les doigts, que je devais continuer. Il était ému de savoir que j'avais cette poésie en moi.

J'en avais pleuré le soir, dans ma petite maison de rien du tout, en rentrant de l'usine, après ma journée de travail rébarbative. Mon frère voyait cette richesse en moi. Celle que ma mère n'avait jamais cherchée.

Après sa mort, qui allait désormais voir briller cette lueur dorée en moi ?

On peut briller pour soi, mais voir notre propre lumière se refléter dans les yeux de ceux qu'on aime concentre le rayon et nous le renvoie directement dans le cœur.

Chapitre 46

Adieu

Bonjour Capucine,
Juste un petit mot pour vérifier que l'invitation tient toujours pour demain et à quelle heure.

Bonjour Adrien,
Non, finalement, j'ai changé d'avis.
Adieu.

Vous n'êtes pas drôle.

Treize heures chez moi ?
N'oubliez pas le chien.

Par précaution, il a décidé de dormir dans la voiture.

Je me réjouis.

Moi aussi.

Chapitre 47

Se connecter en silence

Capucine est nerveuse.

Tout autant qu'elle est heureuse.

Ce doux mélange de peur et d'envie avant un rendez-vous attendu et pourtant intimidant.

Elle sait maintenant beaucoup d'Adrien sans connaître l'odeur de sa peau ou la chaleur de son souffle. Ils se sont touchés du doigt à distance. Se sont apprivoisés de loin. Comme si deux lettres se rencontraient en dehors des enveloppes. Des lettres d'amour sans parler d'amour. Sans évoquer une quelconque attirance. Ou alors en filigrane. À l'ombre de mots simples comme *courage, admirable*, *vous me faites rire*, *douceur*, *ah vous aussi ?*, *détermination*, *j'aime vous écrire*, *quand*, *pourquoi pas*, *hasard*.

Capucine ne sait pas si elle voudra découvrir l'odeur de sa peau et la chaleur de son souffle. Elle sait seulement que le vide est moins vide, par la simple présence d'un homme et de son chien.

La première fois, sur le quai, elle a vu Adrien sans le voir. Un parmi d'autres, tous dans le même panier d'indifférence face à son collapsus interne. À la deuxième rencontre, elle ne voulait pas qu'il la découvre ainsi, dans sa peine, les yeux gonflés par sa chute récente, le menton tremblant de sa honte ordinaire d'être mal en point dans une salle d'attente de psy. La troisième fois, la sensation en elle était plus douce.

Elle aura compris que, dans ces trois moments, leurs corps se sont croisés, timides et perplexes, pendant que le reste se connectait en silence. Que dans ces trois moments, un chien les a reliés l'air de rien, de tout son instinct, sans filtre, sans préméditation, sans calcul.

Ils vont arriver. L'homme et son chien. Ils vont arriver bientôt. Elle aimerait que tout soit parfait, que la maison soit rangée, propre, accueillante, à son image. Même si cela semble impossible. Elle n'a jamais réussi à apprivoiser l'immensité de cette luxueuse villa avec piscine dont elle a hérité après l'accident. Un toit plat, des pièces immenses, des grandes fenêtres, des murs blancs, des meubles sur mesure. Bien sûr qu'elle n'est pas à son image. Capucine réfléchit. Quel genre de maison pourrait la définir ? Elle pense plutôt à une demeure en pierre, au bord d'un ruisseau, au milieu d'une clairière, un jardin bien entretenu, des fleurs partout, sûrement beaucoup d'abeilles.

Elle s'active, aspire, balaie, lave à grande eau, en se disant que c'est idiot. Et le fait malgré tout. Certaines idioties ont leur raison d'être.

Elle nettoie au passage un peu de sa poussière à elle. Celle qu'elle avait mise sous le tapis et qu'elle ne veut plus voir. Sa poussière de regrets et de ressentiment, sa poussière de colère des mauvais temps.

Sans se l'avouer, elle rêve de renouveau, de page tournée, d'un après. Et elle rattrape ses pensées avant qu'elles n'aillent trop loin conquérir des horizons trop grands. Arrête avec tes plans sur la comète. Tu seras déçue s'il ne se passe rien.

Elle rêve quand même.

D'Adrien peut-être.

Chapitre 48

Au bout du monde

Voilà quelques semaines que nous échangeons. Par écrit. Parfois le soir, parfois tout au long de la journée. Nous ne nous sommes pas revus dans la salle d'attente du cabinet. Diane a fait en sorte que l'on ne se croise plus. Je ne la remercierai jamais assez de m'avoir appris à suivre mon instinct, celui entre autres qui m'a poussé à proposer à Capucine que l'on échange nos coordonnées. Je découvre en elle une personne qui me ressemble, tout en étant elle-même. Je sens qu'elle veut s'en sortir, qu'elle se bat pour chercher, comprendre, décortiquer les raisons de ses décisions, pourquoi elle en est arrivée là. J'arrive à la faire rire, elle me fait rire en retour. Elle est attachante et se confie à moi par minuscules touches. Une délicate discrétion. Elle évoque des sujets profonds en se gardant de parler d'elle. Je connais quand même le chemin qui l'a menée au Dr Diderot et à notre salle d'attente commune.

Je me suis aussi confié à elle, concernant mon syndrome post-traumatique, le long suivi chez Diane. Moi qui n'ose en parler à personne en dehors des consultations, de peur de déranger, de plomber l'ambiance, de faire fuir les gens ou de récolter une admiration dont je ne veux pas. C'est étrange, nous avons chacun vécu une épreuve terrible, ne l'avons abordée que du bout des doigts sur notre clavier de sorte que nous n'en connaissons pas les détails, mais nous nous retrouvons dans les mille morceaux que nos drames ont éparpillés. Nous les rassemblons avec une petite balayette dans un grand sac que nous traînons derrière nous depuis. Nous faisons face, bonne figure, semblant. Nous avançons avec ce sac à traîner, plein de morceaux. Un sac que personne ne voit et qui pèse des tonnes.

Je sais que Capucine voit le mien, parce que je vois le sien.

Dans cette rencontre inopinée, dans ce hasard de petit lapin, le plus touchant, peut-être, réside dans le fait que nous en sommes au même point de notre vie. S'être sacrifié pour les autres pendant des années et se réveiller un jour en cherchant ce qu'on fait là. Diane m'apprend qu'on peut changer le présent sans regretter le passé tel qu'il a été. Qu'il fallait sûrement que je m'engage sur cette voie pour comprendre qui j'étais vraiment.

Mes compatriotes sont repartis en mission, une fois leurs blessures cicatrisées. Pas moi. Je n'en avais plus la force. Le corps oui, pas le mental. Ma reconversion m'a permis de croiser la route de Bloom, et il me fait un bien fou. Mais il ne fait pas tout. C'est à moi qu'il appartient de trouver les réponses à mes aspirations. La retraite prochaine de mon chien va m'y obliger. Il me reste quelques mois pour trouver.

Ces mêmes aspirations qui me poussent à la revoir aujourd'hui. Je la rejoins chez elle pour une balade dans les vignes autour d'Obernai.

Je suis impressionné par le quartier. Toutes ces villas construites à flanc de coteau, plein sud, avec une vue à couper le souffle. Elle m'a prévenu « ne vous étonnez pas de la destination, je vis dans un beau quartier », comme si elle s'excusait. Je connais le Mont National.

Elle culpabilise car j'habite dans un collectif, au sein de la brigade. Et encore, nos logements sont récents. Nous n'entendons pas trop parler les voisins.

Alors que je me gare devant la maison, j'aperçois un rideau qui se soulève. Elle me fait signe qu'elle arrive, en me souriant.

J'ai peur de m'attacher.

Peur qu'il soit déjà trop tard.

Il est déjà trop tard.

Je m'étais pourtant juré de ne plus faire de rencontre, de ne plus prendre le risque.

Une fois m'a suffi. Une seule putain de fois où on m'a brisé le cœur.

Si j'en crois les petits lapins, certaines rencontres sont là pour recoller les morceaux. L'un est le ciment et l'autre l'eau, le mélange fabrique un mortier qui fait tenir ensemble tout ce qu'on avait éparpillé dans les peines et les peurs. Tout ce qu'on traîne dans notre sac.

Avec Capucine, j'ai l'impression qu'on serait capables de couler ensemble une dalle en béton armé, qu'à l'instant où nous sommes entrés en contact, cette fondation solide et stable s'est spontanément fabriquée. Fondation sur laquelle nous pourrions construire les rêves les plus fous.

J'arrive à m'imaginer toute cette maçonnerie du cœur dans l'espace entre la portière avant et le coffre, tout en me rendant compte que je me sens comme un adolescent à son premier rendez-vous.

Elle ouvre la porte du garage quand je déverrouille la cage de transport. Bloom en surgit pour la rejoindre. Je vais finir par être vexé par tant d'enthousiasme à son égard.

— Je vous fais passer par ici, la clé de ma porte d'entrée est coincée. Ne faites pas attention au bazar…

Son garage est aussi propre que mon salon !

— En voilà une sacrée voiture ! dis-je en voyant l'énorme 4 × 4 qui occupe la moitié de l'espace. Vous devez bien vous amuser.

— Je ne l'utilise jamais. C'était la voiture de mon père.

— Il faut la faire rouler. C'est dommage qu'elle vieillisse ici sans bouger.

— Elle est beaucoup trop grosse pour moi. Mon oncle la sort de temps en temps. Je lui ai proposé de la prendre, mais il ne la veut pas. Vous la voulez ?

— Mais Capucine, vous ne pouvez pas faire ce genre de proposition à un inconnu !

— On commence à se connaître un peu, non ? Je ne veux pas la vendre à n'importe qui, c'était la voiture de mon père.

— Non, on ne se connaît pas ! Pas assez pour une voiture !

— Venez, je vous montre la maison, pour que vous me connaissiez un peu mieux !

— Je n'en accepterai pas plus le 4 × 4, que les choses soient claires.

Elle me sourit sans répondre.

La villa est immense, luxueuse, glaciale. Construite dans la pente, elle présente plusieurs niveaux dont le plus bas est réservé à une piscine couverte. La vue est magnifique, elle donnerait presque le vertige.

— Vous nagez ?

— Oui. Pour muscler le haut, sinon la course à pied me casse le dos. Et vous ?

— J'ai nagé pour réparer mon dos brisé, moins maintenant. La rééducation m'a suffi. Je me promène beaucoup avec Bloom, un peu de course à pied.

— On pourrait courir ensemble, si vous voulez.

— Je n'arriverai pas à vous suivre !

Elle ne dément pas et promet de m'attendre.

Alors qu'elle prépare un café, je l'observe évoluer dans cette grande cuisine blanche et noire et je l'imagine vivre seule ici, perdue dans l'immensité.

— Cette maison est bien trop grande pour une petite personne comme moi, n'est-ce pas ?

Je ne sais pas si elle a su lire dans mes pensées, si mon regard m'a trahi ou si nous sommes simplement en phase, comme quand nous écrivons la même idée au même moment par message. Que lui répondre ? Qu'évidemment cette maison est trop grande, de même que la voiture et que l'absence à laquelle elle doit faire face maintenant.

— On pourrait peut-être se tutoyer ? osé-je, en m'étonnant de mon audace.

— Avec plaisir.

— Peut-être dois-tu te demander si cette maison correspond ou non à ce que tu veux.

— Encore faudrait-il que je le sache.

— Si tu as besoin d'un chauffeur pour la grosse voiture…

Elle sourit. Me demande où je pourrais bien l'emmener. Spontanément, je répondrais *au bout du monde*. Je m'en garde.

Bloom s'est redressé et se dirige vers la coupelle d'eau qu'elle vient de lui déposer sur le carrelage de la cuisine.

Je suis assis sur un tabouret haut, ma tasse entre les mains. Elle est adossée au plan de travail.

— On va prendre la voiture, j'aimerais t'emmener dans un endroit que j'aime bien. La tienne ou la mienne ?

— Celle de ton père ?

Elle ne souhaite pas s'asseoir derrière le volant et me laisse les clés. Je démarre comme si de rien n'était puis je m'arrête sur un parking à la sortie de la ville, en lui disant que si elle veut qu'on aille quelque part, il faudra qu'elle m'y emmène.

Elle grogne un peu. *Je suis mise devant le fait accompli, on ne m'y reprendra pas*, et patati, et patata, ce qui la rend encore plus attachante, puis finit par abdiquer quand je précise que

Bloom aura bientôt une envie pressante, et qu'il serait dommage qu'il la fasse dans le coffre de sa voiture.

Elle découvre la boîte automatique, et moi son petit rire nerveux. Elle n'arrête pas de poser sa main par réflexe sur le levier de vitesses pour les passer. Je finis par l'en empêcher en y mettant la mienne. Plusieurs fois, je sens ses doigts gelés effleurer les miens.

Elle finit par comprendre le principe de la conduite et ma main, soudain inutile, le regrette instantanément.

Un peu plus loin, elle se gare sur le bord d'un chemin, coupe le contact et me remercie.

— Il serait fier de moi, chuchote-t-elle, les yeux brillants.

Ma main cherche ses doigts toujours glacés pour les serrer, lui dire que moi aussi, je suis fier. À ce stade d'une rencontre classique, je n'aurais jamais osé. Avec elle, c'est différent. Tout est simple, naturel, évident.

Chapitre 49

Quand tout revient

Ils se sont promenés sous un soleil glacial. Elle a resserré son écharpe, il a relevé son col quand le vent s'est levé. Ils ont ri. Beaucoup. Adrien et Capucine possèdent le même deuxième degré, les mêmes références, la même capacité à rebondir. Et puis, ils en ont tant besoin. De rires et de moments plus doux, de longues discussions, surtout concernant leur thérapie respective. L'attachement d'Adrien à Diane qui lui tient la main depuis plusieurs années. Sans quoi il serait retombé. La découverte par Capucine de ce genre de suivi et la simplicité qui s'est instaurée avec Denis. Ils ont évoqué le couple Diderot qui semble si solide, si complémentaire.

Le vent d'est a fini par les transpercer et leur donner des envies de thé brûlant.

Ils sont désormais à l'abri dans la cuisine. Capucine fait bouillir de l'eau. Adrien la regarde sortir deux tasses du placard.

Sans aucun préavis, elle s'approche de lui, l'entoure de ses bras, cale sa tête dans son cou et ne dit rien. Bloom les observe, d'un regard paisible qui valide la démarche. Il s'allonge et pose son museau sur ses pattes avant en fermant les yeux. *Prenez le temps qu'il faut, je vais piquer un somme en attendant.*

Passé l'étonnement, Adrien la serre dans ses bras, tout en douceur. De l'humanité hautement concentrée dans un corps fin. Il y met toute sa tendresse dans l'intention puissante de recharger Capucine. Et se recharge en même temps.

On ne l'a jamais pris dans les bras avec cette spontanéité, cet abandon, cette simplicité.

Il ferme les yeux et met tous ses sens en éveil. L'odeur de Capucine contre lui, leurs corps l'un contre l'autre. Un moment calme. Seul le lave-linge ronronne dans la buanderie qui jouxte la cuisine.

Aucun des deux ne veut prendre l'initiative de se dégager de l'étreinte.

Et soudain, soudain, venue de nulle part, une profonde vague se met à grossir tout au fond de lui. Le maître-chien est redevenu soldat, il n'entend plus le bruit de l'essorage de la machine à laver mais celui des pales de l'hélicoptère qui fendent l'air au-dessus du désert. Des images l'assaillent sous forme de flashs qui s'enchaînent comme un film abîmé dont il manque des morceaux. Il n'est plus dans les bras de Capucine mais dans ceux de Pierre qui le traîne dans le sable. Tout autour, le noir cruel d'où peuvent survenir des djihadistes à chaque instant. *Accroche-toi, on va y arriver. Alex est en sécurité dans l'hélico.*

Bloom s'est relevé et fait les cent pas autour d'eux.

Le cœur d'Adrien s'accélère. Il a chaud, transpire, tremble. Il demande pardon à Capucine et cherche à se dégager d'elle, pour chasser ces démons, mais elle l'en empêche et le serre un peu plus fort encore. La vague le submerge. Des larmes, des cris s'échappent de sa bouche comme il a crié il y a trois ans à Pierre qu'il ne sentait plus ses jambes, dans le bruit assourdissant du deuxième hélico venu les secourir. Il revit les explosions des tirs qui atteignent leur appareil quelques minutes avant, et le crash inévitable. Ce sol qui s'approche à une vitesse hallucinante. La pensée pour sa mère, juste avant l'impact au sol. Le choc terrible. Le corps sans mouvement de son coéquipier à l'avant.

Il gémit dans les bras de Capucine qui ne dit rien. Elle accueille.

Pierre le traîne toujours dans le sable, c'est interminable. Ils vont se faire tirer dessus. L'alarme de l'appareil se déclenche. Une sonnerie stridente, angoissante. Ils vont partir sans eux. Tout va trop vite. Tout est confus. Juste des sensations d'urgence, de peur, de folie.

Sur le carrelage de la cuisine, ses jambes ne le portent plus non plus, il se laisse glisser au sol. Capucine l'accompagne. Elle s'est mise à genoux devant lui et ne l'a pas lâché. Bloom est assis, interdit. Il regarde son maître, les oreilles baissées.

Adrien sanglote, parle de l'odeur. Un mélange de kérosène, de pneus calcinés, sa peau sûrement brûlée par endroits. Cette odeur insupportable de chair humaine grillée à laquelle il ne s'est jamais habitué sur les scènes d'affrontement. Il soulève son T-shirt pour lui montrer la large cicatrice de brûlure sur le flanc. Capucine pose la paume de sa main à cet endroit sans un mot. Le bruit terrible des pales qui s'accentue car ils s'approchent de l'appareil. Le sable qui se soulève en rafale et leur fouette le visage, les douleurs cinglantes à chaque mouvement, emprisonnées dans son corps couvert de matériel. Et Pierre qui continue à lui parler pour qu'il tienne le coup. Puis il se souvient être accroché à l'essieu de l'appareil, tenu à la seule force de ses bras, ses deux jambes folles dans le vide. Ce vide qui le réveille dans ses cauchemars. Ce vide qu'il revit malgré la présence de Capucine et qui lui provoque un haut-le-cœur puis un vertige puissant.

— J'ai cru que j'allais mourir. J'ai vraiment cru que c'était fini. Mais les autres nous attendaient. On était important, tu comprends ? On comptait pour eux. Pierre est revenu me chercher alors qu'ils auraient pu décoller sans moi pour sauver leur peau. Ils ont pris des risques pour moi. Ils auraient tous pu mourir par ma faute. On a frôlé la mort plusieurs fois pendant ces quelques minutes.

Il pleure de cette prise de conscience. De cette équipe soudée dans l'adversité. De cette flamme qu'ils avaient tous en eux cette nuit-là pour venir au secours des leurs. La même qu'il a ressentie sur le quai de la gare avec Capucine. Tendre la main à celui qui va mal.

Adrien respire profondément pour retrouver un semblant d'apaisement, épuisé, vidé, secoué. Capucine n'a pas bougé. Il reprend doucement ses esprits, inspire encore à une fréquence élevée, essuie ses larmes avec son T-shirt.

— Excuse-moi. Je ne sais pas ce qui s'est passé. J'ai été envahi par des images très violentes. Je crois que c'est ce que je cherche depuis des années. Mes souvenirs.

— Ce que ton cerveau a soigneusement éloigné de ta conscience pour te protéger ?

— Oui. Tes bras… j'étais détendu, et le bruit de la machine a dégoupillé quelque chose. Excuse-moi.

— Ne t'excuse pas. J'en suis émue.

— Il faudra que je l'écrive pour en laisser une trace, le faire lire à Diane, avant que tout ne reparte.

— Ou pour le ranger proprement.

Capucine se lève et lui propose un verre d'eau. Elle approche une chaise et l'aide à s'y installer. Adrien caresse Bloom machinalement. Il est encore un peu là-bas, encore un peu dans l'accident, encore un peu trop proche de l'image de la mort avec laquelle il a flirté.

— Les autres sont repartis au combat, pas moi.

— Et alors ?

— Ils ont eu le courage.

— Tu as le droit de ne plus avoir ce courage-là. Il y en a tant d'autres.

Adrien ne partira pas tout de suite. Il restera encore un long moment sur le canapé, Capucine contre lui, sous un plaid épais, à écouter de la musique et regarder les sommets au loin, saupoudrés des premières neiges.

D'autres souvenirs lui reviennent encore, il les laisse le traverser sans résistance, le plus gros de la vague est passé. Poussée par une puissante rafale, la porte s'est ouverte, il écrira ce soir, chez lui.

Il comprend tant de choses, tout contre elle.

De lui, des autres, de ce monde.

Il a le droit de ne plus se sacrifier pour sauver les autres.

Il a le droit de se protéger lui.

Et l'envie de la protéger, elle.

Chapitre 50

L'appel d'un livre

Capucine est descendue à l'atelier après le départ d'Adrien. Toute retournée d'avoir provoqué ces réminiscences en lui. Ils avaient évoqué le fonctionnement du choc post-traumatique en balade, ce après quoi il courait depuis des années, cette vérité vécue dans sa chair et pourtant évincée de sa conscience. Les mécanismes qui peuvent entraîner leur retour soudain, une odeur, un bruit, une sensation proche de la scène qui fait qu'elle remonte en surface. Elle sait aussi qu'une fois libérée, cette vérité ne cherche plus forcément d'autres canaux pour s'exprimer, celle des cauchemars chez lui, même s'il y en aura encore. Le contraire serait un miracle. Mais il avance, il s'apaise, et elle constate y être pour quelque chose. De quoi donner du sens.

Elle aussi avance, s'apaise. Elle digère tous les renoncements qui ont opéré en elle, le chagrin, la colère que tout s'arrête, ou plutôt que tout recommence autrement. Elle s'était tant battue pour faire médecine.

Elle observe cet atelier en se souvenant des heures passées ici, avec ses instruments aiguisés et ses livres d'anatomie. Des heures à pleurer, parfois à crier, avec la tentation de tout abandonner. Mais le bon petit soldat revenait à la charge le lendemain.

Elle a failli s'écrouler, lâcher prise. Sa mère, son père, sa sœur. Des abandons à répétition. Il semble que l'existence envoie des épreuves à ceux qui sauront le mieux y résister. Peut-être même pour apprendre au monde à leur façon, à force de rebond. Dissiper la peur chez les autres, en montrant qu'il est possible de survivre à certaines réalités qu'on pensait insurmontables.

Elle a changé depuis quelque temps. Elle est détendue, elle sourit, ses gestes sont plus doux, plus efficaces.

À l'atelier, elle prolonge artificiellement le temps nécessaire à la finalisation de l'ouvrage, il ne reste que quelques détails. Elle sait que la touche finale tournera une page. Elle veut encore en relire quelques passages.

Elle remonte assez vite.

Son livre d'apiculture l'appelle.

Chapitre 51

Le rôle thérapeutique d'un lave-linge

Bonjour Adrien,
Merci pour ta visite hier.
Elle m'a fait beaucoup de bien

Bonjour Capucine,
Et à moi donc !
J'ai écrit le déroulé des faits hier soir en rentrant, assemblé toutes les pièces du puzzle, ou presque. Il doit manquer quelques détails...
C'est à moi de te remercier.
Ma conscience serait peut-être encore en captivité au Mali, si tu ne m'avais pas prise dans tes bras.

Et si je n'avais pas lancé une lessive juste avant de partir...

On ignore trop souvent le rôle thérapeutique des machines à laver !

Et des grosses voitures !
Je ne pensais pas conduire un jour celle de mon père.
Et y trouver un certain plaisir.

Il faudra poursuivre pour ne pas perdre la main, n'est-ce pas ?
Ou m'embaucher comme copilote.

Promis, quand tu reviens pour courir, c'est moi qui conduirai au départ de la maison !

Quand ?

Selon ton planning. Le mien est calme.
En dehors des consultations chez Diderot.

Jeudi de la semaine prochaine ?

J'aurai le temps de m'entraîner.

Pas trop quand même...
On pourra aussi se reprendre dans les bras ?

Chapitre 52

L'énergie cinétique de la vie

Nous avons décollé de la base quelques minutes plus tôt. Je suis à l'arrière, mon arme contre moi. Alex, le chef de bord et Pierre, le copilote à l'avant. Il s'agit d'assurer la relève de l'Écureuil, l'autre hélico, en opération depuis plus de sept heures.

Nous arrivons sur zone, un endroit infesté de terroristes. Tout est très rapide, nous avons à peine le temps d'enclencher les tirs sur les cibles identifiées que nous entendons les impacts de balles sur la carlingue. Très vite, le moteur ne répond plus. Nous sommes touchés. Le crash est inévitable. Imminent. Je me dis que c'est fini. Je ne peux rien faire. Je ressens une terrible impuissance. Même pas le temps de réfléchir. Une chute vertigineuse, le choc est violent. Le siège du chef de bord a traversé le pare-brise, il ne bouge pas. À côté, Pierre crie qu'il faut s'extraire, sortir de là avant que tout ne prenne feu. L'Écureuil vient d'atterrir à quelques dizaines de mètres. Ils nous cherchent. C'est de la folie, personne ne réfléchit. On agit à l'instinct, comme des bêtes traquées. Parce que c'est le cas. Les djihadistes ne sont pas loin, ils vont venir vérifier que nous sommes bien morts et nous achever le cas échéant. Je tire sur mes bras pour m'extraire de ce qui reste de la cabine et j'essaie de me lever pour aller porter secours à mon chef de bord. Mon corps refuse. Mes jambes ne répondent plus. Pierre a réussi à sortir Alex de son siège. Il le traîne vers l'hélico, il est encore vivant. Je ne peux pas attendre qu'il revienne. L'autre équipage a dû être repéré. Nous n'avons que quelques minutes pour évacuer. Alors je roule sur moi-même avec tout mon attirail sur le dos, mes poches pleines de munitions et de divers matériels, pour me rapprocher et espérer les rejoindre, pris par l'angoisse terrible qu'ils soient obligés de décoller sans moi, qu'ils me sacrifient pour sauver les autres plutôt que de tous mourir. C'est ce qu'on apprend dans les situations extrêmes. Une douleur me transperce le dos, j'ai l'impression qu'il est en mille morceaux, et j'ignore si je suis en train d'aggraver mon cas. Pourrai-je remarcher un jour ? Que vaut-il mieux, sauver la moitié de son corps, ou mourir en entier ? J'ai mal sur le flanc, une sensation de brûlure, et toujours cette odeur terrible d'explosif et de chair cuite, de sable et de carburant. Quand j'aperçois Pierre courir vers moi, je sais qu'Alex est en sécurité, je me dis que peut-être, peut-être, nous avons une maigre chance de nous en sortir vivants. L'alarme retentit dans le cockpit derrière le bruit des pales. Alerte rouge. Cela fait trop longtemps qu'ils sont au sol. Il faut décoller. Tout de suite. Panique. On n'a pas le temps de me charger dans l'habitacle. Pierre m'installe comme il peut à califourchon sur le train d'atterrissage, me hurle de tenir bon et contourne l'appareil. Il doit faire de même de l'autre côté. Nous décollons immédiatement. Je ne suis pas sécurisé. Je suis secoué dans tous les sens, comme dans un manège à la fête foraine. Quand j'étais petit, c'était pour jouer. On ne joue pas ici. Ou alors notre peau à la loterie. Je n'ai que mon bras autour de l'essieu et ma volonté pour tenir. Je pense à ma maman. C'est pour elle que je tiens. Elle a déjà perdu son mari au combat, elle s'est effondrée quand je me suis engagé. C'est pour elle que je résiste. Je regarde le chef de bord de l'équipage venu à notre rescousse, de l'autre côté de la vitre. Seuls nos visages parlent. Le sien me dit : « Tiens le coup ! » Je cale ma tête contre la carlingue pour éviter le vent et j'obéis. Je tiens. J'attends. J'ai peur. Je suis terrifié. Sûr que je vais mourir. D'ailleurs je le suis peut-être déjà et c'est ça, mourir. Vivre encore un peu la suite avec les autres. Une sorte d'inertie, comme quand on saute d'un train en marche. L'énergie cinétique de la vie. Mais tout a l'air bien réel. Trop réel. Tellement dingue. Je suis accroché par la simple force de mes bras à un essieu d'hélico à plusieurs dizaines de mètres au-dessus du sol, sous les tirs nourris des terroristes. L'appareil vole à une vitesse sidérante. Pas le temps de s'éterniser. Il faut sortir de la zone de combat le plus rapidement possible. Au risque de nous perdre en vol, mon camarade et moi. Au moins, ils auront essayé, c'est déjà énorme. Et Alex est en sécurité. Au moins un. Ils auraient pu repartir sans nous, parce que c'était trop dangereux, parce que personne n'avait prévu cette éventualité, parce que ce n'était pas les ordres. Parce qu'il ne fallait pas prendre le risque de rajouter des pertes humaines. Mais non ! Ils sont venus, se sont posés, nous ont permis de nous accrocher tant bien que mal. Ils font tout pour nous sauver la vie, putain ! C'est pas rien de sauver une vie… alors trois !

Ce sont les cinq minutes les plus longues de la mienne. Je ne pense à rien, juste à tenir malgré les secousses, le vent, le bruit, les balles tirées depuis le sol qui parfois ricochent tout près de moi. Et ce vide sous mes pieds, qui m'appelle, m'attire, m'aspire. Il est de mèche avec la mort. Elle se cache au fond de tous les vides du monde. Je tiens pour ne pas tomber de cet hélico qui nous emmène en zone sécurisée. Dans quel état, je ne sais pas. Je sais seulement que mon cœur bat et que je respire. Pierre a eu le courage de revenir me chercher. Il est forcément blessé, lui aussi, vu le crash qu'on a subi. J'admire sa force. C'est aussi pour lui que je m'accroche. Je ne veux pas finir dans la cour des Invalides avec une médaille posthume et un discours du président qui ne réconfortera pas maman, aussi beau soit-il.

Alors je tiens malgré mon bras engourdi, mes oreilles sourdes, mes jambes absentes, et un ventre qui n'est plus qu'une boule de peur.

Durant ces minutes interminables, je réfléchis aussi à la raison pour laquelle je suis là. Je pense à mon père.

Moi aussi, je suis courageux.

Chapitre 53

La grande marche du monde

Je n'ai jamais tant attendu un rendez-vous avec Diane.

Je m'interdis de plier encore plus la feuille que j'ai entre les mains, sinon son contenu deviendra illisible.

Je suis à la fois impatient de lui raconter cet épisode incroyable que j'ai vécu dans les bras de Capucine et anxieux qu'elle puisse me dire que cela signe la fin de ma thérapie. Il faudra bien un jour que je m'arrête, mais il me faut encore du temps.

Elle est à l'heure.

Je commence à lui parler avant même de m'être assis. Je vais à l'essentiel. La visite chez Capucine, ses bras, la machine à laver, et le tsunami qui m'a secoué ensuite. Les flashs violents, puis l'apaisement, les bribes ensuite, les morceaux qui se rassemblent. Et la mise sur le papier le soir même, pour ne plus rien perdre, trop angoissé à l'idée que les souvenirs s'envolent une deuxième fois.

— L'écrire vous a soulagé ?

— Oui. J'ai rangé. J'ai tout mis ensemble. Les sensations et les faits rapportés.

— Vous avez enfin craché votre pelote de déjection. Celle que vous ruminiez depuis tout ce temps.

— Grâce à la machine à laver de Capucine.

— Ne lui présentez pas les choses ainsi pour la remercier !

— Je vais éviter !

Je commence à vraiment bien connaître ma psy, au point de déceler les premiers signes d'un nouveau dysfonctionnement de sa chaudière interne. Le souffle plus court, le visage écarlate, une nervosité sur sa chaise. Elle me sourit, un peu gênée, en cherchant son éventail.

Je lui tends ma feuille. Elle la déplie et enfile ses lunettes. En temps normal, elle les tripote à longueur de consultation, ouvre les branches, les ferme, les fait tournoyer, les nettoie, les met, les enlève. Comme une balle antistress. Je m'y suis habitué. Quand elle les a sur le nez, elle devient soudain calme, posée, ultraconcentrée. Je la regarde me lire et j'en suis ému. Cette impression troublante de me mettre nu devant elle.

Son visage est d'une impressionnante neutralité. Je n'y décèle rien. Ni surprise, ni soulagement, ni questionnement. En classe, elle devait être du genre à pouvoir tricher sans être démasquée. Je l'envie tellement. J'aimerais goûter au confort de l'impassibilité. Pouvoir vivre mes émotions en paix, sans qu'elles s'affichent comme un menu déroulant au vu et au su de tous.

Elle lit lentement. Je n'ose ni trop l'observer ni regarder ailleurs. Si mon fauteuil disposait d'une trappe pour disparaître sous le plancher, je l'actionnerais dans la seconde.

— Détendez-vous, Adrien, me dit-elle sans me regarder.

Alors, en attendant, je me remémore ce moment si intense dans les bras de Capucine. Ce sont mes muscles, mon cœur, mes cellules qui ont pris le relais de ma tête. Je revivais la scène comme on décrit un état de *near death experience*. Je voyais tout, je sentais tout, je comprenais tout.

Quand Diane relève la tête, je pleure. Elle me tend un mouchoir et m'invite à accueillir ces larmes comme des portes de prison qui s'ouvriraient. Me libérer. Me libérer de ce moment où j'ai cru mourir et où je ne suis pas mort. Il est difficile de remonter sur le cheval de l'existence quand on en est tombé.

Bloom dort sous le bureau. Lui qui absorbe toutes les émotions autour de lui semble foncièrement indifférent à celle qui me submerge. Elle intercepte mon regard vers lui.

— Il vous laisse vous débrouiller, parce que vous êtes seul face à vous-même pour régler ce conflit. Peut-être qu'il est apaisé de vous sentir en voie de l'être.

Elle me rend mon récit, en m'encourageant à reprendre pied dans la grande marche du monde puisque je suis vivant.

Chapitre 54

Une demi-part de tarte

Le maître-chien vient de quitter le cabinet. Bloom s'attarde dans les feuilles mortes le long de la palissade.

Lors de sa dernière consulation Capucine semblait aller mieux.

Je suis obligé d'admettre que sa rencontre avec le patient de Diane y est pour beaucoup. Elle m'en parle avec de la douceur dans les yeux et quelques éclats au milieu. Elle me fait réfléchir à la notion de couple, sa naissance, son fonctionnement, ses enjeux. Une dimension si importante dans notre accompagnement des gens au quotidien. Car chaque couple est différent. Quel bonheur quand la magie opère. J'ai si souvent à gérer des conflits.

Si Diane est fantasque, elle est aussi fidèle à ses engagements et ne m'a plus jamais parlé d'Adrien. Je profite de l'heure du thé pour aborder le sujet avec elle. Nous avons toujours fait en sorte qu'une telle coupure soit possible pour chacun autour de seize heures trente. Ce petit rituel entretient l'amour. Il est presque sacré.

— Je crois que c'était une bonne idée de forcer le hasard, ma chérie. Ils ont l'air de s'être trouvés.

— Je ressens une évidence entre eux, comme nous au lycée.

— Ils sont quand même un peu plus torturés, non ?

— Ce qui n'empêche pas l'évidence. Et puis, tu étais torturé toi aussi.

— Pas toi ?

— Si, bien sûr. Tous les adolescents le sont.

Elle me tend une petite assiette du service alsacien de sa grand-mère. Elle y a déposé la moitié d'une tartelette au citron meringuée.

— Parfois, mes patients me demandent le secret des couples qui durent, dis-je juste avant de croquer ce délice acidulé.

— Et tu leur réponds quoi ?

— Que je n'en sais trop rien. Je leur parle d'amour, de communication, de liberté, de renouveau. Tu le sais, toi ?

— Non. C'est un des mystères non résolus de l'existence. Pourquoi les bébés déclenchent leur venue au monde, pourquoi un cœur s'arrête soudain de battre, pourquoi les couples durent ?

— Tu leur réponds quoi, quand les tiens te le demandent ?

— Je leur retourne la question : « À votre avis ? » C'est pratique. Je fais toujours ainsi quand je ne sais pas quoi répondre. Pas toi ?

Je la regarde se lécher les doigts pour ne pas en perdre une miette. Je la regarde et je l'aime toujours aussi fort.

Chapitre 55

Un pompon rouge au loin

Je me sens léger.

Si je fais encore des cauchemars, j'arrive maintenant, au petit matin, à laisser le poids de leur souvenir sous l'oreiller. À me lever sans cette boule de peur au ventre. Ou alors l'ai-je instantanément dissipée au réveil, en pensant à elle ?

Capucine est un cadeau du ciel. Elle m'apporte cette petite lumière que j'avais perdue dans la nuit du Mali. Il y a quelques années, je me suis relevé sans y croire. Pour ma mère, pour mes amis. Pas pour moi. C'est comme si cette rencontre sur le quai complétait la phrase *Lève-toi et... marche.*

Marche ! Ne te contente pas d'être debout. Marche !

Je crois même qu'elle me dit de voler. Capucine est comme un petit moineau qui aurait la puissance de l'aigle. J'ai envie de la prendre dans le creux de ma main, et en même temps de m'incliner devant elle.

Jeudi est enfin là.

Il a gelé cette nuit.

Le ciel bleu est au rendez-vous.

Un froid sec. Comme mon père.

Maman le décrivait ainsi quand elle parlait de lui. Elle qui vient d'un pays chaud, elle qui a un soleil dans le cœur. Ils étaient si différents et ils s'aimaient pourtant. J'avais déjà dix ans la première fois qu'elle m'a parlé de froid sec, j'ai compris instantanément. Mon père était dur, intransigeant, fidèle à l'ordre et à la loi, aux règles, aux principes. J'avoue avoir mis longtemps à comprendre comment leur couple avait pu fonctionner. Je crois qu'il était un grand sensible désensibilisé, éduqué à la trique par un père autoritaire qui n'avait laissé aucune place aux émotions. En le rencontrant, maman a fouillé sous les gravats de son éducation pour retrouver cette sensibilité et l'accueillir avec douceur, la lui autoriser. Avec elle il était différent. Comme s'il laissait repousser quelques bourgeons sur sa branche recouverte d'écorce.

Avec moi ? Il a composé avec ce qu'il avait connu en termes d'éducation. Je le craignais et je l'aimais. Il m'a appris à être fort, à ne pas pleurer, à me battre pour me défendre. Contrairement à lui, je crois que ma désensibilisation au monde n'a pas fonctionné. Il est mort trop tôt. J'avais onze ans. Peut-être aurait-il réussi à m'apprendre, avec le temps, à me durcir le cuir. Peut-être qu'il s'est nié et qu'il n'a trouvé le bonheur que dans les bras de maman, parce qu'il n'y avait que là qu'il était lui-même.

Comme je me sens moi-même au contact de Capucine.

Nous n'aurons pas chaud pour courir. Elle sort par tous les temps. Qu'il pleuve, qu'il vente, qu'il neige, qu'il fasse 40 degrés. *C'est mon oxygène, je ne peux pas m'en passer plus de deux jours*, m'a-t-elle dit récemment. Je n'ai même pas peur de me ridiculiser. Je sais qu'elle ne me jugera pas. Je l'ai quand même prévenue que je n'y arriverais pas, ce à quoi elle a répondu qu'elle partirait devant avec mon chien. Lui réussira, je n'en doute pas un instant. Il n'a d'yeux que pour elle.

Je me gare devant la maison. L'entrée est au nord, la gelée blanche de cette nuit n'a pas encore fondu dans le carré de gazon à côté de la petite allée. Il n'y a que les hellébores qui tiennent tête à ce début d'hiver.

Je tends à Bloom la bombe aérosol avant qu'il ne saute de mon coffre. Il la saisit délicatement entre ses mâchoires pour ne pas la percer et s'avance vers Capucine qui nous attend sur le pas de la porte du garage.

— C'est la première fois qu'un chien m'offre du dégrippant, rit-elle.

— Pour ton entrée. J'ai préféré ne pas lui confier les chocolats, dis-je en lui tendant la boîte.

— Tu crains de manquer de force ?

— J'ai hésité avec des bananes, mais je ne savais pas comment tu le prendrais.

— Mal, j'ai une phobie des bananes. Tu n'étais pas obligé de m'offrir quelque chose.

— J'essaye de t'alourdir, pour avoir une chance de suivre…

— On les mangera au retour, pour te réconforter !

Elle est déjà en tenue. Un pantalon de course, un T-shirt manches longues surmonté d'une veste de survêtement épaisse, un cache-col bariolé, un bonnet bleu marine avec un énorme pompon rouge, et des gants en laine.

— Tu n'auras pas froid ?

— Nous allons vite nous réchauffer.

Son sourire aurait dû m'inquiéter.

Nous commençons à petites foulées pour descendre le coteau vers la ville. Je ne peux pas m'empêcher d'imaginer qu'il faudra ensuite le remonter, en fin d'effort, déjà exsangue. Nous nous engageons sur le sentier de l'Ehn. C'est là qu'elle lance les premières hostilités. Elle pose une accélération, l'air de rien, sans prévenir. Je m'accroche. Elle me distance. Bloom fait encore des allers-retours. Je vois bien son *Qu'est-ce que tu fous* dans les yeux. Ce préretraité fera moins le malin quand il aura compris dans quoi il s'est engagé !

Les endorphines s'installent et me permettent d'accélérer pour revenir à sa hauteur. Les entraînements à l'armée étaient beaucoup moins divertissants. Le chemin est agréable, il longe la rivière, un faux plat montant. Au milieu des arbres, le son de l'eau qui coule. Elle me parle en continu, me raconte le massif du Mont Sainte-Odile, toutes les courses qu'elle a déjà faites ici. Je ne réponds pas. Je n'en ai pas le souffle. Nous traversons le village d'Ottrott et empruntons un sentier qui se met à grimper violemment.

Je vois inexorablement s'éloigner le pompon rouge, et la toison de Bloom.

Je m'y attendais.

Pas aussi tôt.

Je finis par marcher.

Ils patientent en haut, quand ce sentier pervers rejoint un chemin transversal. Mon chien tire la langue mais n'a pas perdu la face.

— Le Mont Sainte-Odile ne sera pas pour cette fois, constate-t-elle.

— Je vais m'entraîner.

Elle m'a laissé reprendre mon souffle avant de s'engager sur le chemin plat. Nous courons côte à côte. Le sol est agréable. Des aiguilles de pin, comme un tapis naturel. Je me sens bien. Capucine me donne de l'énergie, de l'allant, de l'envie. Elle me propose au bout de ce chemin de faire un crochet vers les châteaux d'Ottrott. Je ne les connais pas. Elle me promet que ce n'est pas si loin. Je me méfie de son échelle de distance, mais pour lui faire plaisir…

Elle m'a poussé dans mes derniers retranchements pour grimper cette côte sans perdre le rythme, alors que je pensais ne plus en avoir les ressources. Je me vengerai un jour sur l'une de ses faiblesses, pour lui montrer qu'avec de la volonté, tout est possible. Cela dit, là-haut, j'ai perdu toute autre volonté que celle de respirer et boire. L'eau de la fontaine est glaciale. Elle marque les contours de mon œsophage, de mon estomac, en pénétrant dans mes entrailles. Je bois, je bois encore. Et j'inspire. Les grandes bouffées d'air froid que j'avale comme si je venais au monde pour la première fois figent mes poumons. Je lui en veux et en même temps j'éprouve de la gratitude. Elle avait raison. J'ai réussi à la suivre. Victoire. Moi qui n'aimais plus courir, de l'avoir trop fait, rangers aux pieds, en T-shirt sous la neige à essuyer les cris sans égards d'un supérieur, ou sur un tapis pour la rééducation, aux côtés d'une kiné gentille mais intraitable sur le rythme. Les châteaux sont impressionnants, posés là, l'un à côté de l'autre, encore imposants malgré les ruines. En les observant, on ignore s'ils se mènent une guerre fratricide depuis plusieurs centaines d'années ou si la complicité opère entre eux.

En me posant cette question à propos des châteaux, je comprends que je viens de trouver le mot juste pour définir ce qui nous lie, Capucine et moi, depuis quelques semaines : la complicité. Celle de deux jumeaux dans un ventre, de deux rameurs sur un même aviron. La confiance et la compréhension. Les émotions indistinctes d'être si proches. Et si vite. Si fort.

Capucine semble connaître un morceau de l'histoire de ces châteaux, je lui pose donc quelques questions supplémentaires au fil de son récit, surtout pour laisser à mon corps le temps de récupérer avant le retour jusqu'à Obernai. Elle a beau me promettre que le chemin ne fera que descendre, la distance est là.

Je ne vais pas réussir à marcher demain. Ni les jours suivants. Je claudiquerai derrière mon chien, et il se moquera de moi. À moins qu'il ne claudique un peu aussi. Tant pis, le jeu en valait la chandelle. Et il ne me contredira pas, lui qui s'abreuve également à la fontaine, les deux pattes sur le bord et la langue qui touche presque le fond.

La côte pour rejoindre sa maison, celle précisément que je redoutais en partant, me coupe les jambes et je gravis le dernier escalier accroché au grillage attenant. Elle m'a annoncé prendre de l'avance pour préparer une boisson énergisante et faire un feu dans la cheminée. Bloom m'a fait l'honneur de rester avec moi. Il accuse le coup également. Il n'a plus l'habitude.

Quand nous arrivons, Capucine nous sourit. Elle a déjà récupéré un souffle qu'elle a à peine perdu. Elle a préparé une gamelle, et un grand verre d'un liquide vert vif que je n'ose pas attribuer à des épinards. « Un smoothie revigorant », me dit-elle. La boîte de chocolats est ouverte sur le plan de travail de la cuisine. Elle en a déjà mangé un, l'a trouvé fameux.

Les cheveux en bataille, encore humides d'avoir été enfermés sous le bonnet à pompon, les joues rouges, les yeux qui pétillent d'une petite fierté bien placée d'avoir été la plus forte, c'est elle que je désire goûter.

Je pense à Diane. Elle me demandera forcément si je suis amoureux.

Je ne pourrai pas lui mentir. Même si j'ai peur de cette réalité-là.

Elle me propose d'aller prendre une douche au sous-sol, à côté de la piscine, pendant qu'elle prend la sienne à l'étage. Rendez-vous au salon pour manger un morceau. Elle ne me laisse même pas le choix. Elle a fait des galettes de sarrasin et un tiramisu.

Si elle a fait un tiramisu, alors…

Je reste un long moment sous l'eau brûlante. La large pomme de douche carrée délivre une pluie tropicale. Cette eau chaude qui coule le long de mon dos, de mon torse, de mes jambes, de mon cuir chevelu dessine un corps que j'avais peut-être oublié. Ce corps dont j'ai cru perdre une partie dans l'accident. Ce corps pétri de souffrance au milieu de la terreur, et que j'ai nié pour survivre, en roulant au sol jusqu'à l'hélico, ajoutant de la douleur à la douleur déjà insoutenable. Ce corps rééduqué qui a retrouvé toutes ses fonctions, sauf peut-être celle de se sentir vivant. Sans en être sûr, je crois que quelques larmes se sont glissées au milieu de la pluie tropicale. Je pense à Capucine, dont le corps réagit sous sa pluie à elle. Que penserait-elle du mien ? Serait-elle attirée par une peau sombre comme la mienne ? Déçue par la taille de mon sexe qui donne tort aux idées reçues ? J'ai tellement l'habitude qu'on me chambre avec ce cliché que j'y pense forcément.

Lui faire une place dans mes pensées me met instantanément en érection. Je me sens à la fois rassuré et un peu honteux d'être là, à bander dans la douche d'une jeune femme que je ne connais que depuis si peu de temps, mais qui coche tellement de cases. Je respire profondément, le visage offert au jet diffus avant de fermer le mitigeur et d'attraper le drap de bain qu'elle m'a prêté, ma vigueur étouffée par un peu de la tenue qu'il me reste en pareille circonstance.

Je remonte avant qu'elle ne soit descendue. J'espère qu'elle prend le temps de se faire belle. Non pour l'apparence, – je la trouve mignonne même après deux heures de course – mais pour l'intention. J'ai envie qu'elle ait envie de se faire jolie. Pour moi. Pour elle.

Bloom est étalé sur le tapis du salon. Il dort profondément, la gueule entrouverte et la langue affalée sur la laine épaisse. Pour un chien de sept ans, il a été un peu présomptueux de sa forme. Elle a préparé des verres et une bouteille de crémant médaillé. J'ai une faim de loup. Je pique quelques cacahuètes, en feuilletant le livre d'apiculture posé sur le canapé à côté de moi.

— Tout s'est bien passé en bas ?

Je ne l'avais pas entendue. Elle se déplace avec la discrétion d'un chat. Bloom réagit à sa venue en ouvrant les yeux écarquillés de celui qui revient de loin. Il se redresse instantanément, mâche sa langue qui a séché à l'air libre. Il semble penaud d'avoir pu être vu dans une posture à son désavantage.

Elle s'assoit en face de moi, et saisit la bouteille pour la déboucher.

— Tu t'intéresses à l'apiculture ?

— Ma petite sœur me parle des ruches qu'ils ont dans cette heureuse communauté dans laquelle ils sont partis vivre avec d'autres jeunes, épris comme eux d'écologie. Alors en voyant ce livre chez le libraire, je me suis dit que j'allais creuser un peu le sujet. Cet univers est fascinant, et nécessaire.

— Tu vas en installer dans ton jardin ?

— Il n'y a pas assez d'espace.

— Tu voudrais en faire une vraie activité ?

— Je n'en sais rien. Je réfléchis. Il faut bien que j'en trouve une. Rentière n'est pas un statut très honorable.

— Tu m'as dit que tu avais renoncé à tes rêves après l'accident, mais tu ne m'as jamais dit lesquels.

Capucine baisse les yeux pour me raconter. Ils brillent à l'évocation de son père, chirurgien émérite qu'elle admirait plus que quiconque. Elle m'évoque son parcours de bonne élève, l'embryologie qu'elle découvre à l'adolescence, puis l'anatomie, les soirées entières passées à apprendre ses cours pour décrocher l'excellence, la mention au bac, puis l'année de médecine réussie brillamment, juste avant l'accident.

— Mon avenir s'est refermé sur moi comme une porte battante. Je ne pouvais pas abandonner Adélie. Je sais trop bien ce qu'on ressent dans pareil cas.

Elle avale une grande gorgée de crémant et se sert à nouveau pour se donner du courage. Elle me parle de son enfance, de sa mère partie alors qu'elle était toute petite. Je pense à la mienne. Son modèle en tête, il m'est tellement impensable qu'on puisse laisser son enfant derrière soi. Je croyais que toutes les femmes avaient cet instinct maternel en accouchant. Que rien n'était plus important à leurs yeux. Je n'imagine même pas le manque, la blessure, le sentiment d'abandon que Capucine a dû traverser.

— Et tu t'es écroulée quand ta sœur t'a annoncé sa décision.

— Disons que j'aimerais un peu arrêter de voir partir les gens que j'aime.

Bloom s'approche d'elle. Il a senti. Elle éclate de rire et en sanglots en même temps.

— Ton chien a un flair particulièrement développé pour mes chagrins.

Elle le caresse vigoureusement puis me rejoint sur le canapé. Je lui ouvre mes bras. Chacun son tour. Nous restons un moment ainsi. Elle pleure en silence. Un roc sur lequel suinte une source discrète. J'essuie régulièrement ses joues avec le bas de mon polo. Elle a le front collé sous ma mâchoire, je sens son souffle chaud sur mon menton. Nos tendresses s'imbriquent comme deux pièces de bois parfaitement ajustées.

Ce silence infini et suspendu est transpercé par un énorme couinement de mon ventre arrogant que je déteste sur-le-champ. Elle se lève d'un bond en me demandant ce que je veux sur mes galettes.

Du miel…

Chapitre 56

S'effacer

Noël approche à grands pas. Je déteste cette période. Je n'ai toujours fait semblant que pour mes nièces. Je crois qu'enfant, cette fête m'a fait prendre conscience de la différence que notre mère avait instaurée entre mon frère et moi. Certains parents s'arrangent pour trouver un équilibre dans les attentions, les cadeaux, les faveurs, pour qu'aucun enfant ne se sente lésé. Chez nous, la différence était criante. Elle savait quoi offrir à Jean-Baptiste pour lui faire plaisir et tombait toujours à côté me concernant. Notre père ne s'investissait pas assez dans notre éducation pour s'en rendre compte. Il était routier, souvent parti. Il nous rapportait toujours un petit quelque chose de ses séjours dans les pays de l'Est ou en Espagne. Pour faire simple, il nous offrait la même peluche, le même porte-clés, en changeant seulement la couleur.

Cette célébration m'a appris à ne plus rien attendre.

Les fêtes de fin d'année ont fini de m'assombrir avec la mort de Jean-Baptiste. Je pense à ma petite souris. Elle les passera en famille, avec son mari, ses enfants, ses parents, ses beaux-parents. Elle m'a prévenu qu'au milieu de ce marathon festif, elle aurait du mal à se libérer.

Je passe en second.

Normal…

Et douloureux.

Tout au fond de ma solitude,
Ton visage et ton corps paraissent,
Ton nez froid et tes mains d'altesse,
Me donnent envie de nos préludes.

De cette douce incertitude,
Qui serais-je encore à tes yeux
Si nos matins s'ouvraient à deux
Je veux en faire mon habitude.

Mes rêves infinis de quiétude
Des crépuscules dans tes bras
Et ta chaleur dans les frimas
Comme un flocon en altitude.

Chaque jour est un peu moins rude
Que dans mon ombre tu sois là
La vie qui m'a montré tes pas
Je la berce de gratitude.

Chapitre 57

Le chemin des fleurs sucrées

Assise dans le grand canapé couleur crème, Capucine joue avec son téléphone en espérant qu'il sonne.

Elle repense à la veille. Au plaisir de ne pas courir seule. À ce drôle de Bloom dont on lit toutes les émotions comme dans un livre ouvert – elle n'avait jamais vu un chien aussi expressif. À sa serrure dégrippée. La solution était pourtant si simple.

Ce moment où ils se sont pris dans les bras quand elle a eu fini de déverser sa brouette de chagrin. Juste se serrer l'un contre l'autre et respirer ensemble.

Elle retrouve en elle le frisson qu'elle a eu quand Adrien est venu poser deux mains sur ses épaules alors qu'elle réchauffait les galettes, ce moment suspendu jusqu'à sentir l'odeur de brûlé. Ils ont ri. Et ont grignoté ces fins morceaux de charbon croustillants.

Elle a aimé qu'il aime son tiramisu. Le seul dessert qu'elle ne rate jamais. Aimé aussi qu'il l'aide à débarrasser les deux assiettes.

Et puis le cœur serré de les voir repartir. Deux lèvres charnues sur son front. *À bientôt, j'espère.* Faire un petit signe de la main jusqu'au bout de la rue. Et rentrer par la porte principale, les traits du visage détendus en pensant déjà à la prochaine fois. En remerciant finalement Adélie d'avoir provoqué cette valise oubliée. Il s'en fallait de peu pour qu'elle ne le croise jamais. De si peu. Alors que c'est si bon.

La seconde d'après, elle craint de s'être attachée trop vite, trop fort, d'être dépassée, de se tromper. Elle craint l'engagement, la suite des événements, la perte de ses repères.

Elle en a assez des champs de bataille, des explosions et des gouffres. Elle regarde le livre, implore la reine des abeilles de lui indiquer de sa plus belle danse de reine le chemin des fleurs sucrées.

Chapitre 58

Un Oscar entre eux

Merci Adrien pour ce joli moment.
Je n'avais jamais couru à deux.
Enfin à trois.
C'est bien aussi...
Je t'embrasse.

Avec plaisir !
Pour ma part, je n'avais jamais couru avec un gros pompon rouge comme motivation au loin.
Tu n'as personne avec qui courir ?

Tu veux savoir si j'ai des copines ou si j'ai un amoureux ?

Le problème quand on croise quelqu'un qui comprend sans qu'on ait besoin d'expliquer, c'est qu'il comprend aussi ce qu'on sous-entend sans oser l'avouer...
(Rires.)

J'ai des copines mais elles ne courent pas aussi vite que moi.
Elles ne courent pas du tout d'ailleurs.
Et j'ai Oscar.
Il est gentil, attentionné. Il compte beaucoup pour moi.

Je comprends...

Chapitre 59

Métis

— Je me déteste.

Capucine a commencé la séance ainsi. J'avais compris sa colère dans sa façon de se lever de son siège dans la salle d'attente, de me regarder. Une furie. Une agitation, une façon différente de respirer et de poser son regard. Ce petit pli entre les sourcils.

— Je vous ai parlé d'Oscar, n'est-ce pas ?

— Oui.

— J'ai fait croire à Adrien qu'il partageait ma vie.

— Ce n'est pas le cas ?

— Si ! Mais pas dans le sens qu'il a certainement compris. D'ailleurs, c'est ce qu'il a répondu : *Je comprends.*

Elle me raconte sa visite récente, la course dans la forêt, le plaisir de ne pas être seule, les rires partagés, l'enthousiasme de cuisiner pour quelqu'un d'autre. Cette petite excitation qu'elle a ressentie en se séchant les cheveux, en se maquillant. Depuis le temps qu'elle ne l'avait pas fait pour le désir de plaire ! Cette complicité savoureuse.

— Et quand il me demande indirectement si j'ai un amoureux, je lui parle d'Oscar…

— Pourquoi, à votre avis ?

— J'ai paniqué ?
— Il y a des chances. Mais pour quelle raison ?

Elle réfléchit.
Longuement.
Elle cherche vraiment.
Je lui laisse du temps. Elle accepte le thé que je lui propose. Petit passage dans la cuisine. Diane n'y est pas. La légèreté de son parfum, si. Je ne m'en lasse pas. Je repense à ce moment où nous nous sommes rencontrés au lycée, et à ce sentiment d'évidence et de complicité qui nous avait saisis tous les deux. Nos peurs aussi face à une telle force des sentiments. Et puis nous avons bien fait de nous laisser porter. Je ne l'aime pas comme au premier jour. Cet amour ne cesse d'évoluer. Éros, Philia, Agapé. Ces trois-là dansent ensemble autour de nous et reviennent, l'un ou l'autre, sur le devant de la scène.
Capucine et Adrien n'en sont qu'au début d'une rencontre qui semble puissante, sûrement perdus comme nous l'étions.

Je dépose le thé sur la table basse entre nous et m'assois en silence.
— D'avoir été seule jusqu'à maintenant, j'ai sûrement peur de partager le quotidien de quelqu'un d'autre.
— Vous n'en êtes pas encore à ce stade. Pourquoi vous projetez-vous si loin ?
— Parce que engager une relation fait forcément réfléchir à la compatibilité pour la suite.
— Ah bon ?
— La première fois qu'il est venu, alors que nous avions échangé des centaines de messages auparavant, une force m'a poussée à me jeter dans ses bras.
— L'avez-vous fait ?
— Oui.
— Cela vous a fait du bien ?

— Énormément. À lui aussi. Votre épouse ne vous en a pas parlé ?

— Nous n'échangeons pas vous concernant.

— Son accident lui est revenu en mémoire. C'était un moment très fort pour lui et pour moi, qu'il se libère.

— Alors pourquoi ne vous autorisez-vous pas à imaginer cette relation avec lui ? Même éphémère ?

— Pour ne pas le décevoir si jamais.

— Si jamais quoi ?

— Si jamais l'échange s'arrête.

— Et si cela venait à se poursuivre ? À devenir sérieux peut-être ? Pourquoi pensez-vous au fait que cela puisse s'arrêter ?

— Parce que parfois tout s'arrête.

Elle réfléchit à nouveau.

J'ai toujours aimé ce moment, chez mes patients, où ils partent dans les méandres de tout ce qui peut leur apporter des réponses. Leur cœur, leurs tripes, leur cerveau, leurs souvenirs, leur passé. Ce moment où le monde du dehors est en suspens, les laisse se poser, les attend. C'est parfois violent, toujours touchant.

— Je crois que c'est à cause de mon oncle.

— Votre oncle ?

— Il est intelligent, attentionné, présent. C'est quelqu'un de bien…

— Mais ?

— Adrien est métis. Presque noir.

— Vous avez peur de sa réaction ?

— Oui. Nous nous entendons bien, sauf sur ce sujet. D'ailleurs nous ne l'abordons jamais. Il pense ce qu'il veut et moi aussi. Si la relation devient sérieuse, il sera compliqué de ne pas évoquer avec mon oncle ce que je ressens pour Adrien.

— Que ressentez-vous pour lui ?

Elle me décrit alors son attirance permanente, comme si leurs peaux étaient aimantées. Être contre lui. Juste contre lui. Ce côté rassurant qu'elle sent chez cet homme et contre lequel elle se réfugie. Forte et battante aux yeux de tous, avec lui elle a envie de faiblesse, d'abandon. Lâcher du lest. Se détendre. Oublier. Cesser de vouloir tout maîtriser. Elle me parle plusieurs fois d'abri, de protection, de sensation étrange, vibratoire. Inexplicable.

— Et puis, je le trouve très beau. Sa peau mate, ses yeux bleus, ses épaules larges, même ses cicatrices sont belles parce qu'elles racontent son histoire. Son immense sourire et cette façon de me regarder quand nous rions. Nous rions beaucoup, docteur. Nous avons le même humour. Je ne sais pas comment vous dire. Nous partons au quart de tour. Certains de nos fous rires n'amuseraient personne. Son simple rire me fait rire. Nous nous comprenons sur beaucoup de choses, y compris le deuxième degré. Je crois que nous aimons rire du monde, rire des autres, c'est notre façon à nous de les digérer. En rire plutôt qu'en pleurer.

— Pleurer de quoi ?

Elle se met soudain en colère contre ceux qui se plaignent de leurs tourments insignifiants, ceux qui râlent sur tout, ne comprennent pas l'essentiel. Ceux qui n'ont pas vécu le centième d'un drame et qui sont quand même capables de se pourrir l'existence et celle des autres au passage.

— À qui pensez-vous en disant cela ?

— À personne, à tout le monde. Les gens. La société, le troupeau.

— Ce sont vos drames qui vous rapprochent, avec cet homme ?

— Je ne sais pas. Sûrement. On a failli mourir tous les deux.

— Vous avez failli mourir ?

— En quelque sorte. J'en ai eu envie après l'accident.

— Aviez-vous déjà expérimenté une telle rencontre auparavant ?

— Jamais. C'est étrange et troublant. Comme si c'était écrit, comme si on se retrouvait. Je pense qu'il ressent la même chose. Il me le dit en ces termes. Il a l'impression que nous venons du même endroit. Vous savez, je suis passionnée d'embryologie, et j'ai le sentiment que nous nous approchons de ce que peuvent ressentir des jumeaux. La même origine cellulaire. Vous pensez que nous nous trompons ? Que nous nous faisons des films ? Que c'est juste le rêve de côtoyer quelqu'un de semblable qui nous donne ainsi l'impression que c'est le cas ?

Capucine est encore dans le doute et l'incertitude quant à cette possibilité. Rien de plus normal. Cela peut sembler effrayant quand on n'y est pas préparé. Certains patients dans le même cas m'ont parlé d'ensorcellement, de magie. D'autres ont rompu, de peur d'être envahis, submergés.

— L'épreuve de votre oncle vous semble insurmontable ?

— Je ne veux pas me brouiller avec lui.

— Il vous aime, m'avez-vous dit un jour. Ne respecterait-il pas vos choix ? Qui doit s'adapter à qui ?

— Je me suis déjà beaucoup adaptée aux autres.

— Alors laissez un peu les autres s'adapter à vous…

Je me suis déjà beaucoup adaptée aux autres. Elle a prononcé cette phrase comme un couperet. Elle est déterminée. Et moi, rassuré.

Elle y arrivera.

Elle reconnaît ensuite qu'il est peut-être préférable qu'elle n'ait pas fait médecine, étant donné à quel point elle ne supporte pas les gens qui se plaignent. Elle aurait eu la patience dix ans plus tôt. Plus là. Elle me parle de s'isoler, de tout changer, de tourner la page. Je lui suggère de ne pas se précipiter, de s'accorder le temps de comprendre où elle veut aller.

Finalement, je me rends compte dans son discours qu'elle a les mêmes colères que sa sœur, le même élan de rejet du fameux troupeau qui n'a rien compris à l'avenir, qui entraîne toute l'humanité dans un gouffre de bêtise et de superficialité, d'autodestruction. Cependant, là où sa sœur est combative, Capucine n'a plus la force de se battre pour faire bouger les lignes. Elle préfère rester en retrait. Et se blottir contre quelqu'un pour rattraper toute la tendresse dont elle a manqué ces dernières années.

Qui pourrait le lui reprocher ?

Chapitre 60

Quand il est question d'elle

Bonjour Adrien,
Pardon de t'avoir parlé d'Oscar aussi abruptement. C'était maladroit de ma part. Je crois que j'ai peur de m'attacher à toi. J'ai essayé de me faire diversion à moi-même et c'est toi qui essuies les plâtres.
Oscar est important pour moi, mais ce n'est pas du tout mon amoureux.
J'aimerais qu'on se revoie.

Bonjour,
On se connaît ?

C'est pas drôle...

Capucine,
J'ai aussi envie de te revoir.
Et de casser la gueule à Oscar.

Il est sans défense, ce serait vil...

Moi aussi je suis sans défense quand il est question de toi...

Chapitre 61

Petite Madeleine

J'emmène ma couverture de laine pour m'asseoir. Aucune météo ne me fera changer ce rituel. Venir ici tous les jours m'entretient. Et comme ça, je guette.

Il fait froid et beau. Un mois de décembre agréable. Toujours pas de neige. Quand on était gosses, il y en avait tous les hivers, et pas qu'un peu. Tout ça a disparu.

Mon banc est au soleil. Je somnole à moitié, emmitouflé dans ma parka, le menton sur ma canne. J'ai les mains au chaud dans les moufles que m'a tricotées une des aides-soignantes. Vu que j'en fais qu'à ma tête, comme elles disent, elles trouvent des solutions pour pas que je prenne froid. J'entends deux voitures se garer devant la maison de Madeleine. L'agent immobilier et une petite voiture. Pour une fois. Avec l'argent qu'ils réclament à la mairie, il faut les moyens. Et tous ceux qui ont les moyens ont une grosse voiture. Une gamine en sort. Une grosse doudoune d'où sortent deux baguettes et des grosses chaussures aux pieds. Un bonnet bleu avec une tache rouge. J'ai mes culs-de-bouteille sur le nez mais je suis un peu loin pour distinguer les détails.

Ils crapahutent un moment dans la maison, du moins ce qu'il en reste. Le type a de plus en plus de mal à fermer la porte d'entrée. Elle travaille avec le froid.

Je scrute pour ne rien louper, même si je commence à trembler. J'ai plus beaucoup de gras sur moi. L'appétit ne vient plus en mangeant, alors je mange moins. Je me fais crier de pas tout finir le plat mais quand ça veut plus, ça veut plus.

Et puis, l'agent immobilier repart.

Pas la gamine. Je la vois qui fait le tour de la maison, qui arpente le terrain dans tous les sens, monte dans la forêt un peu plus loin, contourne comme elle peut l'étang envahi par la végétation. Elle prend des photos avec son téléphone, écarte les branches pour passer, revient sur ses pas, retourne dans les bâtiments.

Une fois dans sa voiture, elle ne démarre pas tout de suite. Elle regarde la maison fixement. Puis tourne la tête dans ma direction.

Je lui fais un salut avec ma canne.

Elle me répond.

S'en va.

Et moi, je reste là. Je pense à Madeleine. Elle devait avoir son âge quand elle est morte.

Ma petite Madeleine.

Chapitre 62

Des verrous qui résonnent

Depuis le parking où je suis garé, je regarde le bâtiment austère qui s'élève devant moi en pensant à Capucine, à nos premiers échanges de messages, légers comme des petites fleurs sur mon champ de bataille. À mes deux genoux à terre quand elle m'a parlé d'Oscar. Je ne voulais pas y croire. Mon cerveau refusait, mon cœur bottait en touche, mon instinct était perdu. Puis au soulagement quand elle m'a repêché de la peine dans laquelle je me laissais doucement couler. J'éprouve plus que jamais l'envie de me battre pour elle. Je m'apprête d'ailleurs à arpenter un autre champ de bataille, ceint de barbelés et de miradors, empli de bombes prêtes à exploser. La présence d'un ami au sein de cette maison d'arrêt me facilite la tâche.

Après avoir déposé mon téléphone et mes papiers dans le casier adapté et avoir passé le portillon de sécurité, l'agent d'accueil a appelé Cédric pour qu'il vienne me chercher. Nous avons toujours plaisir à nous revoir, même si nous n'en avons pas souvent l'occasion. On refait le monde au milieu des bruits de verrous qui résonnent dans ces couloirs sans fin. Nous sommes sur la même longueur d'ondes et je lui fais confiance. Lui aussi. Sinon, il ne m'aurait pas dit oui.

— Bloom n'est pas avec toi ?

— Je l'ai laissé dans la voiture.

— Tu as une muselière ?
— Il n'aime pas trop mais je peux lui mettre.
— Va le chercher, je préviens mon collègue. Ton chien fera un peu diversion.

Alors que nous déambulons dans le couloir, j'évoque le détenu Simonet en lui expliquant l'épisode sur le quai de la gare avec son frère dont la réaction étrange m'a mis la puce à l'oreille, je parle de Capucine, de mes recherches et mon instinct qui s'est mis à clignoter. Je garde pour moi le récit du vieil Albert. Profondément humain et très investi dans son métier de surveillant, Cédric connaît l'histoire de la plupart des détenus.
— Ce gamin me fait de la peine. Il est arrivé tout juste majeur, un peu en état de sidération après sa condamnation. Douze ans de prison à cet âge… Je te laisse imaginer. Double homicide et la troisième victime avec de lourdes séquelles, des circonstances aggravantes : jeune conducteur, alcool et cannabis, vitesse, infraction routière en grillant le stop. Tu y ajoutes les articles dans les journaux et le fait que les victimes soient connues et reconnues. Les juges ont marqué le coup. Avec les remises de peine, il est sur le point de sortir. Mais il va payer le restant de ses jours. Une existence gâchée par l'inconscience.
— Il a des visites ?
— Sa mère de temps en temps. Son frère, j'ai dû le voir une fois ou deux au début, et puis plus rien. Jusqu'à avant-hier. Tu m'y fais penser ! J'ai trouvé Kevin fermé comme une huître après son passage, mais il ne parle jamais de lui. C'est un bon gamin, je le vois serrer les dents depuis qu'il est là. J'ai guetté pour qu'il ne se fasse pas embarquer dans des mauvais trips avec les autres détenus et qu'on lui foute la paix. C'est le genre de gosse vulnérable pour des prédateurs un peu tordus comme on en a dans toutes les maisons d'arrêt.

— Tu penses que je pourrais m'entretenir avec lui quelques instants ?

— Tu sais que c'est pas trop légal, ce que tu me demandes là, hein ?

— Je sais. Mais y a un truc qui tourne pas rond dans cette affaire.

— C'est bien parce que c'est toi.

Cédric salue ses collègues à la porte suivante, et me présente à eux comme un ami maître-chien qui vient visiter la structure pour d'éventuelles interventions de zoothérapie. Je fais asseoir Bloom à côté de moi. On échange quelques mots à propos de lui, de ses performances, de son dressage. Ses yeux de chien battu avec sa muselière doivent faire pitié car l'un d'eux me propose spontanément de la lui enlever.

— Il a l'air gentil et obéissant, ton chien, tu peux lui virer ce truc. Par contre, tu fais en sorte qu'il morde personne, hein ? Ou alors on te dit lesquels, ajoute-t-il en riant.

— Aucun risque.

— Je lui fais visiter la structure, tu m'ouvres ? lui demande Cédric.

Tous les détenus se retournent sur notre passage, certains tendent la main pour essayer d'attirer le chien vers eux. Bloom marche au pied, comme je le lui ai demandé. Il est d'une obéissance exemplaire, particulièrement confortable dans ce genre de situation. Je crois que je n'arriverais jamais à me faire à cet univers carcéral. La misère du monde y est concentrée. Le bruit des portes qui claquent au bout des couloirs, les cris des détenus, les regards suspicieux, et d'autres, presque gentils. C'est une société dans la société, un monde à part. Sûrement nécessaire à l'équilibre d'une nation, et pourtant désespérant. Les visages de ces hommes sont marqués par le tabac, l'alcool, la drogue, l'errance, l'enfermement.

Nous évoluons dans le dédale sans fin. Des couloirs, des escaliers, d'autres couloirs, et des grilles au bout de chacun, des gardiens pour les déverrouiller. Et ces clacs puissants qui courent le long des murs. Le passage de mon chien ressemble à un rayon de soleil qui balaierait une zone dévastée par un ouragan.

— Tu as parlé de zoothérapie ?

— Médiation animale en milieu carcéral. On a déjà une petite nana qui vient visiter les détenus une fois par semaine avec son chien, son rongeur et sa perruche. On croirait pas, mais ce moment leur fait beaucoup de bien. Même les plus taiseux finissent par lâcher une ou deux confidences sur leurs émotions pendant qu'ils caressent son chien ou qu'ils tiennent son hamster dans leurs mains de gangsters. On a une directrice ouverte d'esprit qui nous permet d'utiliser ce genre de médiation pour améliorer leur quotidien.

— Tu veux vraiment que je vienne le proposer avec Bloom ?

— Disons qu'aujourd'hui, ton chien nous a juste permis d'ouvrir quelques portes l'air de rien, pour te permettre de faire ce truc illégal que tu me demandes, mais pourquoi pas, si le principe t'intéresse. Par contre, pas un mot de ce que tu me demandes. Je risque gros.

Nous longeons les salles de classe où un professeur parle devant une dizaine de détenus avant d'arriver dans la bibliothèque, où il est quasi sûr de le trouver. Quelques tables posées entre les rayons, quelques hommes éparpillés prennent des notes. Un canapé défoncé dans un coin en accueille un autre, en train de lire *Les Misérables*.

— Attends-moi là, me lance Cédric en s'éloignant vers le fond de la pièce. Il s'approche de Kevin Simonet qui a les traits de son frère. En plus doux. Ses cheveux bouclés lui donnent un visage d'ange. Le dos courbé, les épaules rentrées, il semble vouloir disparaître dans son sweat trop grand. En pantalon de sport, comme tous les détenus, il porte des baskets abîmées. Sa jambe droite oscille à une vitesse hallucinante, et il se frotte les pouces dans un mouvement continu. Le jeune homme me jette un regard suspicieux sans animosité, puis répond à son surveillant qui semble argumenter, avant de s'attabler avec lui après un check, poing contre poing. Mon ami me fait signe de m'approcher. Il l'a dans sa poche. Un simple « Fais-moi confiance » a dû suffire.

Je m'installe avec eux, en face du jeune homme, et je fais en sorte que Bloom s'assoie entre nous deux. Il tend la main vers lui.

— Je peux ? Il mord pas ?

— Tu peux !

Je lui parle de Bloom, de son travail, de sa gentillesse. Je souris en lui disant qu'il est plus humain que certains humains. J'observe mon compagnon. Son attitude est en train de dire au jeune homme qu'il se sent bien avec lui et que ses caresses sont agréables. Je ressens instantanément ce que relatait Cédric des bienfaits de la médiation animale. À quelle autre tendresse ont-ils droit ici ?

— Tu sors bientôt, alors ?

— Oui.

— Tu dois être soulagé.

— Oui.

— Tu vas faire quoi dehors ?

— Une formation de maçon.

— On lui a trouvé un patron pour un apprentissage, Kevin est sérieux et bosseur, ajoute Cédric.

— Ton frère sera là pour t'aider, j'imagine ? Je le connais, je travaille avec lui quand j'interviens à la gare.

Décontenancé par son silence, confirmé dans mon instinct, je jette un œil à mon ami, qui, très intelligemment, le ramène au chien.

— Ben dis donc, tu sais y faire avec les animaux, il ne va plus vouloir repartir !

Kevin Simonet sourit en continuant à observer Bloom qui a posé son museau sur sa cuisse. Il garde le silence un moment avant de parler sans nous regarder.

— C'est pas mon frère qui m'aidera à la sortie. Il en a rien à faire de moi. Il pense qu'à sa gueule. Avant-hier, il est venu me dire qu'il y avait un fouille-merde qui s'intéressait à mon dossier. C'est vous ?

— C'est moi.

— Pourquoi ?

— Je vais te dire la vérité… Durant une intervention où j'étais avec Bloom pour une suspicion de colis piégé, ton frère a croisé Capucine Claudel, la fille du couple mort dans l'accident que tu as causé il y a onze ans.

Bloom a ouvert les yeux et regarde la main crispée du jeune homme, dont les caresses sont devenues presque brusques. L'échange de regards semble interpeller Kevin et je le vois se contenir pour retrouver un geste doux envers mon chien.

— Ton frère a eu une réaction étrange en découvrant que c'était elle, comme si son identité lui posait un problème. Le connaissant un peu, je sais que ce n'était pas pour la préserver vu qu'il en a que pour sa gueule.

— Comment elle va ?

— Elle s'en sort. C'est dur mais elle s'en sort, et sa petite sœur aussi.

Cédric et moi voyons cette petite larme tomber directement de la paupière de Kevin et atterrir sur sa main qui caresse toujours. Il l'essuie d'un geste rapide et lourd de honte. Mon ami se lève et nous annonce qu'il doit aller régler un truc et qu'il m'attend dans le couloir. J'en profite aussitôt.

— J'ai rencontré Albert Peterschmitt. Il m'a parlé de votre correspondance.

— Je n'arrivais plus à le lire à la fin. Alors on a arrêté.

— Il regrette beaucoup de ne plus pouvoir t'écrire.

— Vous le connaissez ?

— Il habitait la maison au carrefour où a eu lieu l'accident. Il ne dormait pas. Il a tout vu, Kevin. Tout ce qu'il y avait à voir avant que les secours arrivent.

Les yeux du jeune homme suivent les miens et s'y accrochent pour contenir ce qui cherche à se frayer un chemin.

— Tu veux m'en parler ?

Je rejoins mon ami un quart d'heure plus tard.

Je raconte à Cédric qui me raccompagne jusqu'à la sortie.

— Tu vas faire quoi, maintenant ?

— Réfléchir à la médiation animale. C'est magique, ton truc !

— J'aimerais essayer avec des chevaux mais la directrice tique un peu.

Chapitre 63

Une dernière chose

En me garant devant la maison de Capucine, j'essaie de laisser dans l'habitacle de la voiture le souvenir des révélations de ce jeune détenu, il y a quelques jours, et qui me hantent encore. Je souhaite seulement la revoir, comprendre qui est Oscar, la prendre à nouveau dans mes bras, sans penser à l'accident ni à ce qui s'y est joué. Encore moins à ce qu'elle pourrait ressentir en l'apprenant.

Elle me laisse à peine le temps de la saluer, me prend la main et m'emmène au sous-sol sans un mot. J'aime cette détermination. Nous nous arrêtons quelques instants devant une porte en bois. Capucine est devant moi, elle me tourne le dos. Peut-être n'ose-t-elle pas me regarder. Elle ouvre la porte et nous entrons. Je suis curieux de découvrir ce qui pousse Capucine à tant d'urgence. La mise en scène est parfaite. Une seule lumière dans la pénombre, pour éclairer le fond de la pièce et une étonnante création. Et cette savoureuse odeur de sciure et de bois qui baigne l'endroit.

Je m'approche, surpris et admiratif devant l'œuvre qui se dresse devant moi.

— Il est magnifique !

— Je te présente Oscar.

— Oscar ? C'est lui, l'homme qui te fait du bien ?

— Oui.

Capucine regarde ses pieds, honteuse, pendant que j'observe la sculpture articulée sous toutes les coutures. Un squelette comme il en existe dans chaque salle de biologie. Celui-ci est en bois. Une essence noble, aux nervures foncées et arrondies. Du poirier, précise-t-elle. Je demande si je peux le toucher. La finition parfaite donne envie de caresser le bois. Chaque os est assemblé par un système métallique fin qui donne beaucoup de souplesse à la structure. Je soulève une main avec précaution et le bras suit délicatement dans un léger cliquetis. Et puis cette douceur. Toutes les pièces sont soigneusement poncées et cirées. Leur légère brillance donne un relief supplémentaire à l'ensemble, le rendant presque vivant.

Je me tourne vers Capucine en lui tendant la main, l'enjoignant à me rejoindre.

— Tu avais raison, d'une certaine façon. Il partage ta vie.

— Mais tu as cru que…

— Je t'avoue que je suis soudain beaucoup moins jaloux. Pourquoi tu ne m'as pas dit qui était Oscar ?

— J'avais peur.

— De moi ?

— De moi. Tu n'as pas peur, toi ?

— De quoi ?

— De nous.

— La peur n'empêche pas l'envie. Si je m'étais arrêté d'agir à la moindre peur, je n'aurais pas fait grand-chose jusqu'à maintenant. Et je serais mort au Mali. Quoique, je n'aurais jamais mis les pieds là-bas.

Je prends son visage entre mes mains. Au creux de ma peau noire, la peau diaphane de Capucine ressemble à de la porcelaine. Je lui avoue que là, par exemple, j'ai peur de l'embrasser. Capucine se dresse sur la pointe des pieds pour atteindre mes lèvres.

Nous nous frôlons délicatement.

— Tu me racontes son histoire ?

— Mon père l'a commencé au début de sa carrière. Plus tôt, il avait hésité entre chirurgie et ébénisterie. Il a bien fait de s'engager en médecine. Il a sauvé de nombreux enfants. Il était très doué de ses mains et passionné d'anatomie. Et c'est le squelette de la salle de bio au collège qui lui a insufflé la passion pour le corps humain. Alors il a rendu hommage à l'Oscar de sa jeunesse. Il l'utilisait surtout pour digérer le bloc. Opérer des petits cœurs de bébé était éprouvant. Il venait ici pour laisser toutes ses peurs dans ces morceaux de bois. Je l'accompagnais souvent. On parlait, on écoutait de la musique, il m'apprenait à manipuler les outils. Il y a mis toute son âme.

— On le remarque…

— Quand il est mort dans l'accident, Oscar n'était pas fini, alors j'ai continué. Je ne pouvais pas le laisser inachevé.

— Tu es aussi douée que ton père, parce qu'on ne voit pas où tu as pris la suite.

— Il manquait tout un bras et le crâne.

— Il est fini ?

— Presque. Il ne manque plus qu'un des deux os pariétaux pour fermer la voûte crânienne. Mais il faut que je fasse une dernière chose avant de le fermer.

— Quelle est cette dernière chose ?

Chapitre 64

Brûlante

Diane pleure en silence dans notre petite cuisine.

Elle a mis le repas à chauffer. Le café coule pour accompagner notre carré de chocolat rituel. Elle aime tous les chocolats, pourvu qu'ils aient du caractère. Et moi j'aime le sien, même s'il est parfois difficile à accompagner.

Aujourd'hui, des larmes. Je m'approche et la prends dans mes bras.

— C'est vraiment dur.

— D'être une femme ?

— Je dors cinq heures par nuit, je transpire à longueur de journée, et je ne te parle pas de mes problèmes intimes.

— Je les connais, ma chérie. Les patientes dans ton cas les évoquent, tu sais ?

— Je sais, les miennes aussi.

— Pourquoi tu ne prends pas le traitement du médecin ?

— Parce que j'ai peur.

— Tu as peur d'un risque faible et incertain. La seule certitude que je vois dans ton cas, c'est que tu supportes de moins en moins tes symptômes et que tu ne peux pas continuer ainsi pendant des années.

— J'aurais voulu que cette ménopause arrive sereinement.

— Sauf que ce n'est pas le cas. Accepte l'idée. Accepte de ne pas tout maîtriser. Accepte de te faire aider.

Après de longues tergiversations, elle finit par me dire que j'ai raison. La connaissant, elle mettra encore quelques jours avant de changer d'avis et de commencer ce traitement qui s'ennuie sur la tablette de la salle de bains depuis une semaine. Le principal est que cela chemine en elle. J'ai de la peine de la voir ainsi se battre contre son propre corps et de ne rien pouvoir faire. De quoi nous plaignons-nous, pauvres petits hommes, en regard de ce que vivent les femmes ?

Je sens son cœur accélérer contre ma poitrine, son corps devenir soudain brûlant. Elle s'écarte de moi pour respirer et va ouvrir la fenêtre.

— Je crois qu'Adrien est arrivé. J'ai vu le chien dans le parc, dis-je pour lui changer les idées.

— Une belle rencontre, n'est-ce pas ?

— Tu avais raison.

— Alors on aura le droit d'autres fois ?

— On se met un quota ? Une fois par an ? Et que si tu commences ton traitement !

— Quel vil chantage !

— Tu sais bien qu'il le faut.

— Capucine revient te voir quand ?

Chapitre 65

En découdre

Avec le temps, je me suis attaché à Diane, sensible à son bien-être et à ses moments de faiblesse. Je m'accorde le droit d'avoir de l'affection pour ma thérapeute.

— Vous n'avez pas l'air en forme…

— On le voit tant que ça ? C'est un comble quand même qu'un patient trouve que quelque chose ne va pas chez sa psy.

— Je commence à vous connaître.

— Je suis un peu fatiguée.

— Vos bouffées de chaleur ?

— Il est difficile de les faire passer inaperçues. Elles m'empêchent un peu de dormir. Ne vous inquiétez pas. Parlons plutôt de vous. Que souhaitez-vous me raconter ?

— Plein de choses. Au point que je ne sais pas par où commencer.

— Ce qui vous a le plus touché depuis la dernière fois ?

— Les lèvres de Capucine.

— Au propre ou au figuré ?

— Les deux !

J'ai renoué avec la tendresse. La tendresse humaine pure. Une oasis au milieu de mon désert. Cette façon qu'elle avait eue de se coller à moi la première fois m'avait déjà abreuvé et libéré, mais s'embrasser fut comme un jaillissement au milieu du sable brûlant et sec. Les lèvres, cette étape supplémentaire qui ouvre la porte à des sensations bien plus vivifiantes. Je parle à Diane de mes petits pas vers Capucine. De cette évidente nécessité de prendre le temps, de ne sauter aucune étape, de sa fragilité quand on la bouscule, et de ma peur de lui paraître intrusif. On abîme la mésange à l'enfermer dans des mains trop serrées.

— Vous devenez poète…

J'évoque également Oscar. Mon désarroi quand elle m'a parlé de lui. Cette fuite subite de sa part, un peu violente pour moi, de laquelle elle est vite revenue et qui m'a fait prendre conscience de ses peurs à elle, et de mes sentiments à moi. J'ai vraiment cru qu'elle avait un petit ami, et un pan de mes espoirs s'est effondré comme si l'évidence que je ressentais avait été tronquée. Et puis, quand j'ai découvert qui était Oscar, ce soulagement et cette chaleur vive au fond de moi ont fait renaître l'espoir de ses cendres et m'ont autorisé à y croire. À croire qu'on peut croiser une femme au hasard et décider sans attendre que c'est elle.

— Qu'il est bon de se sentir amoureux, n'est-ce pas ?

— Je me sens vivant. Elle me donne envie de rapatrier la part de moi qui est restée au Mali. Redevenir entier, solide. Pour elle et pour moi. Je ressens de nouveau le besoin d'en découdre.

— Avec qui ?

— D'en découdre. Peu importe avec qui, avec quoi. D'en découdre.

— Vous retrouvez l'élan vital, en quelque sorte ? Vous parlez d'elle comme d'un miroir.

— Je me découvre dans ses yeux. Et je la vois se reconnaître dans les miens. Comme si on avait la clé de quelques portes inconnues de l'autre.

— C'est beau ce que vous dites. Vous avez su en découdre avec le hasard. Le provoquer. Ne pas le laisser passer. Voilà la force d'une vraie rencontre. Sentir le bon moment. Et la bonne personne.

Je suis parfois pétri de doutes quant à la possibilité d'une telle rencontre. Trop belle pour être vraie ? Vais-je en souffrir en retombant les deux pieds sur terre ? Quand je repense à ce scénario possible, je ressens le même vide que quand j'étais accroché à l'hélico. Or, je ne veux plus de ce genre de chute vertigineuse.

— Vous avez tenu bon. Pourquoi ne serait-ce pas le cas ici ?

— Parce que la suite des événements ne dépend pas que de moi.

— Le risque de se faire mal en tombant, si.

— J'ai peur de perdre si je m'attache trop.

— Tout dépend de la façon dont vous vous attachez. Tous les liens ne sont pas des entraves. Certains peuvent se détacher sans vous arracher un morceau de peau. Peut-être seulement parce que vous pouvez décider de ne jamais les défaire.

— Mais si nos chemins se séparaient ?

— Vous pourriez quand même la garder au fond de vous. Quand l'amour est véritable, il ne disparaît pas avec la personne.

Je réalise après trois ans de thérapie à quel point, quand on commence à tirer sur un bout de la pelote, celle-ci dévoile mille nœuds dont nous n'avions pas conscience. Je pense à toutes ces personnes qui refusent l'idée même d'aller parler d'eux, parce qu'ils ne sont pas fous, parce que les psys ne servent à rien, parce que ça coûte cher, parce qu'ils vont bien, merci.

Ces séances m'aident à prendre de grandes décisions.

— Je vais quitter les armes. J'ai déposé mon dossier de départ.

— Quelque chose vous a décidé ?

— Un tout. Les bras de Capucine, ses propres errements. Je veux cesser de côtoyer la bassesse humaine, les bombes, les terroristes, les enlèvements. Il me faut de la beauté.

Je consacre le reste de la séance à lui raconter mes découvertes terribles dans mon enquête personnelle concernant l'accident. Ma visite auprès du vieux monsieur, puis du jeune Simonet en prison.

— D'abord, je me suis dit que ce vieil Albert perdait la boule. Qu'il avait inventé toute cette histoire, qu'il en avait fait une fixation, une affaire personnelle, en récoltant tous les articles, en entretenant une correspondance avec l'accusé. Mais Kevin a confirmé ce qui s'était réellement passé après l'accident. Son émotion en me l'avouant n'était pas feinte.

— Je ne comprends rien. Je crois que vous allez devoir m'expliquer.

Elle se lève et ouvre la fenêtre quelques instants en me demandant de poursuivre mon récit.

— Quand l'accident a eu lieu, Albert Peterschmitt ne dormait pas encore. Il lisait dans son fauteuil, au salon, dont la fenêtre donnait sur la rue. La puissance du choc l'a fait sursauter au point d'en lâcher son livre. C'est dire s'il avait tous ses sens en éveil. Il s'est levé péniblement, aidé de sa canne. Un genou usé le faisait terriblement souffrir. Avant d'entrouvrir les rideaux, il a pris soin d'éteindre la lumière pour mieux voir à l'extérieur. La voiture percutée ne ressemblait plus à rien. Un amas de tôle. Celle qui l'avait emboutie, une grosse cylindrée, avait tenu. L'avant enfoncé, mais l'habitacle quasi intact. Un homme en est sorti côté conducteur, puis un autre un peu sonné côté passager. Il se tenait à la voiture pour ne pas tomber. Le conducteur est allé voir dans l'autre voiture. Albert s'est dit qu'il faisait un état des lieux du nombre de blessés et qu'il allait appeler les secours. Le conducteur a réfléchi quelques instants puis s'est dirigé vers le passager qui se tenait le ventre, l'a empoigné, et l'a forcé à s'installer au volant. Albert a entendu « Qu'est-ce que tu fous » d'un ton affolé, et un « Ta gueule » d'une voix plus grave. Et le conducteur a pris la place du passager en attendant les secours. Puis plus rien. Ignorant s'il avait appelé depuis le véhicule, Albert s'est quand même rendu avec beaucoup de difficultés jusqu'à son téléphone, dans la cuisine, pour composer le numéro d'urgence. Il s'est posé la question de descendre, mais la douleur dans sa jambe était trop forte, et le temps qu'il arrive, en regardant à nouveau par la fenêtre, il a vu au loin, sur la route qui vient des coteaux, la lumière bleue des pompiers qui venaient du village voisin.

Diane a refermé la fenêtre en claquant les battants. Elle s'assoit, me regarde, choquée.

— Ils n'ont pas essayé de secourir ceux qui étaient dans l'autre véhicule ?

— Manifestement non.

— Ils étaient encore vivants ?

— D'après le compte rendu, sa mère est morte sur le coup, son père juste après l'arrivée du SAMU, et la troisième occupante était très gravement blessée. Mes investigations ne m'ont pas permis de la retrouver. Je sais seulement qu'elle n'est plus inscrite à l'ordre des médecins depuis l'année de l'accident. Sa vie a basculé, je n'ai pas insisté. Albert, la fenêtre entrouverte, a entendu le médecin du SAMU dire aux gendarmes que l'homme, à quelques minutes près, aurait peut-être pu être sauvé.

— Mais pourquoi avoir fait cet échange ?

— Kevin m'a dit que son frère avait trop bu, fumé des joints et qu'il avait grillé le stop à pleine vitesse. Qu'il voulait entrer dans un métier de sécurité et qu'il lui fallait un casier judiciaire vierge. Qu'il a sacrifié son frère en lui faisant porter le chapeau.

— C'est Kevin qui s'est sacrifié, non ? Il aurait pu refuser.

— Il a toujours été le mouton noir de la famille, mauvais en classe, réservé, faible. Son frère Yvon était une grande gueule qui manipulait tout le monde à son avantage, y compris ses parents, et qui écrasait son frère. Kevin le craignait. Tout s'était passé très vite et il avait des vertiges terribles suite au choc. Il tenait à peine debout. Il n'était pas en état de résister. Quand les gendarmes sont arrivés, c'était trop tard. Ils l'ont trouvé au volant, son frère avait rattaché la ceinture de sécurité sur lui et sur son avenir. Et comme il avait bu lui aussi, fumé du shit, et qu'il était jeune conducteur, il a pris cher. Quand sa mère est venue le voir en détention provisoire, il a essayé de lui dire ce qui s'était passé. Elle ne l'a pas cru. Elle lui a même reproché de vouloir faire accuser son grand frère. Yvon lui avait déjà raconté la version officielle. Kevin a compris qu'il ne pourrait rien prouver.

Diane ne dit rien. Elle encaisse, comme je l'ai fait sur le moment. Je lui parle alors de la correspondance entre Kevin et le vieux. Il ne lui a jamais avoué qu'il savait, il voulait seulement le soutenir durant ces années d'enfermement injuste, en gardant un lien, en parlant de tout et de rien. Il était le seul à savoir – avec Yvon Simonet – qu'il était enfermé à tort.

— Cette correspondance est touchante, mais s'il avait parlé, ce gamin n'aurait pas passé tout ce temps en prison.

— Personne n'est jamais venu lui poser de question. Il n'y a pas d'enquête de voisinage quand les faits semblent évidents et qu'on a les aveux du mis en cause. Les gendarmes ont vu Kevin au volant en arrivant, ceinture bouclée. Qui aurait cru M. Petterschmitt s'il avait débarqué, du haut de son grand âge, pour affirmer le contraire ? On l'aurait pris pour un vieux qui perd la boule.

— Quelle histoire ! Capucine est au courant ?

— Non. Je ne sais pas si je dois l'en informer.

— Nous allons devoir nous arrêter. Je vous laisse y réfléchir. Pour ma part, je ne lui dirais rien.

Chapitre 66

Un squelette inoffensif

Un petit sapin est arrivé dans la salle d'attente, offert par la propriétaire chaque mi-décembre. Ma femme prend plaisir à le garnir. Cette année, il est paré de boules rouges et de grandes plumes blanches. Une guirlande de fines lumières clignote délicatement. Elle a dû le décorer hier soir, quand j'étais au badminton.

Tout comme le thème du sapin cette année, Capucine fait preuve de légèreté. Pour traverser la salle d'attente, pour me serrer la main, pour s'installer dans le fauteuil en face de moi. Je vois mes patients se redresser physiquement au fur et à mesure qu'ils se séparent de ce qui leur pèse.

— Je lui ai présenté Oscar.

— Ils se sont bien entendus ?

— Il l'a trouvé très beau. Et surtout très inoffensif.

Nous rions.

Elle me parle de ce qu'elle a ressenti quand il l'a embrassée. De ses lèvres par lesquelles elle rêvait d'être mangée, de son odeur dont elle ne se lassait pas et qu'elle avait trouvée familière à la première inspiration. De ces sensations vibratoires qu'elle n'avait jamais explorées jusque-là et qui la rendaient vivante. De cet appel sans fin de rester contre lui. Au-delà du désir.

— Vous allez vous moquer de moi...

— Évidemment non. Dites-moi.

— J'ai l'impression d'être dans un nid quand je suis dans ses bras.

— Vous devez couver quelque chose.

— Vous voyez que vous vous moquez !

Elle rit à nouveau.

— Le lui avez-vous dit ?

— Oui. Il me répond que c'est son verbe de vie. Qu'il l'a mis en évidence avec votre femme.

— Elle aime bien trouver les verbes des gens. Vous connaissez le vôtre ?

— Non. Je pensais que c'était « soigner » mais j'en doute de plus en plus.

Capucine est transformée. Comme si la présence de cet homme l'aidait à tourner une page pourtant douloureuse. Elle retrouve en lui la protection qu'elle a perdue en même temps que son père. À moi de lui montrer qu'elle est capable de ne pas dépendre de cet homme et de construire une relation saine avec lui.

— D'où vous vient ce besoin qu'on vous protège ?

— Je suppose que j'ai manqué de sécurité, toute petite. Ma mère n'était pas faite pour m'élever, alors pour me protéger... Quand j'entends Adrien me parler de la sienne, je comprends de quoi j'ai pu être carencée.

— Vous pensez à elle ?

— Souvent. Je me demande dans quelle situation elle se trouve, si elle pense à moi, si elle a des remords, si elle a eu d'autres enfants. Comment je réagirais si elle réapparaissait.

— Vous avez la réponse ?

— Non.

— Vous le souhaiteriez ?

— Je ne sais pas. J'ai du mal à ne pas lui en vouloir. À comprendre ce rejet. Mon père est mort, je n'y peux rien. Il m'aimait, c'est imprimé en moi de manière définitive. Mais ma vraie mère est vivante, et elle n'est pas là. C'est encore pire. Tant qu'elle est vivante, le rejet persiste. Je crois que je veux tourner la page, les pages, le livre entier, en écrire un autre. Garder les personnages principaux et changer d'histoire.

— Quels sont les personnages principaux ?

— Ma sœur, mon oncle, Adrien, quelques amis. Peut-être que la clé est là. Choisir un autre récit qui démarrerait maintenant. Ne plus être la jeune fille abandonnée par sa mère, puis orpheline de père, avec une petite sœur à sa charge. Je ne veux plus me définir ainsi.

— Comment souhaitez-vous vous définir ?

— Comme une grande sœur libre et une femme qui a envie d'être aimée. M'affirmer, décider, et ne plus subir ce que le destin a prévu pour moi.

Comme je suis heureux de la voir ainsi se débattre et se battre. Chercher le renouveau.

— Je suis allée visiter une vieille bâtisse loin de tout, de l'autre côté de la crête vosgienne, dans la nature et la simplicité. Je ne me sens plus à ma place dans cette grande maison luxueuse avec une piscine, mais sans âme. Celle de mon père n'est plus là de toute façon. Je me suis documentée sur les abeilles, le métier d'apiculteur, j'ai trouvé une formation, je m'y suis inscrite pour le mois de mai.

Je mets fin à la séance en gardant l'idée de proposer cet intéressant changement de récit à d'autres patients.

Chapitre 67

Quand tout se range

Depuis quelques semaines déjà, les rues frémissent, les boutiques clignotent, les maisonnettes ont fait leur apparition sur la place de la mairie. Le marché de Noël d'Obernai est réputé, on vient de loin pour y déambuler, boire un vin chaud, acheter des bonbons, des rillettes artisanales, des décorations en bois, en terre, en tissu, des santons. Le beffroi est éclairé par des spots colorés, une musique retentit dans les haut-parleurs. Noël est une institution en Alsace.

Adélie aime retrouver cette ambiance féerique. Elle est arrivée la veille au soir. Samuel est rentré chez ses parents. Trêve familiale au milieu de leur lutte quotidienne.

Elle dort encore quand Capucine se lève. La grande a toujours été très matinale, comme si dormir le matin était une perte de temps. Elle est heureuse et émue que sa petite sœur soit venue passer le réveillon avec elle.

En la cherchant à la gare la veille, elle l'a trouvée épanouie, joyeuse et fière. Transformée. Heureuse de ce qu'elle fait. Elles ont passé la soirée à parler de climat, d'économie locale et solidaire, de circuits courts, de multinationales criminelles, des actions déjà menées et de celles à venir. *Tu sais, Cap, l'ambiance là-bas est sérieuse et festive à la fois. On y croit. On se bat. On avance.*

Capucine a pu lui dire le souci qu'elle s'était fait toutes ces années. Le choc de la voir délaisser ce à quoi elle avait dû renoncer elle-même. Le « tout ça pour ça ».

Capucine ne lui en veut plus. Elle admire sa petite sœur d'être aussi déterminée dans ses choix, elle qui peine désormais à construire un projet. Même si des contours commencent à se dessiner.

Il a été douloureux, en consultation, de verbaliser un jour ce mélange d'émotions qu'elle avait brassé si longtemps à l'égard d'Adélie. De l'amour évidemment. Un amour inconditionnel, celui qui l'a poussée le soir de l'accident à lui promettre de prendre soin d'elle. Du ressentiment aussi. Elle lui en a voulu d'exister, tout en tenant à elle. Une ambivalence lourde à porter tant Capucine culpabilisait. De se l'avouer, de s'entendre répondre par un professionnel qu'il n'y avait rien d'anormal mais qu'elle pouvait aujourd'hui mettre cette rancœur au fond d'un tiroir pour ne garder que l'amour, lui a fait beaucoup de bien.

Remplacer deux parents à elle seule, si jeune. Elle a voulu bien faire avec ses propres critères. Et ce sont encore ses critères qui ont été malmenés quand Adélie a choisi cette autre voie. Quel sentiment d'échec personnel quand la petite sœur élevée renonce à sa propre réussite. *Mais Cap, tu m'as donné la force de me battre pour la vie, ce que je fais aujourd'hui. C'est la plus belle des réussites.*

Capucine en a pleuré, et avec ces larmes coulait la fameuse rancœur. Elle l'a laissée partir pour ne garder que l'amour.

Devant son bol de thé fumant, Capucine repense au tourbillon des derniers mois. Son ventre en vrac à l'annonce de sa sœur, ses mots, ses actes, la dégringolade, la pente à remonter. Une réaction excessive qu'elle a ensuite comprise à la lumière du travail avec le Dr Diderot. Cet immense pas de côté qu'elle a pu faire avec lui pour comprendre, se comprendre, accepter, avancer. Aujourd'hui, elle n'aurait pas les mêmes réponses. Aujourd'hui, elle n'oublierait pas sa valise dans le train parce que tout s'écroule en un coup de téléphone. Elle revoit chaque élément qui s'empile depuis des semaines et se dit que tout se range et s'enchaîne dans le bon ordre, y compris cette valise oubliée car, à côté, se tenait Adrien.

Même si certains moments ont été éprouvants, ils étaient nécessaires. Elle a tenu, tenu, tenu des années durant. Il fallait bien qu'elle lâche. Maintenant, tout s'apaise. Des vagues encore, après la mer déchaînée. Mais des vagues, il y en a toujours, et elles peuvent aussi bercer, porter, plutôt que la noyer dans leurs rouleaux puissants.

Capucine pense à Adrien, rentré chez sa mère à Lyon pour le réveillon de Noël. Il sera de retour pour le nouvel an. « Je suis libre, si tu n'as rien prévu d'autre », lui a-t-il glissé l'air de rien.

Le nouvel an, Capucine ne l'a jamais vraiment fêté. À dix-huit ans, l'âge où on se couche au petit matin après avoir dansé et bu toute la nuit avec ses amis, elle veillait sur sa petite sœur. Et quand Adélie a atteint l'âge de le faire elle-même, les amis de Capucine étaient devenus parents et veillaient sur leurs propres petits.

Adrien lui a proposé un joli programme. Rien de fou, juste du temps ensemble. Regarder un bon film, aller marcher dans la nuit pour voir les feux d'artifice, pourquoi pas nager, puisque la piscine est là. Un bain de minuit ? Ils en ont ri.

Adélie est réveillée depuis un moment. Elle voulait profiter d'un temps pour elle, seule dans sa chambre, à feuilleter les albums photo de son enfance, les yeux brouillés. Elle a parfois l'impression d'être devenue un bulldozer après l'accident. Elle fonce, sans se poser de question, souvent sans délicatesse. Elle s'en veut d'avoir été dure avec Capucine, ou avec ses copains de classe. Mais elle aussi s'est débrouillée comme elle a pu avec ce drame. Elle aurait préféré être une jeune femme plus douce, aux coins plus arrondis. Elle a fait ce qu'elle a pu. Certaines révoltes sont légitimes, d'autres ne sont que l'expression d'un rejet de l'inacceptable. Elle s'apprivoise doucement avec le temps et au contact de son amoureux et espère tellement que Capucine puisse faire de même.

Adélie sèche ses larmes et range les albums sur l'étagère rose qui lui rappelle qu'elle a un jour été une petite fille comme les autres, mignonne et futile, qui aimait les licornes et les paillettes. Dans cette chambre, il reste quelques vestiges de son insouciance qu'elle essaie de retrouver à chaque passage, comme un archéologue gratte délicatement la roche pour trouver de minuscules détails du passé.

Elle descend enfin, dans sa vieille combinaison en pilou arc-en-ciel qu'elle a retrouvée dans l'armoire et qui lui va toujours. Elle a dormi comme un loir. Son petit déjeuner est prêt. La théière patiente, le pain grillé est encore chaud. La jeune femme est silencieuse. Capucine l'observe beurrer son pain. Elle l'a longtemps fait pour elle. Elle aimait lui offrir ce genre de plaisirs simples. En retour d'une tartine géante ou d'une gaufre au sucre, elle cueillait sur le visage de sa petite sœur un immense sourire qui la rassurait. Elle regarde la femme qu'Adélie est devenue, confirmation certaine qu'elle peut laisser derrière elle sa peau de mère, sa peau de père, pour n'être plus que sœur.

— J'ai rencontré quelqu'un.

— Oh ! Je suis heureuse pour toi, Cap. C'est sérieux ? Il y a longtemps ?

— Quelques semaines, mais il compte pour moi, et je compte pour lui.

— Tu me le présenteras ?

— Tout dépend de quand tu repars.

Adélie ne restera pas bien longtemps. Quelques jours à peine. Elle veut passer du temps avec son amoureux, dans un coin perdu des Alpes, au milieu de nulle part, dans un petit chalet vétuste chauffé au feu de bois que des amis leur prêtent.

Capucine lui annonce ensuite qu'elle réfléchit à vendre la maison. Construire autre chose ailleurs. Tourner la page.

— Tu vas faire quoi ?

— Je ne sais pas encore. Mais il me faut ton accord pour la transaction.

— Tu es sûre de vouloir la vendre ?

— Tu veux la garder ?

— Non. Elle est trop grande, trop luxueuse. Tu sais, avec Samuel, on envisage plutôt de vivre dans une tiny house ou dans un van, alors une villa immense avec piscine sur les hauteurs du Mont National, tu penses bien que je n'y tiens plus trop. Elle ferait désordre au milieu de nos idéaux.

— Tu ne regretteras pas la maison qui t'a vu grandir ?

— J'apprends à me détacher du matériel.

— La moitié te revient. L'argent vous permettra de voir venir pour un moment. Je pense quand même que nous devrions garder l'appartement de Strasbourg.

— On peut le louer à des étudiants, tu veux bien ?

Elle veut bien évidemment. Elle sait à quel point le marché du logement est tendu à Strasbourg. Elle n'évoque pas le bien qu'elle a visité au milieu de nulle part, loin d'ici, loin de tout. C'est trop tôt. Elle préfère savoir le projet plus élaboré avant de le dévoiler à quiconque.

— Il s'appelle comment ?

— Adrien.

— Il fait quoi ?

— Ancien militaire, tireur d'élite, aujourd'hui maître-chien pour la gendarmerie.

— Ah oui, quand même !

— Il vient de démissionner. Il n'est plus fait pour ce métier.

— Et toi ? tu es faite pour lui ?

— On se comprend vraiment, on se fait du bien. Il était là avec son chien quand j'ai récupéré ma valise au milieu du dispositif à la gare.

— Il est beau ?

Capucine cherche une photo dans son téléphone. La seule qu'elle ait faite de lui. Il a dans le regard une lassitude heureuse, mélange de dépit à l'idée d'être pris en photo et de sourire sincère à son égard. C'était juste après la douche, juste après la course. Le shoot d'endorphine et l'eau brûlante avaient apaisé ses traits. Elle la regarde quelques secondes encore avant de tourner l'écran vers Adélie, la première à le découvrir. Elle n'en a parlé à personne jusque-là, en dehors du Dr Diderot.

— Il est trop beau.

— J'ai prévu d'en parler à Tonton ce soir.

— Tu sais comment il va réagir, hein ?

— C'est une raison pour le cacher ?

— Non, bien sûr, et tu as raison. Je te le dis pour que tu ne sois pas surprise et blessée. Peut-être pas à l'apéro ?

— J'attendrai le dessert.

Capucine n'avait jamais ressenti cette complicité avec elle. À travers ce plaisir nouveau d'une sororité légère, elle mesure le chemin parcouru. Elle va le poursuivre. D'autres espaces de sa jungle méritent un peu de défrichage. D'autres peurs doivent être chassées, ou apprivoisées, pour devenir des moteurs.

Cette longue discussion de la veille avec Adélie, tous ces articles, ces chiffres, qu'elle lui envoie depuis qu'elle a déménagé, la font réfléchir. Elle n'avait pas pris conscience jusque-là de la gravité de la situation mondiale, trop occupée à préserver ce petit cocon familial survivant, fragile comme un œuf fendillé qu'il faut couver délicatement jusqu'à l'éclosion.

Sa sœur, poussin conquérant, s'est ensuite jetée dans le courant, à sauter dans tous les sens, donnant des coups de bec partout où elle le pouvait. Capucine n'aura jamais le tempérament engagé d'une petite sœur bourrée de confiance en elle. Mais elle a d'autres ressources, d'autres talents, d'autres aspirations.

Celle de vibrer.

De respirer.

De créer, d'agir. De passer outre la peur que tout s'arrête.

Celle de prendre le temps.

Chapitre 68

Danser

Maman est touchante. Depuis que je suis arrivé, elle multiplie les attentions pour me faire plaisir. *C'est tellement rare que tu sois là, il faut que je te soigne !* Un chocolat chaud qu'elle met une heure à préparer. Un T-shirt qu'elle a trouvé au marché et qui m'ira bien, elle en est sûre. Un jouet pour Bloom qu'elle gronde quand il passe entre ses jambes à la cuisine, mais à qui elle essaie de donner, en douce, des morceaux de gras sous la table. *Maman, je te vois !* Je suis intraitable. Elle se renfrogne comme une petite fille qu'on aurait punie et éclate de rire la seconde d'après.

Pour le réveillon, la famille se réunit. Ma tante, mes cousins et ma cousine, qui sont en France aussi. Mon autre tante et sa famille le fêteront au Sénégal. Nous nous appellerons dans la soirée. Elle a prévu un yassa de poulet au citron vert, de la purée de patates douces, du riz, toutes sortes de desserts. Beaucoup de gras, beaucoup de sucre, beaucoup d'amour.

Je vais trop manger, comme chaque fois que je rentre chez elle. Mon père était fin comme un bâton. Mes gènes paternels me sauvent du surpoids. La radio tourne du matin au soir, de la musique qui bouge, et maman chante toute la journée. Elle chante en cuisinant, en faisant la vaisselle, en passant l'aspirateur. Son antidote au chagrin depuis la mort de papa. Ce qu'elle aimait avant est devenu nécessité. Je crois qu'ils se sont connus lors d'une soirée dansante quand il était en mission. Elle chantait dans un groupe de la ville. Ils ne se sont plus quittés. J'aime leur histoire, même si elle finit mal.

Je suis assis dans un coin de la cuisine, là où elle m'a sommé de profiter de mon repos pendant qu'elle prépare le dîner, et je vois tous ses bourrelets suivre son corps avec un léger décalage, et ce grand sourire qu'elle m'adresse, se fichant complètement de ce que je pourrais bien penser. Ses gros seins oscillent dans son décolleté. Deux seins qui m'ont grassement nourri pendant plus d'un an. J'ai pris un kilo par mois jusqu'à six mois. Elle m'appelait *mon bouddha*. Elle m'allaitait partout, et tant pis pour les regards méprisants. Elle s'est toujours assumée avec un aplomb incroyable. Je crois que c'est ce qui plaisait à mon père, engoncé dans son uniforme de lieutenant-colonel. Son Émilie, qu'il avait rencontrée en opération et épousée en France, c'était la fleur au bout de son fusil, le pied de nez à la discipline, l'issue de secours à la hiérarchie.

Les seins de Capucine sont minuscules, enfermés sous son T-shirt de sport moulant dessinant à peine un début de monticule. Je pense au jour, peut-être, où je la présenterai à maman. Je sais ce qu'elle dira. *Il faut la nourrir, cette petite sauterelle. Elle va se renverser à la moindre bourrasque.*

Capucine est le vent.

Chapitre 69

Des existences qui se frôlent

Je n'aime pas être en retard. Sûrement l'habitude du pointage à l'usine. Par conséquent, je suis organisé, surtout en cuisine. Encore plus pour les repas de fête qui exigent du temps et diverses techniques.

J'ai préparé la dinde et son accompagnement. Il suffira de réchauffer. Je la commande toujours à la boucherie près de la mairie. Ils me connaissent. Ils savent ce qu'il me faut. Un peu de chair à saucisse, du lard, du saindoux. Le paquet est prêt sans que j'aie rien à préciser. Chaque année, la jeune employée à la caisse me demande quand même si je n'ai pas oublié les marrons. Non, je ne les oublie pas, je les prépare moi-même. Un de mes plaisirs solitaires. Aller les glaner dans la forêt à l'automne. J'ai mes coins perdus où personne ne va. Un immense arbre me fournit de gros fruits à une heure de marche au-dessus de Saint-Nabor. Je les fends au couteau pour les faire cuire sur ma cuisinière à bois avant de les décortiquer à m'en brûler les doigts. Je les congèle pour en avoir jusqu'à l'année suivante. Dans le chou rouge, c'est un délice. J'ai aussi prévu une purée. Adélie m'en réclame une à chaque Noël pour faire son petit volcan. Je dois creuser un cratère avec la grosse cuillère et le remplir de sauce jusqu'à débordement. J'espère qu'elle ne perdra jamais ce petit bonheur simple.

Les filles s'occupent de l'entrée et du dessert. On a toujours fêté Noël tous les trois depuis l'accident. Trois échoués qui se retrouvent, c'est toujours mieux qu'un Robinson triste.

J'ai eu un message de ma petite souris juste avant de partir chez Capucine. Elle pense à moi, préférerait passer le soir de Noël en ma compagnie qu'avec sa belle-famille. Elle espère que je partagerai un bon moment avec mes nièces. Je lui manque.

Parfois, je pense à tout arrêter tellement elle me manque aussi. Quand la frustration fait trop mal. Je lui ai toujours promis que je ne ferais rien pour qu'elle quitte son mari, mais je l'attends. C'est douloureux d'espérer ce qui n'arrivera jamais. On s'entête alors qu'on sait. Elle est heureuse avec lui, et je suis malheureux sans elle. D'un autre côté, je ne peux pas me résoudre à la quitter. À renoncer à son corps brûlant, même si ce n'est que cinq fois par an. À ses messages touchants, enivrants, apaisants. À sa seule présence dans mes pensées.

Voilà onze ans que je m'empêche de rencontrer quelqu'un d'autre. Onze ans que nos existences se frôlent sans vraiment se toucher. Mes collègues me taquinent, mes nièces me conseillent, tout le monde me parle de m'inscrire sur des sites de rencontres, me propose telle amie divorcée, ou telles vacances pour célibataires. Personne ne sait pour elle. Elle est mon secret bien gardé, mon trésor enterré. En parler gâcherait la beauté de l'histoire. Certaines choses sont précieuses parce qu'elles n'existent pour personne d'autre. Et puis, à qui le dire ? C'est honteux de tromper. C'est misérable de détourner une femme mariée de son droit chemin. De la pervertir dans une relation qui lui fait du bien.

Parfois, j'aimerais que ce soit elle qui mette fin à notre relation. Je serais soulagé. Libre d'être volage, sans avoir l'impression de la trahir. Et puis, je ne serais pas responsable de la fin. Je ne porterais pas le chapeau du chagrin. Je l'incarnerais comme une veuve éplorée. J'aurais le beau rôle. C'est toi qui m'as quitté, moi, je serais resté. Je pourrais enfin déprimer face au vide de ma petite existence fade. Elle est mon sucre, mon sel, mes épices. Elle me relève. Elle s'en veut de ne pas m'offrir ce que je voudrais, de rester attachée à son homme, de profiter de moi comme une cerise sur un gâteau. Ce truc en plus pour le plaisir, alors qu'on a déjà le reste. Peut-être qu'un jour, elle s'en voudra trop et qu'on s'arrêtera.

Peut-être.

Si c'est le cas, je ferai un recueil de tous mes poèmes et je le lui offrirai, en guise d'adieu. Pour qu'elle se souvienne de moi, de nous. De nos regards fous et de nos moments volés. De ce qui aurait pu être et qui n'a pas été.

Laissé sur le bas-côté
Me berce ta voix volage
Quand j'oublie d'être courage
Dans mon rôle d'aparté.

C'est un autre dans ton lit
Moi je suis dans la forêt
Petit arbre abandonné
J'aimerais être ton nid.

Ton absence me déchire
Comme un chien saisit la chair
Et la vie le laisse faire
Alors que je te désire.

Rêvé, le repos d'un roi
Et toi, belle tant aimée.
Au sein de ta cheminée
Je ne suis qu'un feu de bois.

Chapitre 70

Petit Oh

J'ai profité que personne ne soit encore arrivé pour l'annoncer à maman. Je préfère l'intimité aux effusions. Et puis, c'est un peu tôt pour officialiser quoi que ce soit. Elle s'est tournée vers moi, et s'est mise à pleurer en riant.

— Enfin ! Enfin tu te décides à revenir parmi les vivants ! L'amour, c'est la vie, mon Doudou ! Elle s'appelle comment ?

— Capucine. C'est le tout début, maman, on vient seulement de se rencontrer. Ne t'emballe pas.

— Capucine, comme ma fleur préférée ! Alors elle est forcément belle.

Elle m'a ensuite posé mille questions. Comment je l'avais rencontrée, si elle était gentille, si elle savait cuisiner, si elle était drôle, ce qu'elle faisait comme métier, si elle savait danser, si j'avais déjà rencontré ses parents, à quel moment j'avais prévu de la lui présenter. J'ai dû lui expliquer. L'accident, sa petite sœur, ses années entre parenthèses. Elle s'est à nouveau interrompue en perdant un petit « Oh » dans les airs.

— Elle est donc courageuse. Comme toi ! C'est la plus belle des qualités.

— Maman, il faut aussi que je te dise que je quitte les armes. J'y réfléchis depuis l'accident et tout s'est accéléré ces derniers temps, jusqu'à ma décision.

Un autre petit « Oh » s'est échappé. Je n'ai pas su l'interpréter. Elle non plus peut-être. Il portait à la fois le soulagement et l'inquiétude. Maman s'est toujours inquiétée pour moi. L'armée puis la gendarmerie constituaient un cadre solide pour un éparpillé comme moi. Des résultats scolaires fluctuants, une sensibilité à fleur de peau. Sous le drapeau, j'ai vite appris à faire passer les ordres avant les émotions. Les trop sensibles se débrouillent comme ils peuvent. Il faudra bien que j'explique à maman que le balancier est reparti dans l'autre sens.

— Tu vas faire quoi ?

— Je réfléchis. Bloom va être réformé, tu sais ? Je vais le garder. Je ne peux pas imaginer m'en séparer. Nous pouvons encore faire de belles choses ensemble. Je cherche.

— Tu as toujours voulu protéger les autres. Avec tes cousins, tes copains de classe, depuis tout petit.

— Je sais, maman. Ma psy me le dit aussi. On peut protéger de plein de façons.

— Même après, tu te souviens, quand ta tante Félicité était battue par son mari. Tu avais quatorze ans, tu voulais aller la chercher au pays, casser la figure de son homme. J'ai dû te retenir. Tu l'aurais fait.

— Je m'en souviens. J'y pense encore. Il y a tellement de gens dans la société qui manquent de protection.

— Toi aussi, peut-être, finalement. Comme ton père. Il avait ses fragilités. Elle est solide, ta petite fleur ?

— Très.

Maman m'a pris dans les bras en me secouant dans tous les sens. Son corps est comme un gros édredon moelleux et réconfortant. Et plus elle vous serre, plus vous sentez ce cocon de chair vous envelopper. Presque le besoin d'en être recouvert, comme les enfants s'enfouissent sous leur couverture pour ne plus entendre du monde que des bruits sourds et lointains. Elle a ensuite voulu voir une photo. Je n'en ai qu'une, obtenue parce que je m'étais laissé prendre moi-même juste avant. Capucine est adossée au plan de travail de sa cuisine, elle éclate de rire. Elle a encore les cheveux un peu mouillés, elle s'est maquillée, ses yeux pétillent. Je venais de lui dire à quel point je remerciais les petits lapins de m'avoir mis sur ce quai numéro 3, mais que j'aurais préféré qu'elle ait la pétanque ou le tennis de table comme principal hobby.

Ses lunettes sur le nez, Maman la regarde longuement. J'attends le verdict. C'est long ! Même si je le connais déjà. Je ne me fais aucun souci. Elle est accueillante, elle ne juge personne, parce que aucun jugement n'a jamais eu d'effet sur elle. Maman est un canard face aux éclaboussures des autres. Tout glisse. Elle s'en fiche.

— Elle a un joli regard. Et un sourire qui chante. Elle te rendra heureux. Par contre, il va falloir que tu lui fasses des plats nourrissants. Elle est un peu maigre, non ?

Je sais déjà qu'en partant, elle me tendra un cabas plein à ras bord d'anciennes boîtes de crème glacée remplies des restes de Noël, en me disant de les partager avec Capucine. Et de veiller à ce qu'elle mange.

Et se resserve.

Deux fois.

Chapitre 71

Un siècle de malaise

Bertrand est arrivé les bras chargés d'un immense panier, si lourd qu'Adélie et Capucine ont dû le porter à deux jusqu'à la cuisine pendant qu'il cherchait les cadeaux dans la voiture. Il a installé la cocotte en fonte sur feu doux et le plat de légumes et de purée au four. Avec le temps, il a quand même ses petites habitudes dans la maison de ses nièces.

L'apéritif est léger. On évite l'alcool. Capucine a confectionné des smoothies avec des fruits de saison. Des canapés joliment dressés reposent sur la table basse. Adélie évoque ses activités, leurs projets pour le printemps qu'ils commencent à échafauder dès maintenant. Bertrand leur parle de son expérience au jardin et dans le verger. La précocité des saisons, la sécheresse, les invasions d'insectes nuisibles qu'il n'avait pas essuyées auparavant. Les vieux voisins qui n'avaient jamais vu de tels phénomènes. Quand on est proche de la nature, on ne peut pas ignorer que la planète commence à partir en vrille. Même lui, traditionnel dans ses pratiques et pas du genre à voter écolo.

Autour du chemin de table parsemé de branches de sapin et de boules de Noël, traversé par une guirlande de pommes de pin qu'Adélie a confectionnée avec ses amies de là-bas, on parle des conséquences des catastrophes naturelles qui vont aller croissant et de plus en plus dévastatrices, du nombre de morts, des arbres qui périssent. On évite le sujet des flux migratoires.

La dinde est savoureuse, la sauce aux marrons délicieuse.

Adélie est revenue avec des fromages fermiers confectionnés dans cette petite communauté semi-autonome du Vercors dont ils envisagent de grossir les rangs de façon stable. Elle pourrait monter un élevage de chèvres mohair, puisqu'elle aime tricoter et qu'il en faudra toujours, des pulls, des gants, des écharpes et des couvertures. Samuel ? Il bricole le bois. Un constructeur dans l'âme. S'ils veulent des enfants ? Pas pour l'instant. Ils sont bien trop jeunes. S'assurer d'abord qu'un avenir se dessine pour eux et pour la planète.

Ils rient en voyant les photos de chèvres à poil long que leur montre Adélie. Bertrand s'imagine leur donner les prénoms de ses collègues, les désagréables, les pénibles, celles qui râlent à longueur de temps. Capucine veut être là au moment des mises bas.

L'ambiance est légère et les fromages crémeux ont la saveur d'une sieste dans le foin au-dessus de l'étable.

Les deux sœurs ont confectionné une bûche à la mousse de fraise. Des fruits congelés du jardin de leur oncle. Elle a pris au congélateur depuis la fin de matinée et vient d'être déposée sur la table. Un échange de regards conforte Capucine.

— Tonton, il faut que je te dise quelque chose.

— Ah ? Tu en fais une tête, c'est grave ?

— Non. Enfin, pas à mes yeux. Aux tiens peut-être, te connaissant un peu.

— Mais de quoi tu parles ?

— J'ai fait une belle rencontre. Nous nous entendons à merveille. Adrien m'apporte beaucoup.

— Eh bien, voilà une bonne nouvelle !

— …

— Il est métis, précise Adélie, pour sortir sa sœur des sables mouvants dans lesquels, par peur ou par dépit, elle semble s'abandonner en silence et sans résistance.

D'abord, Bertrand ne dit rien. Il encaisse en mettant à sa bouche la cuillère de dessert qu'il tenait en main. Il avale de travers. Le silence dure une seconde de trop. Une seconde qui ressemble à un siècle de malaise à la table de Noël.

De fête il n'y en a plus. Les deux sœurs se regardent, Capucine pulvérise une miette de pain de la pointe de son couteau et rassemble la poussière en un petit tas. Adélie essaie d'arrondir l'ambiance, en confirmant que *n'est-ce pas, Tonton, sa couleur de peau n'est pas un problème, évidemment.*

— Tu es sûre qu'il n'en a pas que pour ton argent ? Méfie-toi quand même. On les connaît.

Capucine cherche d'autres miettes et une réponse, qu'elle voudrait posée, diplomatique, insouciante.

Elle ne trouve pas.

Elle sent monter quelque chose qui ressemble à de la colère. Un mélange d'injustice et de rejet de la bêtise. De la compassion aussi.

Quand même, c'est son oncle.

Le frère de son père.

Quand même et quand bien même…

— Tu sais, Capucine… ?

— Oui, je sais. Je sais surtout qui je choisirai si tu me demandes de le faire. Et ça ne sera pas toi, dit-elle en élevant sa voix déjà cassante.

La colère s'insinue sur chaque parcelle de sa peau, dans chaque millilitre de son sang, dans chaque synapse, dans chaque cheveu. Une colère sourde et lente. Comme un tsunami venu dévaster une ville paisible, et qui charrie dans ses entrailles puissantes tout ce qu'il a trouvé sur son passage. Celui de Capucine porte tout ce qu'elle a mis de côté depuis l'accident. Tout ce qu'elle a sacrifié pour les autres et qui l'a mise à nu, dépouillée de ses désirs, ses envies, ses plaisirs. Ce tremblement de terre dans les profondeurs marines, elle ne le voulait pas.

— J'ai tout fait pour les autres, tout mis entre parenthèses, tout oublié de mes rêves. Tout. Je me suis arrêtée de vivre pour prendre soin d'Adélie, pour prendre soin de toi, souviens-toi quand tu allais mal ! J'ai été là aussi pour toi. Pour t'empêcher de faire des bêtises. J'en ai pas dormi certaines nuits tellement j'étais inquiète. Inquiète pour ma petite sœur aussi. De savoir comment elle allait s'en sortir en grandissant avec moi. Je me suis mise de côté pour être disponible. Le jour, la nuit, sans rien demander à personne. J'étais pas obligée de le faire, mais je l'ai fait quand même, parce que je pensais que c'était le meilleur pour vous. Aujourd'hui, le meilleur pour moi, c'est peut-être cette rencontre ! Oui, il est noir, mais il s'en tape d'être noir. Et moi aussi. Il est lui, il est beau, il est gentil, il me protège. Qui m'a protégée jusque-là, depuis la mort de papa ? Toi ? Avec ton poison dans les veines et ta solitude ? Certainement pas ! Et aujourd'hui, tu fais des histoires parce qu'il est noir, sans même me demander qui il est, ce qu'il m'apporte, le bien qu'il me fait. T'as toujours l'esprit aussi fermé. On se demande pourquoi ! Papa, il était différent. Papa, il se serait réjoui.

Puis elle s'en va juste avant d'éclater en sanglots, se défait de ses escarpins en passant devant l'entrée, les balance contre le mur, s'engouffre dans la cage d'escalier et claque la porte de sa chambre si fort qu'un cadre du rez-de-chaussée se décroche dans le couloir, et se brise au sol dans un grand fracas de verre. Et ces morceaux éparpillés ressemblent à ce petit bout de famille qui vient de voler en éclats.

— Elle ne m'avait jamais parlé sur ce ton.

— Elle n'en avait jamais eu besoin, constate Adélie.

— Je vais rentrer, je crois, annonce Bertrand, une couleuvre dans la gorge.

Il est pâle, transparent. Comme un débris abandonné par le tsunami et dont on ne fera plus rien. Une soudaine pulsion vers la boisson le saisit. Un alcool fort. Voire plusieurs à la suite. Enfouir son cerveau dans des vapeurs douces et tout oublier. Il ne le fera pas. Surtout pas. Ce serait encore pire. Cette nécessaire résistance ajoute pourtant du poids à la peine déjà bien lourde.

Adélie l'entend dire *Excuse-moi* en franchissant le seuil de la porte. Puis la voiture démarre et le son du moteur s'éloigne comme s'est éloigné Noël en quelques mots, englouti par la nuit.

Chapitre 72

Secret défense

Joyeux Noël Adrien.
J'espère que tu vas bien.
Que tout se passe merveilleusement dans ta famille.
Je t'embrasse,
Capucine

Joyeux Noël, ma petite fleur des villes.
La fête est joyeuse ici. Elle bat encore son plein.
Je me suis isolé pour te répondre.
J'ai parlé de toi à ma maman.
Elle a évidemment très envie de te connaître,
et... de te nourrir.
J'espère que nous pourrons bientôt.
Et toi ? Tu leur as parlé de moi ?
Je t'embrasse,
Adrien

Oui.
Les choses se sont un peu moins bien passées.
Mais ce n'est pas grave.
Mon Tonton s'en remettra. Et sinon, tant pis.
Je sais ce que je veux.

Et je veux être à l'abri contre toi, quoi qu'on dise de tes bras.

Mes bras ne doivent rien à personne d'autre qu'à toi.
Je les entraîne tous les jours pour qu'ils t'abritent encore plus.
Ne t'inquiète de rien.
Si vraiment la situation ne s'améliore pas, je présenterai maman à ton oncle.
Elle résout tous les conflits.
Ils devraient l'embaucher aux Nations unies.

Tu rentres quand ?

Nous passons toujours le nouvel an ensemble ?

Plus que jamais…

Chapitre 73

À peine l'oxygène

On frappe à la porte de sa chambre. Capucine ne dort pas. Elle laisse entrer Adélie, tout en se réfugiant sous son drap. Elle ne s'est pas démaquillée. Les larmes s'en seront chargées. Elle s'est glissée nue dans son lit pour écrire à Adrien. Sa petite sœur soulève le drap et s'allonge à ses côtés. Elle caresse le visage de Capucine et se met à chuchoter que tout va s'arranger. Leur oncle va réfléchir, changer, il finira par accepter. Qu'elle a bien fait de dire tout ce qu'elle avait sur le cœur. Elle lui chuchote sa gratitude. Celle de lui avoir offert de ne pas être placée, ou élevée par des personnes âgées. De lui avoir permis une enfance presque insouciante. De lui avoir donné les armes pour tout affronter, même le pire. Elle lui murmure sa joie qu'elle ait rencontré quelqu'un.

— Il veillera bien sur toi, tu crois ?

— J'en suis sûre. Je le sens. Contre lui, c'est comme s'il ne pouvait rien m'arriver. Tout est naturel, tout coule de source avec une évidence que je n'avais jamais connue.

— C'est beau ce que tu me dis.

— C'est la rencontre qui est belle. Et un peu grâce à toi.

— À moi ?

— Si tu ne m'avais pas annoncé ta décision, je n'aurais pas oublié ma valise. Il s'en est fallu de peu.

— Pour tout il s'en faut de peu. Pour maman et papa aussi.

— J'ai trouvé les journaux intimes de papa. Leur lecture m'a fait du bien. Je te les montrerai demain. C'était un homme bon.

Dans une ambiance rose pâle de lumière tamisée et un petit espace confiné qui leur offre à peine l'oxygène nécessaire, deux sœurs se retrouvent comme elles ne s'étaient jamais vraiment quittées. Deux petits corps nus, vulnérables et solides, collés ensemble par un amour filial. Leurs chemins vont se séparer sans jamais vraiment s'éloigner. Capucine lui raconte le livre sur les abeilles, son rêve de tout plaquer.

— Tu sais ? J'ai visité une maison abandonnée dans les Vosges. Une grande bâtisse en pierre. Il y a du terrain autour. Plusieurs hectares, en lisière de forêt, un étang avec des grenouilles et des libellules l'été. Une biodiversité qui ferait pâlir tes copains de là-bas. Et la partie habitation est dingue. Il y a de quoi y créer de beaux espaces. Tout est à refaire. Alors tout est possible. Il n'y a que les murs, et un toit à rafistoler. Un endroit où je pourrais installer des ruches.

— Oh ! T'es sérieuse ? Je t'y vois bien. Tu te moquais de moi quand j'avais huit ans et que je partais en hurlant au moindre insecte. Toi, tu gardais ton calme. Tu n'avais pas peur.

— Je me suis inscrite à une formation pour être apicultrice.

— Trop bien !

— Et au rez-de-chaussée, je pourrais aménager une miellerie.

— On viendra t'aider avec Sam. Tu es allée la visiter seule ?

— Oui. Mais j'aimerais y retourner avec Adrien.

Adélie sourit. Elle adore l'idée. Surtout celle de voir sa grande sœur se réveiller, se bousculer, se retrouver.

Cette nuit-là, elles dormiront ensemble. Comme toutes ces fois où la minuscule Adélie réclamait des bras pour se réfugier du vide de sa maman, du vide de son papa. Aujourd'hui, le vide a changé de camp. Demain il se comblera d'amour et de miel. Elle le lui souhaite juste avant de s'endormir.

Chapitre 74

Les aspérités du temps

Diane ressent toujours un pincement dans le cœur le soir de Noël. Chaque année, j'essaie de lui trouver un endroit insolite, magique, dépaysant, pour qu'elle oublie que nous n'avons pas d'enfants.

Certaines blessures ne cicatrisent jamais assez pour ne pas s'ouvrir au premier tiraillement.

Nous sommes pourtant clairs avec l'idée, ce qui n'empêche pas la mélancolie. Mon spermogramme était mauvais. Quasi nul. Sans en comprendre la cause, nous avons accepté la conséquence. Diane n'envisageait pas de porter un enfant qui ne soit pas de moi, quant à l'adoption, nous avons longuement réfléchi pour conclure qu'avec des parents psys, la situation ne serait pas simple tous les jours. Nous sommes tellement heureux ensemble que le manque est rare. Il ne se manifeste que quand nous voyons tous nos amis se réjouir de réunir leur famille au complet.

Lors du réveillon, Diane noie généralement sa peine dans une dose d'alcool suffisante pour penser à autre chose et assez raisonnable pour ne pas gâcher la soirée.

J'ai loué un petit chalet dans la montagne sur les crêtes. Nous sommes emmitouflés dans un plaid au coin du feu. Elle va mieux depuis quelques jours. Le traitement qu'elle s'est enfin résolue à prendre fait effet.

Nous en profitons généralement pour faire le bilan de notre année. Nous pensons à Édouard, mon meilleur ami, qui a enfin trouvé la sérénité en quittant sa femme, son travail et Paris. D'après ces récentes nouvelles, il est heureux. Nous décidons de programmer un déplacement en Bretagne pour lui rendre visite l'été prochain.

La propriétaire à qui nous louons les locaux du cabinet, rattrapée par son âge, nous a proposé la semaine dernière de nous vendre sa maison pour lui permettre de trouver un habitat plus adapté. L'idée est séduisante.

Quant à notre bilan professionnel, il en ressort un événement commun qui nous réjouit tous les deux. Capucine et Adrien, évidemment. Diane n'insiste pas sur ma réticence initiale. Elle sait l'inutilité de la remarque. Je suis capable de reconnaître quand elle a raison.

Nous nous demandons comment ils vivent leur réveillon. Parfois, on s'attache à certains patients au point de s'inquiéter pour eux en dehors des consultations.

Nous finissons par nous lasser de parler et disparaissons sous le plaid. Le corps de ma femme me fait toujours autant bander, malgré les années. Elle essaie parfois de me cacher les aspérités que le temps creuse doucement, et moi je ne demande qu'à les découvrir car je les trouve charmants.

Elle me remercie pour mon amour inconditionnel. Je la remercie d'être ma femme.

La vie est belle.

Chapitre 75

Ses bras de soldat

Il a neigé depuis deux jours. Une poudreuse légère qui s'est posée partout où elle le pouvait, et que le vent a poussée jusque dans les petits recoins. Quinze bons centimètres par endroits. Ils annoncent un grand soleil et une vague de froid pour commencer l'année. Capucine est allée courir ce matin. Un grand tour. Malgré les chemins glissants. Elle est revenue indemne, les yeux pleins de scintillements au sol et de branches qui ploient, de glaçons dans le ruisseau et de traces de pas. Elle aurait aimé partager cette sortie avec Adrien.

Il doit arriver en fin d'après-midi, lui et ses restes de repas de fête. Elle a hâte de goûter aux spécialités sénégalaises. Connaître les plats de sa mère avant sa mère. C'est une bonne entrée en matière. Et puis, elle gagnera du temps à ne rien cuisiner. Elle est plongée depuis quelques jours dans la dizaine d'ouvrages d'apiculture qu'elle a commandés. Elle a toujours creusé les sujets jusqu'au bout. Pour être sûre de ne passer à côté d'aucune donnée.

Elle pense avoir trouvé son verbe de vie. Elle lui en parlera.

Elle claque le livre devant elle. Toutes ces données bourdonnent dans sa tête. Elle jette un œil sur les dessins qui dormaient dans une pochette au grenier qu'elle a fouillé de fond en comble depuis Noël. Une façon de s'extraire du monde réel et de se bercer dans d'autres souvenirs. Des dessins de son enfance qui rattrapent incroyablement la réalité et la confortent dans son choix.

Capucine resterait plongée au milieu des abeilles des heures encore, mais elle a une table à préparer, un corps à peaufiner. Mettre les petits plats dans les grands, et un trait gris sur ses paupières.

Et l'envie, surtout, de se coller à lui dès qu'il arrivera et de ne plus bouger. Ce magnétisme la surprend. Elle n'arrive pas à croire que cette attirance soit seulement liée à des carences vécues jusque-là. Un élément supplémentaire entre en jeu. De la physique épidermique ? De la chimie olfactive ? Des phéromones ou un système immunitaire compatible ?

Ou juste la sécurité engendrée par ses bras de soldat. Des bras solides, un entraînement qu'elle imagine intense. Physique, mental. Une préparation que peu d'hommes pourraient supporter. Et savoir qu'il est formé à faire face à des situations extrêmes la rassure. Même si le risque est faible pour elle. Quoiqu'il n'aurait rien pu faire pour empêcher l'accident. Juste l'entourer de ses parois, absorber son chagrin pour l'atténuer. Les quelques fois où ils ont mélangé cette alchimie, elle le respirait tout entier. Des inspirations longues, comme si elle voulait installer cet homme au fond de chacune de ses cellules, jusque dans son ADN. Son odeur apaisante, sa douceur posée, sa force rassurante. Il dit qu'il ne se sent plus l'âme d'un guerrier, mais elle est toujours là. Capucine la sent. Guerrier d'un autre temps, ou d'un autre combat. Un guerrier-nid.

Elle s'inquiète parfois de se savoir submergée par une telle attirance, par l'effet apaisant qu'elle en retire, sans comprendre pourquoi. Un côté animal, instinctif, au-delà du raisonnable et du conscient. Elle ne se connaissait pas si archaïque.

Oui, leur rencontre est archaïque, elle n'obéit à aucune logique d'humain développé et sage.

Comme un ordre des choses, en dehors de la marche du monde.

Leur rencontre se suffit à elle-même, voilà tout.

C'est étrange comme tout bascule, se dit-elle. Comme tout peut être détruit en une fraction de seconde, et se construire sur un échange de regards. Comme tout peut aller très vite, dans un sens ou dans l'autre. Un rythme parfois subi, parfois choisi.

Avec Adrien, elle veut aller vite. Assez perdu de temps !

Deux heures ont passé. Tout est prêt dans la maison.

Sauf elle. On ne l'est jamais vraiment pour des retrouvailles. La part d'incertitude froisse un peu les rêves, chahute les pensées. Elle essaie de patienter en lisant ses livres d'abeilles. Elle lit et relit le même passage trois fois, finit par fermer les pages sur son cœur qui bat fort.

Fais simple, lui a-t-il écrit la veille. Il ne veut pas qu'elle se donne du mal pour lui. *Je me donne du bien quand c'est pour toi*, s'est-il vu répondre. Il a envoyé un petit bonhomme qui rit, un cœur et deux bras.

Adélie est repartie pour changer d'année dans le silence de la montagne.

C'était bon de la retrouver, de s'apaiser ensemble. Elles ont inversé les rôles le temps d'une nuit commune. La petite a veillé sur la grande. Maintenant, elles se veilleront. Maintenant, elles sont égales. Deux adultes orphelines, dont les gouffres se comblent doucement.

Elle entend la voiture se garer. Elle a dégagé l'espace devant son garage en rentrant de sa course du matin, le corps encore chaud pour manier la pelle à neige. Adrien détache sa ceinture de sécurité, un immense sourire sous des lunettes de soleil. Il ressemble à un acteur américain. Revient à Capucine le souvenir de leur baiser dans l'atelier.

C'est la première fois qu'il vient la saluer avant de libérer Bloom. Ce dernier surgit du coffre dès son ouverture. Il tourne autour de Capucine, aboie, saute, joue et rentre par l'espace entrouvert de la porte d'entrée dégrippée.

— Il se sent comme chez lui maintenant, s'excuse Adrien.

— Il a bien raison.

Les bacs de glace annotés sont au frigo, Bloom renifle partout à la recherche de nouvelles informations. Adrien ouvre ses bras. Une petite sauterelle vient les remplir de tout son plaisir d'y retourner enfin. C'est elle qui, l'air de rien, petit pas après petit pas, l'entraîne vers le canapé. À califourchon, elle cherche la position la plus confortable, l'emboîtement le plus absolu pour qu'aucun morceau de chair ne soit laissé à l'abandon, et elle ferme les yeux. Ils respirent sans se regarder. Seulement faire le plein de la présence de l'autre. Ce n'est pas assez. Capucine soulève le pull d'Adrien, son T-shirt. Elle veut sentir sa peau. La chaleur piégée en dessous. Ses doigts parcourent un corps qu'ils semblent déjà connaître. Elle ôte son sweat, ne garde que sa brassière. Se recolle à lui. Le nez dans son cou. Elle le renifle, s'en imprègne, engrange des particules de lui. Il rit. La serre un peu plus fort. Elle est une petite brindille qu'il a peur de briser. Avec son torse épais, ses bras tendus, il a l'impression de la phagocyter. Elle se fond contre lui, comme un fœtus contre son placenta, une écorce contre son aubier.

Ils ne font pas l'amour, pas ainsi, pas maintenant. La fusion simple suffit. Ils ne veulent rien brûler, ni les étapes, ni les désirs. Leurs bouches, quand même, qui se frôlent et se retrouvent.

Sur la table basse, les dessins d'enfant. Adrien les a vus au-dessus de l'épaule de Capucine. Intrigué, il se redresse pour les observer de plus près. Des ruches, des fleurs, des soleils, et des abeilles partout, des petites, des grandes, des essaims.

Les couleurs sont belles, rien ne dépasse. L'application extrême d'une petite fille qui veut bien faire. Car c'est un dessin de petite fille. Il en a la certitude.

— Je les ai retrouvés au grenier.

— Ils sont beaux. Tu aimais les abeilles !

— Il semblerait…

— Tu ne t'en souviens pas ?

— Pas à ce point.

Leur soirée sera douce, le repas copieux se dissipera dans la marche nocturne et glaciale où deux moufles se donneront la main. Leur nuit sera plus chaotique mais si heureuse.

Ils commenceront la nouvelle année enlacés, sous la couverture d'un nouveau récit.

Chapitre 76

Entourloupe

Je ne présente jamais mes vœux à mes patients. C'est toute l'année que je leur souhaite de belles choses. Ce qui se dit en janvier n'est qu'artifice. Comme ils attendent que je le fasse, et que je ne le fais pas, ils s'abstiennent, sauf quelques-uns, par automatisme, ou par bienveillance à mon égard. Je rebondis alors. Et vous, que vous souhaitez-vous ? Facile ! Un peu moins pour eux. On a tellement pris l'habitude de s'occuper des autres qu'on oublie d'espérer le meilleur pour soi. Qui se souhaite une bonne année à minuit ? Moi. Depuis que Diane m'en a insufflé l'idée.

Capucine n'a pas prononcé la formule magique. Je lui demande si elle a passé de belles fêtes. Elle me parle de son oncle, de cette force qu'elle a senti grandir dans son ventre pour crier ce qu'elle portait en elle en retour de sa réaction. Ses regrets d'avoir pu lui faire mal. L'impuissance à se contrôler. Mais la nécessité de l'acte. Elle a pensé à ma phrase pour se donner du courage : qui doit s'adapter à qui ? La voilà soulagée.

— Je crois qu'un homme qui écrit de la poésie ne peut pas être foncièrement méchant. La violence de l'échange était peut-être nécessaire pour lui faire prendre conscience de votre besoin qu'il accepte Adrien.

Elle me raconte ensuite les retrouvailles avec sa sœur. La relation apaisée. J'aime voir comme l'amour reprend vite le dessus quand disparaît le ressentiment, ce chiendent qui envahit tout et étouffe à la racine les plus belles fleurs.

Elle me remercie. Sans moi, elle n'aurait pas compris si vite. Sans moi, elle aurait stagné dans les eaux troubles d'un étang figé. Elle me dit que cette thérapie, c'est comme si j'avais débroussaillé l'accès autour de la source et qu'enfin l'eau était renouvelée, devenait plus limpide, redonnait du mouvement. Je lui fais remarquer que la poésie est une marque de famille. Qu'elle devrait peut-être écrire, elle aussi.

Et puis vient le sujet Adrien. Capucine sourit. Je sens qu'elle souhaite se livrer, tout en étant gênée. J'ai à peine le temps de chercher une formule pour la mettre en confiance que je vois passer dans son regard un *et puis zut*. Elle se lance.

— Il m'a rejointe pour le nouvel an. La nuit a été très étrange.

— Étrange ?

— Nous avons passé la soirée à nous prendre dans les bras, à nager ensemble, à nous embrasser, à rire, à parler de nos envies, de nos projets. Nous nous sommes même promenés dans la neige. La Lune était pleine, on se serait presque cru en plein jour. Des moments magnifiques. Et puis, nous avons franchi la ligne rouge de l'intimité et là, tout a coincé. Sans pour autant que ce soit désagréable. Il n'y arrivait pas, et puis si, et puis non. De mon côté c'était un peu compliqué aussi. Enfin, je vous passe les détails. Je suis un peu mal à l'aise de vous raconter toutes ces choses, docteur.

— Cela reste dans le secret de ce cabinet, et vous semblez perturbée par cette étrangeté. Parlons-en.

— Je ne sais pas ce que je ressens. C'était très compliqué, mais très joyeux. Laborieux et quand même heureux. On a fini par laisser tomber l'idée. En se disant que la deuxième fois serait peut-être plus réussie, qu'on avait trop mangé, ou trop bu, ou qu'on était trop émus.

— Souvent les premières fois sont laborieuses. Avait-il peur de vous faire mal ? De vous bousculer ?

— Il n'a pas su me dire. On en a ri. Beaucoup. On s'est endormis en se chuchotant à l'oreille qu'il y avait plus grave dans la vie.

Capucine décrit ensuite la peur terrible qu'elle a eue quand il s'est mis à hurler dans son sommeil. Le temps qu'il a mis pour se réveiller puis se calmer. Son chien venu gratter à la porte pour se coucher près de lui. Son cœur qui cognait, sa respiration saccadée. Elle ne savait pas comment agir pour l'apaiser. Elle l'a serré un peu plus fort, lui a caressé le front. Et c'est elle qui a fini par s'endormir. Il lui a annoncé au petit matin qu'il s'était rendormi juste après.

Puis elle extrait une pochette cartonnée de son grand sac et me la tend, sans plus de précision. J'en défais les élastiques et ouvre les rabats. Elle a retrouvé des dessins troublants. Je les regarde les uns après les autres. Soignés, précis, colorés. Et des abeilles, partout. Quand je relève la tête, elle me sourit.

— D'avoir retrouvé ces dessins provoque quoi en vous ?

— Des bzzzzzzz, dit-elle en souriant.

— Mais encore ?

— J'ai l'impression de me retrouver, moi aussi. De me connaître sans me connaître. Je regrette que mon père ne soit plus là pour m'expliquer, me raconter, me guider. Je n'ai pas le choix. Alors je m'accroche aux preuves matérielles pour comprendre mon enfance. Avouez que ma découverte est troublante alors que je suis le nez dans les bouquins d'apiculture.

Elle me décrit les projections qu'elle fait sur cette maison abandonnée dans un endroit isolé. L'immense forêt d'épineux juste derrière, où elle pourrait installer des ruches. Du miel de sapin, son préféré. Sombre et puissant.

— Et dans tout cet échafaudage, j'y vois Adrien. Et si tout cela n'était qu'un décor de théâtre en carton-pâte ? Il faut quand même solidement se connaître pour s'engager dans de tels projets. Est-ce possible après seulement quelques mois ?

— Vous m'avez dit que vous aviez le sentiment de vous connaître depuis toujours.

— Oui, mais si c'est une illusion ? Que je me trompe ? Qu'il ne me tourne autour que pour mon argent, comme le pense mon oncle ?

— Il connaissait votre situation financière avant de vouloir vous revoir ?

— Non, je ne crois pas. Mais bon, il est gendarme, il a sûrement accès à des données.

— Vous pensez qu'il a enquêté sur vous et qu'il essaie de vous entourlouper ?

Au milieu de la discussion sérieuse, Capucine baisse la tête et se met à sourire. Puis à pouffer en s'excusant. Quelque chose m'échappe, je ne comprends pas sa réaction. Peut-être un rire nerveux, parce que notre échange va toucher des émotions profondes, anciennes, de mauvais souvenirs, un chagrin non digéré. Un rire trop plein comme lors d'un enterrement pour certains. Je lui demande de préciser les raisons de ce relâchement.

— C'est juste que cela doit faire des années, – ou des siècles ? – que je n'ai pas entendu ce mot : entourlouper. Ce n'est pas le premier mot désuet que vous utilisez mais je n'avais jamais relevé. Il y a un gros décalage avec votre apparence. Vous faites vingt ans de moins dans la façon de vous habiller, et vingt de plus dans votre façon de parler.

— Vous n'avez jamais relevé, mais aujourd'hui, vous osez vous moquer de moi. J'en déduis que vous allez vraiment mieux.

— Je ne me moque pas.

— Si, un peu, quand même, lui dis-je en souriant. Ne pouvez-vous pas monter un tel projet en l'y invitant sans pour autant l'intégrer financièrement, administrativement ? En vous protégeant ?

— Si.

— Alors cela devrait éloigner vos peurs. Et celles de votre oncle.

— Je déteste me faire avoir.

— Vous me disiez que vous aviez l'impression de vous comprendre parfaitement, Adrien et vous. Que vous fonctionniez de la même façon. Qu'il savait exactement ce que vous ressentiez et vice versa.

— Oui.

— Donc, il doit être également gentil et généreux.

— Oui.

— Et il doit aussi être malheureux qu'on puisse abuser de sa confiance.

— Oui. Il m'en a déjà parlé. On est pareils.

— Alors comment pourrait-il vous faire vivre ce qu'il ne supporte pas lui-même ? Il faudrait qu'il soit vraiment tordu. Il vous semble tordu ?

— Non. Il m'a dit qu'il aimerait trouver un endroit pour accueillir des personnes en difficulté qui ont besoin de faire une pause. De respirer, de retrouver confiance en eux. Par la médiation animale entre autres. Il a pris conscience de ce dont son chien était capable pour détendre les humains. Il me parlait des femmes battues, ou des personnes handicapées.

— Et dans votre vieille bâtisse, ce serait possible ?

Elle veut partager ce projet avec lui, se nourrir de sa tendresse et lui en offrir en retour, elle a confiance, ce qu'elle dessine dans sa tête est une des plus belles images depuis bien longtemps. Les abeilles, le miel, la nature, la forêt, une maison où tout est à reconstruire sous les yeux d'un vieux monsieur sur un banc, une nouvelle existence à inventer, cet homme et son chien au milieu de tout cela.

Chapitre 77

Vilaine !

Bonjour Adrien,
Tu m'as dit que tu vivais dans un logement de fonction.
Mais si tu quittes ton poste, qu'en est-il du logement ?

Bonjour Capucine,
Très logiquement, je dois le rendre en même temps que l'uniforme.

Où vas-tu vivre ?

Je suis en train de chercher.

Ma maison est trop grande pour moi, tu l'as dit toi-même. Elle pourrait te faire une petite place…

C'est adorable, mais saurions-nous vivre ensemble ?

Pas sûr !

Et puis, je ne suis pas seul. Il y a Bloom.

Justement.

Tu veux que je te laisse le chien et que je cherche un appartement pour moi ?

Ah ? L'idée est intéressante !

Vilaine !
Je vais réfléchir.
Tu as déjà essayé de me filer la grosse voiture. Maintenant une colocation chez toi.
Tu es sûre de ce que tu fais ?
Et si j'étais un profiteur, un sale type qui te manipule pour ton argent ?

C'est le cas ?

Bien sûr que non !!!

Alors, tout va bien !
Réfléchis.
Pour moi, c'est OUI.

Chapitre 78

Putain de sacrifice

Janvier file toujours à une allure incroyable. Après le réveillon, le besoin se fait sentir de se poser un peu pour récupérer des festins et des couchers tardifs, alors que la nouvelle année n'attend personne pour filer vers février. J'ai obtenu de ne pas être d'astreinte ni à Noël ni au nouvel an, pour une fois, ce qui m'a permis de partager ce moment délicieux avec Capucine. Nous sommes déjà à la moitié du mois et je retrouve le chemin du cabinet. Voilà bientôt quatre semaines que je ne l'ai pas vue. Diane semble reposée. Elle n'a plus les traits tirés comme en décembre. Je m'autorise à lui souhaiter une année sans bouffées de chaleur. Elle rit et m'annonce qu'elle en a fini avec ce calvaire. Traitement hormonal engagé. Elle en profite pour me dire qu'il faut parfois savoir affronter ses peurs. Ajoute un clin d'œil prononcé.

Message reçu !

— Et à vous, que dois-je souhaiter ?

— Je n'ose pas trop vous le dire.

— Vous voilà bien prude soudain.

— C'est intime. Disons d'ordre sexuel.

— En quoi le sexe est plus intime que le fond de vos pensées, de vos cauchemars, de vos peurs dont vous me parlez depuis des années ?

Elle marque un point. Le sexe n'est pas plus intime qu'autre chose, il est tabou. Je lui parle alors de mon érection fragile, de ma honte. De cette impression de ne pas être assez viril. De la peur de ce qu'a pu penser Capucine.

— Elle s'est moquée ? Était déçue ? Vous a fait une remarque ?

— Pas du tout. Au contraire. Les choses ne coulaient pas de source de son côté non plus si vous voyez ce que je veux dire.

— C'était la première fois ?

— Oui.

— Vous en gardez un mauvais souvenir, l'un et l'autre ?

— Non, au contraire. Nous en avons ri. Tout est simple avec elle. Comme si nos corps serrés lui suffisaient.

— Et à vous ?

Je suis en train de m'attacher à Capucine comme à une amie, une petite sœur, un morceau de moi-même tant j'ai besoin de veiller sur elle. Je ne supporte pas l'idée qu'on puisse lui faire du mal, qu'elle puisse souffrir encore après ce qu'elle a vécu, que je puisse la perdre. J'aimerais casser la gueule à Simonet, celui en liberté, celui qui a tué ses parents sans rien payer.

— Je ne sais toujours pas si je dois lui parler de ce que j'ai découvert. Je n'ai aucune réponse. J'ai beau chercher.

— Demandez-vous ce qu'une telle révélation lui apporterait ?

— La vérité.

— Lui cacher quelque chose vous pose problème ?

— Un peu.

— Une cachotterie qui fragiliserait les fondations de votre relation ? Mais cette cachotterie existe depuis que vous avez commencé à mettre votre nez dans cette affaire, et ne vous a pas empêché de poursuivre vos recherches.

— Certes.

— Quel effet aurait cette vérité sur elle ? Vous me dites que vous vous comprenez si bien. Mettez-vous à sa place et essayez de vous projeter.

— Je le vivrais avec beaucoup de colère, et je ressentirais énormément d'injustice, vouloir le faire payer sans que ce soit possible parce que l'affaire est classée. Et puis cela remuerait des souvenirs tristes.

— Souhaitez-vous provoquer ces émotions chez elle ?

— Non, bien au contraire. J'aimerais la voir apaisée, calme, heureuse.

— Vous avez donc la réponse.

— Alors pourquoi je ressens cette colère d'avoir découvert cette vérité ? Pourquoi je n'arrive pas à m'en débarrasser, à faire comme si de rien n'était ?

— Que ressentez-vous pour le petit frère en prison ?

— De l'injustice.

— Pourtant, il a laissé faire ?

— Il s'est sacrifié, il n'avait pas le choix.

— Tiens, tiens !

Ce putain de sacrifice dont nous parlons depuis des années, qui m'a poussé à m'engager dans l'armée, pour faire comme mon père, pour ne pas le décevoir de là où il était, pour le remplacer. Également parce que je ne supportais pas de voir des gens souffrir, de ne pas pouvoir leur porter secours, les défendre, les aider. Qu'ils soient proches ou inconnus. Défendre, protéger, m'oublier, pour éradiquer les injustices qui me rendaient fou. Un sacrifice qui a failli me tuer, qui me hante depuis le Mali. J'ai apprivoisé l'idée de ne plus poursuivre ce schéma. J'ai posé ma démission. Je réfléchis à d'autres activités professionnelles. Mais Diane appuie sur la blessure encore présente. Là où ce n'est pas tout à fait guéri. Le chemin est long. Bien trop long. J'aimerais pouvoir cocher, décocher, au fond de moi, les cases qui me conviennent, celles qui ne me conviennent pas, et me reformater avec les nouvelles données au fur et à mesure de leur prise de conscience.

— Nous n'aurions plus de travail si nos patients pouvaient tout régler ainsi, en cochant une grille comme au loto ! Que pouvez-vous faire pour apaiser cette colère ?

— Rien. Le procès ne sera pas rouvert. Il n'y a aucune preuve. Juste le témoignage d'un vieux en EHPAD.

— Vous savez, je pense que pour ce jeune détenu, qui a purgé sa peine dans le silence et l'indifférence, votre visite, le fait que vous sachiez, que vous lui ayez dit, doit déjà lui faire énormément de bien.

— Sans pour autant rattraper l'injustice.

— Même Superman ne peut pas sauver le monde. Ce vieux monsieur vous a confié sa pochette en vous disant qu'il ne voulait pas emmener cette affaire dans sa tombe. Il a fait sa part. Vous aussi. Et si vous laissiez aussi cette pochette ?

— À qui ?

— Brûlez-la ?

— Je me sens quand même impuissant.

Elle rebondit sur cette impuissance pour revenir à ma sexualité. Elle saisit chaque perche, chaque mot. Elle m'explique que la puissance sexuelle est parfois incompatible avec la protection de son partenaire, que même si l'autre nous y autorise, quand on pénètre, on s'accorde un droit sur lui.

— Peut-être que vous êtes tellement protecteur avec elle que vous n'osez pas la bousculer. Or, le sexe, ça bouscule, ça secoue, ça met à nu, ça pousse dans les retranchements, ça ne réfléchit pas, c'est un peu sauvage, un peu fais-moi mal. C'est du rentre-dedans. Au propre et au figuré.

Puis elle me demande s'il est grave de ne pas avoir de relations sexuelles au sens orgasmique du terme avec une personne qu'on aime.

Avec Capucine, rien n'est grave. La seule chose qui nous importe est de passer du temps ensemble, et de sentir la peau de l'autre sur la sienne.

— Vous me faites penser à deux tortues sans carapace. Et soudain, vous vous retrouvez. Ah tiens, toi aussi, tu es une tortue ? Tu n'es pas une hyène, un requin, un chacal. Et quand vous vous prenez dans les bras, c'est comme si l'un était la carapace de l'autre, et l'autre la carapace de l'un.

Chapitre 79

L'âme de la maison

La jeune fille au pompon rouge est revenue. Toute seule. Sans l'agent immobilier. De toute façon, celui-là, à part se faire de l'argent sur le dos des gens… Et puis, on peut y entrer même sans la clé, par la porte du bûcher, à l'arrière. Je le sais, j'y vais régulièrement. Il y a encore le vieux buffet à la cuisine, et le lit de Madeleine dans la chambre à l'étage. Tout est pourri, à cause de l'humidité. Quel gâchis. Je fais attention quand j'y vais. Faudrait pas que je passe à travers le plancher.

Elle en veut, la gamine. Il fait froid aujourd'hui. La neige tombée à la nouvelle année est restée. Forcément, c'est descendu jusqu'à des moins douze la nuit. Et jamais au-dessus de moins six en journée, depuis presque deux semaines. Un froid polaire exceptionnel, qu'ils disent aux infos. Mais on avait ça tous les hivers quand j'étais gosse.

Par contre, les arbres ont souffert. Les jeunes bouleaux ont plié. Certains touchent le sol. On ne voit plus l'étang. Une couche de glace doit l'avoir saisi sans prévenir. Et la neige s'est posée dessus.

Je suis assis là, et je pense à Madeleine qui fendait du bois dans la neige. Je l'aurais aidée, moi, mais je n'avais pas le droit de mettre les pieds dans la cour. Son père me chassait. Le salopard. Elle en bavait, ma Madeleine.

La jeune fille est venue avec un 4 × 4 cette fois-ci. Peut-être à cause de la neige.

Elle fait tout le tour de l'étang, du bâtiment, je la vois passer devant la fenêtre aux carreaux cassés à l'étage. Elle a trouvé la porte du bûcher. Elle ose. J'aime ça. Elle s'en va un peu plus loin, regarde la vue.

Et puis elle disparaît dans la forêt.

Ça dure un moment. Me voilà contrarié. J'ai froid. J'aimerais rentrer, mais pas tant qu'elle est pas repartie. Je m'en voudrais de louper un truc.

— Bonjour !

Bon nom ! Je sursaute. Je l'ai pas entendue venir par le chemin derrière, trop occupé à guetter la maison.

Elle me demande si elle peut s'asseoir un peu sur le banc avec moi. Je lui prête un bout de ma couverture. Le bois est gelé.

On reste un moment à regarder la vieille bâtisse sans trop rien dire, juste parler de la météo.

— Vous habitez par ici ?

— Au bout de la route, là-bas, la maison où qu'on voit qu'un bout du toit.

Je lui montre avec ma canne. C'est pas loin, à vol d'oiseau, mais mine de rien, à pied, ça me prend bien une demi-heure, surtout dans la neige. Les aides-soignantes me crient. Elles me disent que ça glisse, me menacent de fracture du col du fémur. Je m'en fiche. Je vous l'ai dit, je veux mourir ici !

— Elle vous intéresse, la maison ? que je lui demande.

— Je crois oui. J'aime l'endroit. C'est calme. Et elle a du potentiel, même si cela implique beaucoup de travaux. On sent qu'elle a une âme cette maison.

— Ah ça…

Elle m'a ému, la petite, en parlant d'âme, parce que dans la maison, il y a encore celle de Madeleine qui flotte. Je lui demande ce qu'elle veut y faire. Un petit bout de femme comme elle, venir s'enterrer ici toute seule, c'est pas courant. Elle parle de ruches, d'abeilles, de miel. Peut-être d'un compagnon, de créer une structure d'accueil pour des femmes battues, des personnes handicapées.

Heureusement qu'il fait froid et que je suis vieux. Comme ça, j'ai le droit de pleurer des yeux sans qu'on croie que je pleure aussi dedans.

Tu vois, Madeleine, tu vois, ton âme elle pourra encore être honorée.

Chapitre 80

Guérir du Mali

Nous nous sommes promenés dans la neige, avec nos grosses chaussures et nos doudounes. Il fait trop froid pour courir. Capucine portait son bonnet. Ce pompon rouge dans le paysage blanc, c'est comme un nez de clown. Je n'avais pas autant ri depuis longtemps. Elle me dynamise. Je repense à ces expériences en biologie au lycée, à notre solution dans un Bécher, un aimant au fond, qu'on posait sur le mélangeur magnétique. Elle est cet aimant dans ma solution. Et la solution à bien des questions que je trimballe en moi depuis toujours. Peut-être juste parce qu'elle les connaît et cherche à y répondre elle aussi.

Le paysage était sublime et calme dans la forêt. Le froid avait figé la vie, qui scintillait sous le soleil. Des stalactites tombaient des branches, à force de fondre le jour et de glacer la nuit. Je lui en ai cueilli un. Elle en a cueilli un autre. Et les a fichés sous les gencives pour ressembler à un morse.

J'ai secoué les branches quand elle passait dessous. Elle râlait en parlant de neige dans le cou. Elle a essayé de faire des boules et de me les lancer pour se venger, sans réussir une seule fois tant elle était poudreuse. Nous avons fini par nous rouler dedans et par dévaler un bout de clairière, nos corps l'un contre l'autre, à tournebouler en riant.

La dernière fois que mon corps avait roulé ainsi, c'était dans le sable africain, et je croyais que j'allais mourir.

Capucine me guérit du Mali. Elle me donne envie de croire que je ne vais jamais mourir.

Nous nous sommes douchés ensemble. Pour sentir la chaleur de l'eau sur nos peaux gelées, la chaleur de l'autre sur nos solitudes. Notre nudité. Elle me dit qu'elle aime mon corps, ma peau métisse, mon odeur, mes muscles, mes tatouages. Elle les parcourt du bout de l'index, comme pour les redessiner. Mes cicatrices aussi, qu'elle embrasse doucement. J'aime le sien, ses jambes musclées, ses petits seins et ses tétons saillants, ses bras fins, son ventre plat, son nombril abîmé, un souci de cicatrisation du cordon, précise-t-elle quand je m'y attarde. Elle aimerait se faire tatouer. Elle y pense. Me demande conseil. Me propose de deviner quand je lui demande quel motif.

Une abeille ?

Elle sourit.

J'ai gagné.

Elle chuchote dans mon oreille, entre les gouttes de sa douche tropicale. *J'ai quelque chose à te proposer.*

Je l'embrasse pour qu'elle ne me dise rien, là, tout de suite. J'ai peur que certains mots ruissellent sans que je les entende. Il était sérieux, son chuchotement. Je veux qu'on prenne le temps.

Elle a ouvert du champagne, me propose une crème de foin pour un kir campagne. Quelques bretzels, des tronçons de carotte, un peu de fromage frais. Elle se lance. J'ai envie de dire oui, avant même de savoir.

— J'ai visité une maison à plusieurs reprises. Elle est loin d'ici, de l'autre côté de la crête, précise-t-elle en désignant les collines sous-vosgiennes à travers l'immense baie vitrée. Une vieille bâtisse, tu sais, avec l'arche en pierre de grès ? Elle est à l'abandon, il pleut dans les chambres du haut, tout est à refaire. Mais c'est immense, il y a un grand terrain de dix hectares autour, la forêt juste derrière, c'est isolé, calme, avec une jolie vue. Je pourrais y mettre mes ruches pour faire du miel de sapin. Énorme changement que je sens nécessaire. J'aimerais que ce soit avec toi.

Elle continue à parler mais je n'entends plus qu'un mot sur deux. J'essaie de réaliser la proposition qu'elle vient de me faire. Je n'y arrive pas. C'est trop beau, trop simple. Je me dis là, dans la seconde, alors qu'elle s'est tue, voyant mon vertige, que j'ai peut-être survécu à l'accident d'hélico pour ce moment précis. Que la mort m'a fichu la paix il y a quelques années pour me confier au destin de Capucine.

— Ça va ?

Bien sûr que ça va. Enfin non, ça ne va pas, ça brille, ça chante, ça rit. Ça ne va pas, ça pétille, ça imagine, ça fuse. Je pose ma coupe et je m'assois à côté d'elle pour la serrer dans mes bras. La seconde d'après, tout s'assombrit, se brouille, s'effondre.

— Je n'ai rien à apporter dans ce projet. Je n'ai pas d'argent de côté, pas de plan d'épargne logement. Même pas de retraite militaire !

— Tu as tes bras, tes jambes, tes idées et ton chien. Je ne te demande rien d'autre. Avec la valeur de cette villa, je peux rendre la moitié à ma sœur et avoir encore de quoi acheter là-bas et faire les travaux.

— Je ne veux pas qu'on dise que je profite de toi.

— On ne laissera personne le penser ! On va faire les choses dans l'ordre. Vivre un peu ensemble ici. Réfléchir au projet, monter le dossier administratif et garder chacun notre indépendance. Tu seras libre de partir ou moi de te le demander si on ne s'entend pas. Mais comme dit Diderot : Et si les choses se passent bien ?

Elle me secoue les épaules pour me réveiller de ma torpeur. Elle ajoute qu'elle veut tourner la page. Il y a eu sa première existence avec sa sœur, maintenant qu'elle est partie, elle veut changer de lieu pour changer de chapitre. Ce nouveau récit, elle m'y voit, on a des choses à raconter ensemble.

— Tu es sûre de toi ?

— J'étais sûre de faire médecine. Sûre de voir vieillir mon père. Sûre qu'Adélie ferait comme lui. Il faut peut-être arrêter d'être sûr pour agir.

Moi, je suis sûr d'aimer les petits lapins, Épicure et Spinoza réunis. Peu importe si cette rencontre aurait pu ne pas être ou ne pouvait pas ne pas être. Elle est.

J'ai hâte de tout maintenant. Qu'elle m'emmène voir cette maison, de réfléchir aux travaux, d'être au printemps pour quitter mes fonctions, de venir vivre ici un temps, de retrousser mes manches et de me jeter dans cette bataille-là qui construit au lieu de détruire. Elle se serre un peu plus contre moi, je sens son souffle chaud dans mon cou.

— Je crois que j'ai trouvé mon verbe…

Chapitre 81

Ne plus résister

Un courrier est arrivé dans la boîte aux lettres de Capucine. Sans timbre. Son oncle est passé le déposer.

Une lettre qui ne contient qu'un poème et une phrase.

J'aimerais venir te voir pour qu'on puisse se parler.

Adélie avait annoncé à sa grande sœur qu'il revoyait son psy depuis Noël. Qu'il s'en voulait. Qu'il travaillait sur ses peurs et ses conflits intérieurs. Qu'il n'avait qu'elles. Sa peur de les perdre.

Elle a repensé à la phrase du Dr Diderot : qui doit s'adapter à qui ?

Et s'il était prêt à s'adapter, lui ?

Capucine l'a invité à prendre le goûter.

Elle entend la voiture.

Quand elle ouvre la porte, il se tient penaud, sous la pluie, sans parapluie, un bouquet dans une main et un gâteau au chocolat dans l'autre.

Elle a déposé les fleurs et la pâtisserie à la cuisine pendant qu'il se déchausse et suspend sa doudoune au crochet de l'entrée. Il n'ose pas aller plus loin.

Elle revient, le prend dans ses bras et lui propose de venir s'asseoir au salon.

— Tu as des choses à me raconter, je crois, dit-elle en posant le plateau du goûter sur la table basse.

— Je m'en veux, Capucine. Je m'en veux d'être ainsi. Un gros con psychorigide. Mais je travaille. J'ai repris mes séances chez le psy.

— Adélie me l'a dit. J'en suis heureuse, elles te feront du bien.

— Il m'aide à comprendre les raisons de ces idées. On a cherché d'où elles pouvaient venir.

Bertrand se confie alors à sa nièce sur une période de son enfance dont il n'a parlé à personne. Jamais. Même Jean-Baptiste ne l'a pas su. Un secret bien gardé, un peu honteux. Une sorte d'abandon qu'on ne veut pas s'avouer.

— Quand ton père est né, j'avais cinq ans. Ma mère était seule pour accoucher. Tu sais que notre père était routier à l'international, il partait la semaine, parfois plusieurs d'affilée. Elle m'a déposé chez ses parents en partant à la maternité. Elle a mis deux ans à revenir me chercher.

— Deux ans ? Sans te voir ?

— Si, elle passait certains soirs, parfois le dimanche. Pour montrer le bébé à ses parents, me dire qu'elle était trop fatiguée pour me reprendre mais qu'elle irait bientôt mieux.

Capucine le regarde, les larmes aux yeux. Alors lui aussi. Lui aussi peut comprendre la blessure, l'absence de mère, le rejet, le *je ne suis rien à ses yeux*.

— C'est ma grand-mère qui lui a dit un jour qu'elle devait me reprendre. Elle avait des problèmes de santé, un cancer à vaincre. Et puis, elle lui a fait la morale. Mémé voyait bien que j'étais malheureux.

— Et tu as été plus heureux en retournant à la maison ?

— Je ne sais pas. Pas sûr. Mais les choses étaient ainsi, je n'avais pas le choix. Personne n'en a jamais reparlé dans la famille.

— Et tu éprouves le besoin de me le dévoiler aujourd'hui.

— Oui. Parce que Pépé s'est beaucoup occupé de moi durant ces deux ans. Il m'a tout appris du jardin, des vergers, je l'ai même aidé à faire de la goutte. J'étais petit. Il me parlait de tout et de rien. Des Noirs et des Arabes. De ces chiens qui venaient nous envahir. Il n'était pas méchant par ailleurs, mais il avait cette haine de l'étranger dont il ne se cachait pas. Alors qu'ils vivaient dans un village on ne peut plus alsacien, avec des habitants du cru, pas d'étrangers.

— L'inconnu fait peur.

— J'ai baigné dans ce discours à un moment où une faille se creusait violemment en moi. Le psy pense que ce racisme s'y est insinué et installé solidement. Il m'aide à nettoyer les parois, et à combler un peu la faille par la même occasion.

Capucine est touchée par les confidences de son oncle. Il a les yeux humides. Elle ne l'a jamais vu pleurer, même au décès de son frère. Un chagrin contenu. Il a dû apprendre à retenir ses larmes avant la marche et la parole. Elle se demande quelle situation est plus destructrice, une mère qui part définitivement ou une autre qui rejette au profit d'un frère.

Elle s'approche de Bertrand et le prend à nouveau dans ses bras. Il ne cédera pas aux larmes. La forteresse est trop solide, des murs en triple épaisseur, des contreforts, des douves et juste un pont-levis pour ses deux nièces et sa petite souris.

Capucine sort alors la pochette de dessins rangée sous la table basse et les lui montre. Son oncle sourit en prenant le temps de les observer attentivement.

— Tu sais pourquoi j'étais à ce point attirée par les abeilles ?

— Je pense, oui. Je ne te l'ai pas dit quand nous avons parlé de ta mère. Un épisode incroyable a eu lieu la veille de son départ. Je me souviens du récit de ton père comme si c'était hier. Une belle journée de juin, pas trop chaude, un peu venteuse. Ils étaient partis faire un pique-nique dans la clairière de l'abbaye de Niedermunster. Tu commençais à marcher mais tu te déplaçais surtout à quatre pattes, à une vitesse déconcertante. Tu as échappé quelques instants à la vigilance de tes parents, occupés à essayer de résoudre une énième névrose de ta maman. Tu étais assise au pied d'un chêne en lisière de forêt. Les bras tendus, tu riais. Des abeilles virevoltaient tout autour de toi et se posaient les unes après les autres sur tes mains, tes bras, ton dos, dans tes cheveux. Tu riais sans bouger. Des centaines d'abeilles, peut-être des milliers. Corinne a paniqué, elle a voulu s'élancer vers toi mais Jean-Baptiste l'a retenue par le bras en lui disant *surtout pas*. Notre grand-père, le fameux, avait des ruches, il nous parlait souvent des abeilles. Ton père avait eu beau expliquer à Corinne que les abeilles qui essaiment sont tellement gavées de miel en quittant la ruche qu'elles ne peuvent plus piquer, qu'intervenir les aurait excitées, ta mère est partie fâchée dans la voiture, elle ne voulait pas voir la scène, elle le traitait d'irresponsable. Il est resté un bon moment à t'observer de loin, vigilant mais confiant. Tu semblais très à l'aise malgré tous ces insectes sur toi. Et puis, sans raison apparente, l'essaim en a rejoint un autre, déjà installé autour d'une branche de l'arbre au-dessus de toi. Jean-Baptiste était encore ému quelques jours plus tard, en me relatant la scène dans les moindres détails.

— C'est pour cette raison qu'il m'appelait sa toute petite reine ?

— Pour cet épisode et pour tous les autres. Par la suite, à plusieurs reprises, tu as été en contact avec des abeilles sans qu'il ne se passe rien. Jamais plus à ce point-là, certes, mais quand les autres petites filles partaient en courant au moindre bourdonnement, toi, tu restais immobile à observer l'abeille posée sur ton bras.

— Comme quand tu es venu me voir à la sortie des urgences.

— Exactement ! Et regarde tous ces dessins que tu as faits.

— C'est vrai que je n'ai jamais eu peur des abeilles, mais je n'ai pas de souvenirs de ce que tu me dis.

— Tu étais minuscule, pas encore à l'âge de la mémoire. Et je pense que ta rage de faire médecine ensuite a occulté cette envie d'enfant. J'avais même gardé des ruches de Pépé au cas où.

— Vraiment ? Tu les as encore ?

— Oui, au grenier, chez moi. Elles me mangent la moitié de la place, mais je n'ai jamais pu me résoudre à m'en débarrasser.

— Tu me les montreras ?

— Évidemment.

— Tu crois que je pourrai y installer des abeilles noires ou Pépé va se retourner dans sa tombe ?

— Je crois qu'on n'en a rien à faire qu'il le prenne mal.

— Papa te parlait souvent de moi ?

— Tout le temps.

— Pour te dire quoi ?

— À quel point tu étais exceptionnelle, brillante, généreuse, sensible.

— Il me manque.

— À moi aussi, tu sais ?

La toute petite reine

Oh je m'en veux, petite, de toutes ces idées crasses
Honteux de mes limites, et d'être l'autre face
De ta pièce de monnaie, ouverte vers les autres
Contre les Noirs, les gays, de quoi suis-je l'apôtre ?

Je ne sais pas pourquoi je les ai en horreur
C'est tout au fond de moi, sûrement une peur
Ridicule, infondée, inutile et mauvaise
Que je veux démonter, pour que tu sois à l'aise.

Il paraît qu'on ne change que dans de rares cas
J'en ferai mon challenge, je veux franchir ce pas
Pour ne pas te froisser, te perdre, m'éloigner
On en a eu assez, des drames alignés.

Je te promets, petite, que je l'accueillerai
Le cœur ouvert pour vite, le voir à tes côtés
Tu mérites aujourd'hui de trouver ton bonheur
Et d'embrasser la vie, comme ta petite sœur.

Chapitre 82

Chuchoter sous les draps

Capucine a eu l'idée, Adrien l'a trouvée bonne. Ils ont attendu le mois de février pour laisser un peu de temps à Bertrand. Elle ne lui dira rien. La surprise, quitte ou double, vaut d'être tentée. Quand il a appelé sa mère pour lui proposer une date, elle a dansé de joie, il l'a entendu dans sa voix.

Elle veut s'occuper de tout, rapporte dans sa valise les ingrédients spécifiques, certaines épices qu'elle trouve dans une boutique spécialisée de Lyon, quelques légumes. Le reste est inscrit sur une liste de courses qu'Adrien a reçue par SMS.

Il est parti la chercher à la gare. Capucine les attend chez elle. Elle garde Bloom. Assise par terre, sur le tapis du salon, adossée au canapé, la tête du chien sur sa cuisse, elle le caresse en pensant à Oscar. Il faudra bien qu'elle le finalise, qu'elle lui offre sa complétude. Elle réalise le parallèle entre l'évolution de ce squelette et sa propre construction. Diderot adorerait le symbole, il faut qu'elle lui en parle. Jean-Baptiste a fait naître sous ses mains le squelette de bois, comme sa fille s'est façonnée sous ses yeux. Et puis l'accident. Capucine prend le relais et les outils et, tout en taillant, ponçant, coupant, elle finit de se construire elle-même, de façon autonome. Aujourd'hui, tout est prêt. Le dernier os est achevé, il lui suffit de le fixer et Oscar sera terminé. Aujourd'hui, Capucine se sent prête également, comme si son propre squelette était entier, comme si elle pouvait enfin se mettre en mouvement.

Elle aime l'idée. Il lui reste cette dernière chose à faire.

Bloom redresse sa tête, les oreilles à l'affût. La voiture s'est garée. Il se dirige vers l'entrée, s'assoit à quelques mètres de la porte, écoute. Capucine s'adosse à la cloison juste derrière lui. Comité d'accueil au complet.

Émilie porte une grande robe bleue, un bandeau dans les cheveux, des bottines aux pieds. Elle tend son manteau à Adrien puis ses bras en direction de Capucine. Comment refuser une telle invitation ?

— Comme je suis heureuse de te rencontrer, dit la femme en refermant ses bras sur cette fille-brindille.

Capucine retient derrière ses paupières cette poussée d'émotion qui la saisit en se sentant ainsi enveloppée d'affection. Cet instant de partage sincère, d'accueil d'un corps de femme par un autre corps de femme souligne l'absence, la mère qu'elle n'a pas eue. Qui n'a pas su. Qui s'est sauvée. Émilie, dans sa joie simple et sa rondeur, raccommode la déchirure enfantine, pose une pièce d'un autre tissu sur le trou jamais recousu.

La soirée se passe, joyeuse et colorée. Capucine a préparé une choucroute pour confronter les traditions. Ils parlent cuisine, famille, région. On installe Émilie dans la chambre d'amis. Elle veut se reposer pour être d'attaque le lendemain.

Adrien et Capucine chuchotent sous les draps. Ils aiment baisser la voix pour les mots importants.

— Elle t'adore.

Capucine pense à son oncle. Elle aimerait tant pouvoir prononcer cette phrase à Adrien. Elle pense à son père qui l'aurait accueilli les bras grands ouverts aussi. Mais si Jean-Baptiste était encore là, Adrien ne serait pas allongé sous ses draps. Ce drôle de destin tout en arborescence. Dont certaines branches cassent et d'autres repoussent de plus belle. Ce drôle de destin dont on n'est jamais sûr de rien, sauf du présent. Et encore. Ce drôle de destin qui coule tout seul, même quand on cesse de réfléchir.

— À quoi tu penses ? lui demande-t-il.

— Aux arbres qui restent debout.

Ce soir, ils font l'amour simplement. Sans fanfare ni performance. Il entre en elle et elle l'accueille. Ils jouissent de se compléter, ont plaisir à ne faire qu'un. Ils se respirent et se protègent, réunissent leur carapace pour en faire une autre, plus grande, pour s'y sentir à l'abri. Un abri qui leur suffit.

Au diable le monde.

Les chauffards, les terroristes, les hélicos, les accidents.

Ils sont là, sous un drap, ils se fondent.

Ils sont unis.

Au diable le reste.

*
* *

Les plats finissent de mijoter. Émilie a passé une bonne partie de la journée dans la cuisine. Elle a épluché, coupé, rincé, fait rissoler, pour tout un régiment. Il doit en rester. Toujours. Ne jamais risquer de manquer. On pourrait croire que…

Toute la maison embaume. Poulet rôti, épices, bouillon.

Toute la maison a vibré. La musique était forte. Émilie a chanté.

Bertrand doit arriver. Capucine retient son souffle. Quitte ou double.

Il aime manger. Elle table sur cet aspect pour rattraper le fracas, pour arrondir les angles, si jamais.

Elle a bon espoir après sa visite il y a deux semaines, leur discussion, ses confidences et ses envies de se débarrasser du passé.

Bloom se lève et se dirige vers l'entrée. La sonnette retentit. Adrien n'a rien dit à sa mère de la réaction de l'oncle. Il préfère l'improvisation aux scènes trop répétées.

Capucine l'embrasse. Elle est heureuse de le revoir. Lui plus encore. Il accroche son manteau, enlève ses chaussures, enfile des chaussons. Une caresse au chien et il s'avance.

Les présentations sont faites. *Adrien, sa maman Émilie. Bertrand, mon oncle.*

Et là, contre toute attente, ou alors était-ce écrit, Émilie prend l'homme contre elle. C'est ici que tout se joue.

Émilie rit, exprime son plaisir de le rencontrer, parle déjà de Capucine, de ses qualités, de la joie qu'ils s'entendent si bien.

Bertrand, timide, dans ses petits souliers, sourit nerveusement. Personne ne l'a prévenu. Il s'est assis dans le fauteuil, un verre de jus de mangue à la main, elle lui a précisé qu'il n'y avait pas d'alcool dedans, de la façon la plus naturelle du monde, comme si ce n'était pas un problème pour elle d'avoir été prévenue de son alcoolisme passé. Il ne se sent pas jugé. Il se sent accueilli dans ce qu'il est, dans ce qu'il a été. Il les regarde et se dit qu'ils sont heureux, tous les trois, qu'il n'a pas le droit de gâcher leur plaisir. Qu'il peut même prétendre à une part du gâteau. Il observe Émilie qui parle en faisant mille gestes, qui éclate de rire au bout de chaque phrase. Il se dit qu'elle est un poème à elle toute seule.

De poème, il en est question juste après, alors que Capucine accompagne Émilie en cuisine pour les derniers préparatifs. Adrien ne laisse pas s'installer le silence. Il pourrait être lourd à défricher ensuite.

— Capucine m'a dit que vous écriviez de la poésie ?

— Oui, j'aime bien. Écrire m'occupe et me met de l'ordre dans les idées.

— Moi aussi, j'en écrivais quand j'étais au Mali. Pour transcender certaines situations un peu difficiles à digérer. C'est dommage, je les ai perdus à mon retour en France.

Bertrand lui pose des questions sur ses missions, sur les conditions de terrain, s'il va y retourner. Adrien lui parle des djihadistes, de l'hélico, des cauchemars, de sa décision de reconversion. Bloom l'écoute parler de lui.

Bertrand caresse le chien en écoutant attentivement le récit de son maître. Quelque chose se dessine au fond de lui, de l'ordre de l'admiration. Lui qui n'a jamais su s'engager, qui fait son petit travail dans son coin, rentre dans sa petite maison, fait son petit jardin. Sans rien demander à personne. Sans rien devoir non plus. Mais sans rien retirer de grandiose. Ce jeune homme lui parle de base militaire, de combats, de blessures, de la mort frôlée à plusieurs reprises, de rapatriement, de rééducation, de syndrome post-traumatique, de sécurité, de dispositifs, d'alertes à la bombe, d'uniforme, de service.

Capucine les regarde de loin. Elle se dit que c'est peut-être gagné.

Au long de la soirée, elle observe Bertrand, son oncle en noir et blanc. Il reprend des couleurs, doucement. Se détend, se met à sourire. Se laisse resservir, félicite la cuisinière. Garde une place pour le dessert. S'en va faire les cafés. Émilie le rejoint pour l'aider. La musique en sourdine, dans la cuisine. Adrien qui fait signe à Capucine. Sa mère montre à l'homme un petit pas de danse, une façon de groover. Elle lui a pris les mains et essaie de l'entraîner. Raide comme un piquet, il se met à essayer. Et elle l'encourage, elle bouge autour de lui. Elle rit encore, elle rit toujours et le prend dans ses bras pour le féliciter.

Ils ont dansé ensemble. Ils ont dansé…

Chapitre 83

Le sac volé

Mon ami m'a prévenu du jour, de l'heure.

Je suis garé sur le parking. Bloom est assis à mes pieds. Si j'étais fumeur, j'aurais sorti une cigarette à ce moment précis.

Je suis assez loin de l'entrée, suffisamment pour ne pas être vu. Assez près pour guetter.

Il sort enfin, son sac de sport sur l'épaule. Il n'est pas très habillé pour la météo maussade de ce mois de février. Je le vois remonter le col de sa veste. Il scrute les alentours, attend un peu. Comme je le pressentais, personne n'est là pour lui. Il engage le pas vers l'arrêt de bus. Je donne l'ordre à Bloom. *Cherche le sac !*

Mon chien s'élance, arrive à sa hauteur en quelques secondes. D'abord surpris, le jeune homme le reconnaît, s'accroupit et laisse glisser son sac au sol pour caresser Bloom. Mon chien en profite. Malgré le poids, il arrive à le soulever et trottine dans ma direction. *Hé toi, rends-moi ça !* Le sac tombe par moments, Bloom le traîne, le saisit à nouveau, court plus vite, le lâche. Le jeune homme cesse de le poursuivre quand il m'aperçoit, marche dans ma direction, arrive à ma hauteur, en même temps que Bloom, qui tire la langue après l'effort.

— Je n'étais pas sûr que quelqu'un t'attende.

— Je peux me débrouiller.

— Monte, je te dépose.

J'ai posé la chemise en carton sur le tableau de bord pour qu'il puisse s'asseoir, j'enferme mon chien dans le coffre et je m'installe au volant. Il monte. Nous démarrons en silence. Que dire après tant d'années ? Que dire de se sentir aussi abandonné à la sortie qu'à l'entrée ?

— Pourquoi vous faites toutes ces choses pour moi ?

— Je termine quelque chose.

Nous prenons l'autoroute. Passons devant la maison d'arrêt. Il regarde droit devant lui, ne tourne la tête qu'une fois qu'elle est derrière nous. Maintenant, ce sont des peupliers, des marécages, une station-service, une zone commerciale, des voitures, des camions, du trafic, des parkings, des magasins, la vie. Il la mange des yeux, comme pour renouer. C'en est presque une orgie, autant, si vite.

Quand j'emprunte la bretelle de sortie, il me dit que je me trompe, que ce n'est pas la direction pour aller chez ses parents. Je lui parle d'une étape.

Des champs nus, les premières maisons, un village, on tourne à droite, puis à gauche. Allée des Lilas. Je me gare de l'autre côté de la rue, devant l'établissement, je coupe le moteur.

— Dans la chemise, là, devant toi, il y a toute la correspondance avec Albert. Tous les articles qu'il a gardés. Une lettre qui raconte ce qu'il a vu.

— Pourquoi il n'a rien dit ?

— Pourquoi toi, tu n'as rien dit ?

— Parce que je ne pouvais pas, c'était trop tard.

— Lui, pareil. Personne ne lui a demandé. Après, c'était trop tard. Rien n'est jamais trop tard. Pas forcément pour revenir sur le passé, mais pour choisir ce que tu veux faire de ton avenir. Je vais te déposer là. Dans l'enveloppe, il y a les coordonnées d'un avocat. Un bon. Un juste. Qui aime bien réparer ce qui ne l'est pas. Si jamais. Il y a un peu d'argent aussi. Fais-en ce que tu veux. Un taxi pour rentrer chez tes parents, un billet de train pour partir loin d'ici. Une nuit dans un hôtel pas trop cher, pour réfléchir. Avant, je pense qu'Albert aurait plaisir à te voir.

Il hésite un instant, saisit la pochette, sort de la voiture, ouvre la portière arrière pour prendre son sac, me dit merci et la referme.

Je lui fais signe de la main et je démarre.

Je ne veux pas savoir.

Je ne veux plus savoir.

J'ai fait ma part.

Chapitre 84

Souffler sur l'incandescence

C'est peut-être une des dernières consultations pour elle.

Capucine est assise dans le fauteuil avec une assurance que je ne lui avais pas encore connue. Elle est ancrée. Je songe à la première fois, quand elle est arrivée ici, échouée sur une île inconnue, aussi seule que Vendredi. Elle s'est installée sans vraiment se poser. Le coussin s'est à peine déformé. Elle préférait survoler, elle ne voulait pas rester. Ce n'était pas intéressant de parler d'elle.

Des à-quoi-bon comme elle, j'en ai eu des centaines. Peu de patients viennent nous consulter avec enthousiasme. Plutôt à reculons, à demi-mot, petit pas après petit pas, sans en avoir le cœur, l'air de rien, en freinant des quatre fers. Notre travail ne réjouit que les vieux habitués qui ont compris en quoi une psychothérapie peut être grandiose, motivante, bouleversante. Tous les cas sont intéressants, les premières fois comme les dernières, les occasionnels comme les abonnés, les enfants, les âgés. Ils ont tous des histoires à raconter, des peines à digérer, des conflits à désamorcer ou des bombes à faire exploser.

— Tout s'aligne. Quand je suis venue la première fois, j'avais l'impression que tout était cassé en moi, mal rangé, comme un puzzle défait. Et là, tout s'aligne. C'est fou.

— Parce que vous avez rangé les pièces. L'assemblage est plus facile. Question de méthode.

— Je crois qu'Adrien et moi ne serons jamais un couple normal.

— C'est quoi un couple normal ?

— Un couple qui entre dans les cases, avec une sexualité débordante, des enfants bien peignés, des assiettes cassées, des vacances à la mer, des jalousies, toutes ces choses qu'on voit.

— Si vous saviez la myriade de possibilités de vivre à deux. Il y a des couples sans enfants, ou sans sexualité, ou alors autrement, des sans conflits, des qui ne s'aiment qu'en se crêpant le chignon – ne vous moquez pas de mes expressions –, des qui se forment en quelques jours, d'autres en quelques années, des couples illégitimes, ou des recomposés, des couples frère et sœur, des couples en coloc, des couples qui se déchirent pour mieux se rabibocher.

Et il y a des couples comme eux.

— J'aimerais que ce soit pour toujours.

— Vous pouvez y travailler. Se respecter, communiquer, accepter l'autre, s'accepter soi. Ne faire que des promesses qu'on pourra tenir. Ou ne pas en faire du tout, pour ne pas être déçu. Ne jamais vouloir s'aimer comme au premier jour, parce que chaque instant transforme l'amour, cette petite flamme brûlante et fragile qu'il faut protéger et nourrir au quotidien pour ne pas qu'elle crève.

Je pense à Diane, à ce qui nous lie, à cette incandescence que nous n'avons jamais oubliée, sur laquelle nous soufflons encore pour qu'elle rougisse. Capucine et Adrien ont cette étincelle entre eux. J'ignore s'ils sauront la choyer, l'entretenir, la préserver. Elle est là, et c'est un premier pas.

Elle me dit qu'elle reviendra de temps en temps, et que nous sommes les bienvenus chez eux, dès qu'il ne pleuvra plus dans les chambres.

— Comment allez-vous faire, le temps des travaux, si elle est en si mauvais état ?

— Ma sœur m'a parlé d'une tiny house. L'espace n'est pas bien grand, mais vu que pour l'instant, nous passons notre temps à nous coller l'un à l'autre… Vous croyez que ce besoin nous passera ?

— J'espère pour vous que non. C'est beau le contact de deux peaux qui s'aiment.

Chapitre 85

Les ricochets du cœur

Nous sommes venus ensemble. Un rendez-vous à la même heure. Clin d'œil à leur petite manigance. Pour les remercier.

Je lui parle de la sortie de prison du jeune Simonet. De ce que j'ai fait. De ce soulagement, quand on démarre la voiture en se disant qu'on a classé l'affaire. J'y pense encore, mais cela ne m'appartient plus. Comme le Mali, j'y pense encore mais je n'y suis plus. Diane m'a beaucoup aidé dans le classement de mes dossiers. Je n'aurais pas réussi seul. Ou alors mal, pour finir dans un fouillis qui m'aurait épuisé.

Je lui raconte la proposition de Capucine, la maison, l'autre vie, les possibilités qui s'ouvrent de concevoir une structure pour accueillir les femmes maltraitées, ou les anciens détenus, pour les aider à reprendre pied. D'autres Kevin qui sortent désœuvrés, abandonnés, seuls à l'arrêt de bus et qui ont le droit de recommencer.

— Ne retombez pas dans le sacrifice. Trouvez le vrai sens à cela, d'accord ?

J'évoque maman. Les nouvelles qu'elle a eues de Bertrand en rentrant. Il voulait la remercier pour la saveur des plats et pour sa simplicité. Pour la joie qu'elle dégageait et ce qu'elle avait réveillé en lui. Pour cette belle soirée. Elle lui a donné envie de voyager, de s'ouvrir sur le monde, sur les autres, d'aller un peu plus loin que le bout de son jardin.

— Lui aussi a fait du chemin grâce à Capucine. Souvent, quand un membre se soigne, il guérit tout le clan. Les ricochets du cœur.

Je lui annonce qu'après la consultation, nous partons visiter la bâtisse qui nous attend. Je ne l'ai pas encore vue, seulement quelques photos. Dernière visite avant une offre. Capucine est pressée. Elle sent, elle sait, que c'est là, pour nous.

Chapitre 86

J'ai appris à danser

C'est moi qui te le dis,
Ma petite souris
Je crois que c'est fini.

Peut-être en ai-je assez
De t'attendre, pressé,
J'ai appris à danser.

Tu étais l'horizon
Mon unique raison
De rester en prison.

Je garde à l'avenir
De toi le souvenir
De nos brûlants désirs.

J'ai besoin d'être libre
D'une femme qui vibre
D'un nouvel équilibre.

J'ai enfin ce courage
De redevenir sage
Et de tourner la page.

Chapitre 87

Ils arrivent

Je m'accroche pour garder les yeux ouverts, tenir, ne pas sombrer, attendre les secours. Ils vont envoyer les pompiers, le SAMU, l'hélico. Je pense à mes filles, Capucine qui attend à la maison, j'aimerais l'appeler. Lui dire qu'on va s'en sortir, que je me suis endormi et que je fais un mauvais rêve. J'appelle ma femme.

Rachel ne répond pas.

Je compte doucement jusqu'à dix, jusqu'à cinquante, jusqu'à cent. Compter pour tenir. La première caserne est proche, ils vont arriver, je devrais déjà entendre les sirènes. L'ombre qui me regardait à travers la vitre a disparu depuis un moment. Le temps paraît-il plus long après un tel choc ? Cent cinquante. Je pense à mes petits patients, ceux que j'ai opérés hier. Nathan, une communication intra-auriculaire, la petite Emma et son cerclage de l'artère pulmonaire. Deux cents. Et Charles, que je dois opérer lundi de son canal atrio-ventriculaire complet. Il faut que je sois en forme pour cette intervention délicate. Deux cent cinquante.

Je commence à sentir que mon souffle devient court, comme si mes poumons baignaient dans un liquide. La douleur dans ma poitrine s'accentue à chaque nouvelle inspiration. Je n'arrive plus à appeler Rachel. Je ne sais plus où j'en suis pour compter.

Je vais mourir. Je le sais. Je le sens. Je suis bloqué à l'arrière de la voiture défoncée et je vais mourir. J'aimerais seulement savoir si ma femme est vivante. Si elle va s'en sortir. Catherine gémit toujours.

Rachel ne répond pas.

Je flotte dans un état second. J'ai l'impression d'être posé dans du coton et j'ai du mal à garder les yeux ouverts. Dans un dernier effort, j'aperçois des lumières bleues qui dansent tout autour de moi. Ils arrivent.

Chapitre 88

Sublimer

Capucine regarde Oscar.

Elle porte l'os pariétal dans la main gauche, la lettre dans la droite.

Elle respire calmement.

Oscar, qui lui a permis de tenir toutes ces années, de garder un lien avec son père, de poursuivre son œuvre, d'apprivoiser son absence, de le garder un peu avec elle.

Elle se lève et s'approche, glisse l'enveloppe dans la boîte crânienne, installe le dernier os, le fixe aux autres par de petites vis fines, puis fait deux pas en arrière.

Voilà.

C'est fini.

Son père peut partir.

Il est à jamais là.

Papa,

J'ai besoin de te dire mille choses. Toutes celles que je n'ai pas osées, ou pour lesquelles le temps m'a manqué. C'est toi qui me manques, depuis toutes ces années. J'ai tenu bon. Adélie était si petite. Je lui en ai voulu pour de mauvaises raisons. J'aimerais m'excuser d'avoir eu ces pensées, ce ressentiment, ces moments où je vous ai maudits,

Rachel et toi, d'avoir fait cette enfant. Elle n'était pas la mienne, et j'en ai hérité. Je n'ai pas choisi. J'ai subi. Et pourtant je l'aimais tant.

L'accident m'a figée. M'a dit de m'asseoir là, dans le coin d'une pièce sombre, d'attendre que le temps passe, que grandisse Adélie. J'ai bien fait de tomber onze ans plus tard. De m'écrouler au bon moment. Je ne me serais pas relevée de la même manière à dix-huit ans, je n'aurais pas rencontré les mêmes personnes, je n'aurais pas appris les mêmes choses. J'ai bien fait de m'écrouler tout court. Qui sait combien de temps j'aurais pu tenir dans ce mode automatique sur lequel je m'étais branchée le soir de l'accident ? Chemin faisant, avec le psy comme rambarde à laquelle m'accrocher et tes cahiers pour mieux te connaître, j'ai compris à quel point tu m'aimais, à quel point tu aimais Adélie. À quel point aussi j'avais tant voulu que tu sois fier de moi. Les stratégies que j'avais mises en place pour exister. Exister deux fois plus à tes yeux puisque je n'avais pas pu dans les yeux de maman. Je ne devais pas prendre le risque de te décevoir, j'éprouvais la peur idiote que tu m'abandonnes, toi aussi. J'ai osé lire tes notes, en parler à Tonton. Le fait de découvrir cet épisode de l'essaim et ma fascination pour les abeilles quand j'étais petite, a réveillé en moi cette chose profonde que la psy d'Adrien appelle le verbe de vie. J'ai trouvé le mien. Je l'ai trouvé enfin. J'ai longtemps cru que c'était soigner. *Mais c'est* sublimer. *Transformer, en quelque sorte, une chose en une autre chose plus belle. Le pollen en miel. Une vieille bâtisse abandonnée en maison accueillante, des morceaux de bois en clavicules ou en iliaques. Puisque j'ai réussi à sublimer la mort en une puissance de vie.*

C'est peut-être elle, cette puissance de vie, qui m'a permis de rencontrer Adrien. Tu l'aimerais. Nous nous comprenons, nous nous complétons. Nous sommes liés comme toutes ces entités qui ne fonctionnent que par deux. Deux yeux pour voir en relief, deux mains pour applaudir, les deux plateaux d'une balance pour atteindre l'équilibre. Deux oreillettes, deux ventricules, pour que le cœur puisse battre. Nos corps s'attirent comme deux aimants, et s'apaisent comme deux amis.

Il est arrivé au moment où tout s'écroulait, comme un ange gardien te sauve de la noyade juste avant que l'eau n'envahisse les poumons. Clarence dans La vie est belle. *Peut-être est-ce toi qui me l'as envoyé, de là où tu es. Je t'imagine au bout du scalpel de ce chirurgien qui t'a remplacé et qui parfois hésite, sur l'épaule d'Adélie quand elle se met à douter. Je t'imagine souffler sur les cœurs de ces nouveau-nés qui oublient de respirer. Aux côtés de Rachel, que tu as tant aimée. Et puis près de moi. Partout, tout le temps, autrement.*

J'aimerais pouvoir t'appeler quand je suis triste, quand je ne sais plus, quand j'ai peur. J'aimerais pouvoir t'entendre encore me raconter les bébés que tu as sauvés, parce que ces histoires mettaient du baume sur mon cœur à moi. Celui qui fonctionnait. Enfin, quand il ne s'emballait pas pour de mauvaises raisons.

Aujourd'hui, j'aimerais qu'il batte avec justesse, pour les bonnes personnes et les bonnes causes.

La maison est devenue trop grande pour moi. Elle conviendra mieux à une famille, à des enfants. Il y faut du chahut, des cris, des rires, des jeux, de la joie. Je l'ai mise en vente. J'emmènerai Oscar évidemment. Je ne suis plus heureuse en ville. Tu sais, papa, je crois que je ne supporte plus les gens, le troupeau comme j'en parlais à M. Diderot, les matérialistes, les opportunistes, les je m'enfoutistes, les égoïstes. Je rêve d'humanisme, de sensibilité, de simplicité. Ce que tu incarnais à mes yeux. Toi, tu avais des vies entre les mains, tu prenais les choses au sérieux, tu ne te plaignais jamais. Tu savais ce que c'était d'annoncer aux familles des nouvelles tragiques, de te réjouir avec d'autres de certains miracles. Je veux sortir de ce flot de gens tristes, ou hargneux, qui ne pensent qu'à leur petite personne, qu'à leurs petits soucis, au point qu'ils en oublient les grands.

Adélie se bat pour la planète, elle a raison. Elle se pose les bonnes questions. Je la trouve épanouie. Moi, je n'ai plus sa force, sa fougue, sa candeur. Je veux rester dans l'ombre, ne plus rien devoir à personne, me faire oublier.

J'ai trouvé un paradis abandonné, dans un coin de montagne. La terre n'est pas chère. Nous aurons de la place. Oui, nous. Adrien va m'accompagner dans ce projet, il a le sien aussi. Le travail est colossal mais nous avons envie, puisque nous sommes en vie.

Tu sais, papa, quand je le regarde, quand je le respire, quand je suis dans ses bras, je ressens cet affreux dilemme. Me dire qu'il est contre moi parce que tu n'es plus là. Par cet étrange enchaînement de circonstances. Quand je réfléchis trop, je me demande ce que je choisirais si je pouvais mener le destin à ma guise. Revenir en arrière, prendre une autre option ? Te garder mais le perdre ? Le Dr Diderot me dit que je me fais du mal en raisonnant ainsi, qu'on ne peut pas, parce que ce qui a été n'est plus, ce qui sera n'est pas encore, seule compte la réalité de l'instant. Et sa douceur surtout.

Tu es mort. Tous les jours, tu es mort. Tu as été vivant, et tu ne seras plus vivant. Tu es mort, et pourtant je te sens présent. Comme si tu veillais, comme si tu savais tout, comme si tu me chuchotais les bons choix. J'aime y croire. J'ai tellement peur de me tromper. Peut-être parce que maman s'est trompée en me concevant ? Certains héritages pèsent lourd. Et toi, tu as tout fait pour m'alléger, me guider.

Je crois que tout a le droit de recommencer quand tout s'est arrêté, et je crois que c'est maintenant. Adrien est doux et drôle. Il me protège, il me fait rire, il me câline. De l'amour et du miel, je n'ai plus envie d'autre chose.

Voilà papa, je ne serai jamais médecin mais je serai heureuse. Je ne serai jamais comme toi, mais je serai avec toi. Tu peux partir en paix, loin de l'agitation du monde, j'y ai trouvé ma place, un peu à l'écart, juste ce qu'il faut. Et je vais sublimer les fleurs, pour sublimer ma vie, et la rendre jolie.

Ta toute petite reine

Chapitre 89

Eux

Éclairée par le soleil du soir, la maison se prépare à sortir de l'hiver. La vigne vierge qui a envahi la façade et s'est insinuée dans la charpente commence à refaire des bourgeons. Les carreaux cassés laissent entrer le vent sans protester.

À flanc de colline, au pied d'une forêt de pins et de fougères, elle sort d'hibernation. Quelques mois sous la neige, dans le froid glacial qui a enserré ses pierres et n'a laissé aucune chance aux parquets, balayés de courants d'air.

Elle profite des premiers rayons chauds que la pierre épaisse s'autorise à accumuler pour se réveiller doucement.

Des promeneurs la longent parfois, des groupes de retraités, ou des familles dont quelques enfants audacieux lancent l'une ou l'autre pierre à travers les ouvertures béantes de l'étage.

La renarde qui, au printemps dernier, s'était installée dans la haie envahie par les ronces pour élever ses petits va peut-être revenir. Les hirondelles ne vont pas tarder à retrouver les nids accumulés sous le toit de la grange et apporteront un semblant de vie à la ruine.

Une ruine, voilà ce qu'elle est devenue, après avoir abrité durant plus d'un siècle des bonheurs et des drames. Qui voudra encore d'elle si elle continue ainsi à se détériorer ? Qui aura le courage de partir à l'assaut de ce champ attenant devenu broussaille impénétrable et par endroits forêt naissante, peuplée de bouleaux opportunistes et de lierre envahissant. Qui osera sortir des toiles d'araignée aussi épaisses qu'un voile de lin les vieux outils qui scient, coupent et enfoncent pourtant encore ?

Eux.
Eux qui n'entrent dans aucune case.
Eux qui ont chacun à tourner leur page.

Le vieux est à son poste. Il reconnaît la voiture. La jeune femme, même sans bonnet. L'homme à côté est grand, solide, il se tient droit, il en veut, ça se voit.

Ils arpentent le terrain, s'embrassent, s'enlacent, se montrent des directions. De loin, il n'entend rien, mais il imagine qu'ils doivent se lancer des idées, des envies. Et là, on fera un potager. Ici, on coupera. Il faudra dégager ces ronces. On pourrait replanter un saule pleureur ailleurs.

Adrien est emballé. Capucine est émue. Tout s'aligne, se confirme, ils vont signer.

— Tu crois qu'on va y arriver ?

— Et pourquoi pas ? On prendra le temps, on se fera aider. Tes abeilles auront de quoi butiner. Mes chiens pourront batifoler. On pourra prendre un cheval, ou un âne, et des petits lapins. Surtout des petits lapins.

Ils viennent voir le vieux, lui annoncent la nouvelle. Ils seront bientôt voisins. Il aime déjà le chien. Il veut goûter au premier pot de miel. Capucine lui a promis.

Il va attendre un peu, mais il peut mourir maintenant. La maison ne va pas s'effondrer, elle va revivre, renouer avec les feux de bois l'hiver et le jardin l'été. On va canaliser les sources folles, débroussailler l'étang, espérer le printemps, et les longs soirs d'été pour avancer.

Le vieux rentre chez lui. Il pense à Madeleine. Elle peut enfin reposer en paix. Il range ses regrets. Deux autres amoureux vont s'installer ici, ils vont recoudre le passé, et couvrir les mauvais souvenirs de fleurs.

De beaucoup de fleurs.

Précisions

La scène du crash d'Adrien a été librement adaptée d'un fait réel : le sauvetage de l'équipage de l'hélicoptère *La Gazelle* par celui du *Tigre* dans la nuit du 13 au 14 juin 2019 au Mali dans le cadre de l'opération « Barkhane ».

L'émission « 13 h 15 le samedi » diffusée le 11 juillet 2020 lui est consacrée.

www.francetvinfo.fr/replay-magazine/france-2/13h15/13h15-du-samedi-11-juillet-2020_4019825.html

Évoquer cet épisode dans un roman est une façon d'exprimer toute l'admiration que je porte à ces hommes qui se battent pour nous protéger.

La scène de l'accident de voiture a également eu lieu, le 15 septembre 2015.

J'étais au volant à la place de Rachel, une amie à côté de moi, mon mari à l'arrière. À la maison, notre fils tout juste majeur veillait sur sa petite sœur de six ans.

Si nous étions arrivés une seconde plus tôt, le chauffard nous percutait de plein fouet et le scénario se jouait comme dans cette histoire, avec la même issue fatale. Une seconde qui nous a permis de réduire la violence du choc et d'en sortir indemnes.

L'idée de ce roman est probablement née dans la nuit blanche qui a suivi, occupée à digérer ma peur d'avoir failli laisser deux orphelins derrière nous.

L'écrire aujourd'hui me permet de transcender l'événement pour faire prendre conscience à tous de la fragilité de nos vies face à l'insupportable délinquance routière.

Remerciements

Je tiens à remercier Alain et Frédéric, gendarmes et maître-chien, Franck, Norbert et ses collègues, policiers et maîtres-chiens, David et Pagaille (David Espoir Canin) et Fabien (entreprise Kalina) pour leur éclairage précieux qui m'a permis d'inventer les personnages d'Adrien et de Bloom.

Merci à Rogeria pour nos discussions et ses précisions concernant, entre autres, le syndrome post-traumatique.

Merci à Flammarion, cette très belle maison d'édition, dont le soutien sans faille, la confiance et le professionnalisme me portent et me motivent. Ce livre n'existerait pas sans un travail d'équipe. Et quelle équipe ! Mention spéciale à Louise et à sa petite hache qui coupe joliment ce qui dépasse et stimule de nouvelles pousses plus judicieuses.

Merci à Valérie dont la sensibilité, la créativité, et l'expérience m'offrent sans cesse d'apprendre, de progresser, d'oser et d'être fière de mon travail. Ce nouveau roman est encore une fois le résultat de notre complicité et de notre amitié. Celle-ci est inestimable.

Merci à mon entourage, qui m'accompagne dans cette traversée parfois agitée qu'est l'écriture d'un roman, qu'est l'existence plus largement, en particulier Frédéric et Jonathan, dont les longues discussions m'apprennent sans cesse l'humain.

Merci à Emmanuel d'accueillir, avec un amour sans faille et une patience immense, mes craintes, mes joies, mes idées folles, mes nouveaux projets,… et de partager depuis si longtemps ma vie.

Je remercie celle-ci de nous avoir permis de survivre à cet accident terrible et de ne pas s'être perdus.

Les épreuves sont parfois des piliers solides pour construire des châteaux d'amour.

Table

Deux prénoms sur une boîte aux lettres 13
Papillon de nuit 15
Son rôle 21
Se réveiller du chaos 25
Rachel ne répond pas 29
Le désert de chair 31
Rocher de larmes 35
Une douche salée 41
Si seulement 43
L'envie sans le courage 47
Petit arrangement du hasard 53
La magie des beignets aux pommes 57
Du bois précieux 63
La petite clé 65
De la dentelle 69
Lâcher les pédales 73
Réminiscences 79
Remuer la salade 83
Les secrets d'une maison 87
Le dernier jour d'un homme heureux 89
L'innocence du débutant 95
Avant de parler 99
Un désastre touchant 101

La maîtrise du choix 105
Sur notre banc 113
Conseils de guerre 115
Engrenage 117
La lettre-cadeau 121
Le départ 123
Philosophie du hasard 127
Un hasard incognito 131
Tiramisu 133
Même aux meilleurs 135
L'amour des fleurs 137
Un seul courage 143
Quelques fuites à l'amour 147
Des gens de la ville 149
Verbe de vie 151
Un chemin qui vaut la peine 155
Un liant antalgique 159
Un cœur qui lève 165
Une subtile invitation 167
Des rêves en gestation 169
Protégée de tout 171
Un rayon d'or 173
Adieu 175
Se connecter en silence 177
Au bout du monde 179
Quand tout revient 185
L'appel d'un livre 191
Le rôle thérapeutique d'un lave-linge 193
L'énergie cinétique de la vie 195
La grande marche du monde 199
Une demi-part de tarte 203
Un pompon rouge au loin 205
S'effacer 215
Le chemin des fleurs sucrées 217
Un Oscar entre eux 219

Métis 221
Quand il est question d'elle 227
Petite Madeleine 229
Des verrous qui résonnent 231
Une dernière chose 239
Brûlante 243
En découdre 245
Un squelette inoffensif 251
Quand tout se range 255
Danser 263
Des existences qui se frôlent 265
Petit Oh 269
Un siècle de malaise 273
Secret défense 279
À peine l'oxygène 281
Les aspérités du temps 285
Ses bras de soldat 287
Entourloupe 293
Vilaine ! 299
Putain de sacrifice 301
L'âme de la maison 307
Guérir du Mali 311
Ne plus résister 315
Chuchoter sous les draps 321
Le sac volé 327
Souffler sur l'incandescence 331
Les ricochets du cœur 335
J'ai appris à danser 337
Ils arrivent 339
Sublimer 341
Eux 347

Précisions 351
Remerciements 353

Cet ouvrage a été mis en pages par

<pixellence>

CET OUVRAGE
A ÉTÉ ACHEVÉ D IMPRIMER
SUR ROTO-PAGE
PAR L'IMPRIMERIE FLOCH
À MAYENNE EN SEPTEMBRE 2021

N° d'édition : L.01ELIN000529.N001. N° d'impression : 98922
Dépôt légal : octobre 2021
Imprimé en France